# 在晴朗的日子，
# 我遇见你

一 本 刚 好 暖 到 的 美 好 故 事 集

/ 莫峻等著

贵州出版集团
贵州人民出版社

不早不晚，我遇见你。

不多不少，我喜欢你。

天空晴朗，笑容明亮，花在枝头，鸟在欢叫。

一切都是刚刚好。

# 在晴朗的日子，
# 我遇见你

文 / 莫峻

选择做文学，做青春，做出版，似乎已经超过了十个年头。

我很少仔细回头细算时间，因为觉得有时候糊涂点也好，就好像一切还在昨天，宛若山间小溪伴岁月安静流淌。

这一段对于人生不算长也不算短的旅程里，我遇见了很多人。

有志同道合的，也有背向而驰的，有同行一程的，也有一言不合的。

但总的来说，一切尚算温暖，有时停止赶路，回忆一二，记忆里也多是一些阳光明媚日光晴好。

希望有天年迈，也一直如此。

那天听到广播里有个人在说，人之一生，在 7 岁至 20 岁间，大脑里主管情感的区域，会是发展得最快也是最活跃的。

我自入行以来，一直在与这一段年龄的读者相处，就留心听了一听。

哦，原来是这样。

他们热爱幻想，相信爱情，相信美好，心怀善良，情感丰富，率性而为。

而一旦过了这段时间，理性的大脑将开始发育，人们将习惯于用利益用得失用数字来权衡生命的每一天，发生的每一件事。

在一个晴朗的日子里，遇见一个美好的人，因为一个笑容，而产生强大的能量。

这样的故事，其实每天都在青春里发生。

然而在成人世界里，就成为了稀有的童话。

于是，我找到了自己愿意留在青春里不肯老去的原因。

在《在晴朗的日子，我遇见你》这本小小合集里，可以看到许多熟悉的面孔，也可以看到许多新鲜的面孔。

我就像一棵树，始终站在这里，而他们在我的身边，一批一批，来来去去。

这是我想要的样子，我也很高兴。

因为经过的时候，每个人付出的，都是生命里最灿烂最纯粹的那段时光。

那么，一起写着这本书和读着这本书的人，也都将在此刻，拥有生命里晴朗的一段记忆。

它从不完美，但最珍贵。

在阅读里的时光里，我们的青春从未老去，我们的手仍牵在一起。

图书在版编目（CIP）数据

在晴朗的日子，我遇见你 / 莫峻等著. -- 贵阳：
贵州人民出版社, 2016.9（2020.3重印）
ISBN 978-7-221-11079-4

Ⅰ.①在… Ⅱ.①莫… Ⅲ.①故事 – 作品集 – 中国 –
当代 Ⅳ.①I247.81

中国版本图书馆CIP数据核字(2016)第225050号

# 在晴朗的日子，我遇见你

莫峻等著

出 版 人　苏　桦
出版统筹　陈继光
选题策划　莫　峻　杜莉萍
责任编辑　潘　乐
流程编辑　唐　博
装帧设计　刘　艳　昆　词
出版发行　贵州人民出版社（贵阳市观山湖区会展东路SOHO办公区A座，
　　　　　邮编：550081）
印　　刷　三河市华东印刷有限公司
开　　本　710×1000毫米　1/16
字　　数　281千字
印　　张　17
版　　次　2016年11月第1版
印　　次　2016年11月第1次印刷
　　　　　2020年3月第2次印刷
书　　号　ISBN 978-7-221-11079-4
定　　价　48.00元

# 目录

# 目录

▼

## 和风有信

白糖初画

BAITANGCHUHUA

其实，世界上根本没有那么多好听的语言，

都是因为喜欢那个人，所以他说的每一个字，

你都觉得是饱含着温柔与善意。

YUANSUOYOUXINGXING
DOUDUINIWEIXIAO

# 愿所有星星
# 都对你微笑

文 / 凌霜降

**/ 凌霜降 /**

有点二有点污有点复杂,少女心永远很满,写稿永远是为了钱的婶儿,
梦想是什么也不用做就能长得很美变得很有钱。梦想总是要有的,
万一实现了呢?

**代表作品:《漂洋过海来看你》**

横跨十年的青春少年心结,越过大海,越过时间,可是越不过我对
你的思念。

**作者新浪微博:@凌霜降**

## Chapter 1

第一次见到你那天，下了一场台风过后的暴雨。

佛山的街道排水系统总是不够用，所以我们家门口那条巷子在暴雨后就成了一条小河。

我听说水里有鱼，挽起裤脚拿着网兜就往水里跳。

还真给我抓到了一条。

正兴奋地哇哇大叫时，就忽然发现了站在邻居家门口的你。

雨势已式微，你穿一件浅蓝色的T恤，撑着一把蓝色的雨伞，你的头发黑得像墨，但你的眼睛，比那把蓝色的雨伞还要蓝。

我从没见过那样漂亮的眼睛。比宝石透明清澈，又比星星要闪耀明亮。

而且，它是蓝色的。

十四岁的我，是梁家的小女儿，是从三岁就开始扎马步练家传咏春拳的壮小妞，是没心没肺下着大雨都敢像男孩一样跳到水里抓鱼的野丫头。

我看到喜欢的感兴趣的东西从来不会扭捏，就像知道水里有鱼我想也不想就跳下去一样，我看到了你漂亮的眼睛，于是浑身湿漉漉地扑过去："喂，你就是陆爷那个美国孙子吗？"

我的样子一定吓到了你吧？你湛蓝的眼睛里闪过的惊愕是多么明显。

只是我不懂，还得意非凡地把手里抓到的那条鱼向你扬了扬："喂，要来一起抓鱼不？"

你摇了摇头，说："No！"

我愣了一秒，才反应过来，你拒绝了。但我并没有觉得不开心，只是心里冒出一个念头：哎呀，原来竟然有人能把英语说得这么好听呀。

你的声音，是一种我从来没有听到过的温柔。

## Chapter 2

晚饭的时候，母亲烧了我抓到的鱼，我就着鱼汁吃了两碗饭，忽然想起了你，丢下碗便跑到邻居家拍门："陆爷陆爷，我是梁芳草，我来找你玩儿！"

陆爷是一个瘦高个儿老头子，除了有点重男轻女，他其实挺喜欢我的。所以呢，我知道他的儿子娶了一个洋妞，而且有一个一直住在美国的孙子的事情。

陆爷挺寂寞，人又古怪，若非我这样大大咧咧的性格，估计也受不了他。所以他一般也不给别人开门，但我是个例外。

来开门的却是你。

你之所以出现，是因为陆爷摔断了腿，心脏好像也出了些问题要做大手术，但是陆爷不肯出国，所以，你和你父亲只能回来了。

现在想想，你当时大概在努力地适应国内的生活，但一切都陌生而艰难，你并不开心。

只可惜，当时的我，心性还只是爱闹爱笑的女童，还不是现今这个心细如发的女子。

再一次近距离看你的蓝眼睛，我差点失神得要伸手去摸一摸，像电视里最美的风景湖泊，像图片里最美的蓝宝石一样，太美了。

"爷爷在屋里。"你的粤语说得也还可以，虽然有点怪怪的，但是我莫名地觉得你说得很好听。

"我是梁芳草。"我十分大方地自我介绍，我本来跑过来也只是想认识你与你说话，并不是要下什么棋。

"Sam，oh，no，长亭。陆长亭。"你先说了你的英文名，随后又更正成了你的中文名。但不管是哪一个，听在我的耳朵里，都好好听。

其实是，世界上根本没有那么多好听的语言，都是因为喜欢那个人，所以他说的每一个字，你都觉得是饱含着温柔与善意。

**Chapter 3**

第三次去找你，我拿着录音机。刚拍开门，我就按下了播放键：长亭外，古道边，芳草碧连天……

录音机被我调到了最大声，我兴奋得忽略了你微微锁起又礼貌地放松的眉，很开心地对你介绍令我兴奋的原因："听到没！就是这首歌！有我的名字和你的名字耶！长亭！芳草！陆长亭！梁芳草！听到没？"

好一会儿，我才看到了你的笑脸，你说："真的呢，这首歌里，有我们的名字。"

我太兴奋了，根本看不出你的敷衍。以我那时候的智商，也并不知道你虽然跟着你的父亲学了广东话，但你的母语是英语，你根本就听不懂那首用普通话演唱的《送别》，更无法理解长亭外芳草连天的意境。

你笑，不过是一种礼貌，一种对邻居家无知单纯的小妹妹无可奈何的迁就与敷衍。

但我多么自以为是，为自己的名字和你的名字竟然巧合地出现在同一首歌里而兴奋莫名，从此视你为世间独一无二只此一位的知己。

大夏天的，我带着你跑了六条街去买一只陆爷爱吃的烧鹅，缠着你要教你梁家家传佛山独此一家全国绝无仅有的正宗咏春拳，吹着牛把咏春拳的故事说得天地动容可惊鬼神。

你大概从来没有见过这么不知矜持的少女吧，也许当时因为练武太多还没有开始发育，完全没有少女样子的我更像个假小子，热情主动的样子大概也让你想起了某一些小伙伴，总之，你接受我的自动自觉，我们成了朋友。

是如何沉溺的呢？你只是简单的一个笑容，便像一个无比巨大的诱惑，我无法抵挡。


**Chapter 4**

每天你见到我，都会笑着问：嗨，芳草，今天有什么好玩儿的？然后我就会像被打了鸡血一样，功也不练了，作业也不写了，带着你满佛山找好吃的、斗曲曲儿、去看黄飞鸿的电影，还到别的武馆去偷师。

我壮得像个小男孩，大大咧咧爱玩爱跳，跟我的名字完全不搭边儿。倒是你，虽然是个美国人，但黑发碧眼长身玉立又性格温雅，倒有几分陌上人如玉公子世无双的意味。

自卑是哪一天袭击我的呢。有天我们出去玩，在一间庙里烧香，正逢十五，人很多。你手机响了，就在我旁边接了一个电话，你用很好听的英文与电话那头的人说话，湛蓝的眼睛里似有火花跳跃，柔情似水而又温暖动人。

我听不懂英文，但又很好奇，悄悄地把陪母亲来烧香的二姐拉过来，让成绩很好的她给我翻译你的话。

你说：这里超级无聊，但是我现在还不能回去。这里没有漂亮女孩，我一直在和爷爷邻居家的小孩子在玩。她像个小男孩。

二姐一句一句地翻译，她的声音很机械，但那些话还是生硬地打在我的心上，我觉得有什么东西碎裂了，有点麻有点痛，但又不知道为什么会这样难受。

很久之后，我回想起当时自己都不明白的感受，大概就是，你无意中掉落了一片树叶，我不但珍宝一样捡起来珍藏把玩，最后还把它当成了一片树林栖息。

**Chapter 5**

你一直生活在美国，有很多的朋友有你自己的生活，你想考纽约的大学，但是因为陆爷受伤生病，你的父母已经离婚，你父亲决定回国工作陪伴陆爷，你也不得不跟随父亲回来照顾爷爷。你并不喜欢中国，也不喜欢佛山。

这些你没有告诉过我。

是我自己后来慢慢明白的。

整个夏天陆爷都在养他的脚伤，你很无聊，唯一的乐趣就是跟着吱吱喳喳对你说东说西的我在佛山的大街小巷找美食寻古迹。

你喜欢摄影，总是带着一台相机这里拍拍那里拍拍。

我那时候也很想很想有一台相机，想把认真专注地举着相机调焦拍照的你拍进我的相机里，然后永久地珍藏你的侧影。只可惜，我闹腾了好几次要买，因为懈怠了练功又轻慢了功课，次次都被父亲给驳回了。

有天你在街上远远地看到了我二姐。我二姐是我们家最漂亮的女孩。你举起相机，远远地给她拍了好多张，我跳进你的镜头里，我说喂陆长亭给我来几张，你笑，镜头对着我按了好几下，又转过去对着我二姐继续拍她。

几天之后，我看到了那些照片。照片上的二姐白衣翩然，身姿纤细，美得似有仙气。而我呢，短发配着被太阳晒得黝黑的脸，身材粗壮，看起来真的就只是一个假小子。

晚上我宣布不吃晚饭，父亲瞪我一眼，让我到院子里打了三趟拳，我自己就饿得前脸贴后背地扑向了饭桌。

那时候的我，觉得生活就应该是简单的，困了就睡觉，渴了就喝水，饿了就吃饭，梦里出现的你，醒来就应该去见。

即使知道你已经有女友，但那又怎样呢？

能有一个喜欢的人是一件很幸福的事情，不管是谁，能找到一个自己喜欢的人非常不容易。

比如我的人生过去了十四年，才仅仅出现一个独一无二的你。

### Chapter 6

秋天来的时候，你在我们学校隔壁的高中入了学，和我二姐成为隔壁班的同学。

我从此再没睡过懒觉。每天总是早早就醒来，早到可以避开早起练功的父亲和大姐二姐，有时候脸都来不及洗就跑到陆爷家拍门：陆长亭，我昨晚梦到今天的早餐了！我带你去吃及第粥和叉烧包！

你来开门，还带着睡意蒙眬的眼睛被我说的美食点燃，好看的嘴角微微扬起："good morning, 梁芳草。"

陆长亭，知道吗？庆幸过很多次，你是个小吃货，而我亦然。让我觉得我有了一个光明正大与你亲近的理由。

也庆幸佛山的各式美食多不胜数，让我每次在梦到你之后，都有去见你的理由。

你原本打算圣诞节回美国去。但我告诉你，中国所有学校的圣诞节都不放假，而且当我们放寒假的时候，连元旦新年都已经过去好久了。

你用蓝色的眼睛看了我好一会儿，才失望地"哦"了一声。为了安慰你，那天我带你去一家老字号吃云吞面。

云吞面很好吃，吃完之后，你的心情好一点了。我和你跑到河边去玩儿，我买了两根雪糕，你买了两罐雪碧，雪糕吃完雪碧喝到一半的时候，你忽然说："我一直以为圣诞节就能回美国。"

我没有能向你及时地表达我的任何情绪，因为我被一口雪碧呛着了，随后咳得惊天动地差点把吃下去的东西全吐了出来。

咳到最后，我吐了一口血。不但是你，连我自己都吓着了。

去医院的路上，我还和你开玩笑：不至于吧，你不能回美国过圣诞节而已，我竟然替你伤心得吐了血。说着说着，又吐了，还是血。

你眉头锁起，我的脸上堆出了笑容，可心脏紧了紧，又紧了紧，你好似在为我担忧，而我，也不知道是应该高兴还是悲伤。

**Chapter 7**

倒霉不？我病了。而且是一生不能治愈的免疫系统疾病。

住院三天之后，医生宣布专家会诊的诊断结果时，听说我内功深厚打遍佛山无敌手的父亲激动得把医生办公室的椅子扶手给捏碎了。

回到病房，我母亲一直在哭，二姐默默含泪，倒是大姐有魄力："没事，我养三妹一辈子。"

我自己比较二，偷偷地想的是，以后是不是可以光明正大地不练功少吃饭减肥成为一个你的镜头喜欢拍的瘦弱女孩了？

然而一切只是美好想象，住院一周后回家的我依然壮硕如初，并且因为母亲与二姐的贴心喂食还胖了点儿。

傍晚的时候，我坐在门墩上，终于等到了放学归来的你。高高的少年拐入巷口，路过巷口第一家杂货店门口那棵大榕树，秋渐深，地上的落叶金黄，穿白板鞋的少年穿过被斜阳拉长的树影渐渐走近："梁芳草，你还好吗？"

我当然很好。我摊摊手告诉你，我觉得最好不过，只是家人觉得我病得严重让我再休息几天才能去上学。

我告诉你我好想吃麻辣小龙虾。你被我馋虫上脑的描述说得两眼放光，打算偷偷和我一起去吃，但还没走出巷口，便被我大姐二姐截住了，二姐英文好，留下教训你，我被大姐捉了回家。

听说你回家后，也因为我的病的关系，被你爸好一顿训。

好几天不想理二姐，因为一向温柔的她训你的样子真的很凶。也因为你被二姐骂得那么惨，竟然还笑得那么灿烂。而且你还不能回美国过圣诞节，你应该很难过吧？

奇怪，我不是你的谁，但难以忍受你受了哪怕是一点点的委屈。

**Chapter 8**

几天后，你竟来拜访我爸。带了一大沓打印出来的资料，全是与我有病有关的病例及治疗机构，因为全都是从国外网站下载的，你还细心地做了中文翻译。那些资料很全，甚至还有一本与我这种病有关的网络小说《第一次亲密接触》。

那是普通人家都还没有普及网络的 2003 年，你给的那些资料对于我说，无疑是雪中送炭。我的父亲感动得晚上提着酒去找你的父亲，想收你做入门弟子，将他最宝贵的家传咏春拳倾囊相授。

我心窃喜，从此之后，与你是一家人了。

听说你拒绝了，我的心空落落的，失落了好几天。

我那时候还不知道，与你成为一家人，其实也是十分不开心的一件事情。

我还是偷偷跑去买了麻辣小龙虾。你吃，我看。

可看着你被辣得哇哇叫却仍然忍不住继续吃，我还是没忍住，在你的阻止下抢吃了一只。

我没想到我的健康真已经糟糕到连一只麻辣小龙虾都吃不起了。那天傍晚我开始高烧，当晚就连续吐血进了医院急救。

迷迷糊糊地躺在病床上时，听到门外你在向父亲道歉。父亲哼了一声，半天说了句：不怪你。但你要知道，这是我肝儿一样的小女儿。

作为家里的小女儿，未出生时父亲寄望我是个儿子倾注了很多的爱，发现是个女儿后，爱也没有收回去。比起大姐要承担家业，二姐很优秀也备受忽略，我从小性格单纯大概也是因为我占尽了便宜。

从此，二姐奉命紧跟着我不许我乱来，我与你的二人行，也变成了三人行。

慢慢地，我发现你开始配合我二姐。我二姐不出现，我把好吃的说得再天花乱坠，你也绝不跟我走。

有什么触目惊心地走向了一个我不知道的方向，我假装不知，不敢去细思量。

**Chapter 9**

二姐的照片在你的暗房里渐渐变多，多到我都找不到其他女孩的照片，当然偶尔会有我，但是我的身边一定站着我二姐。

二姐从小长得像我母亲，肤色白净纤细柔美，而且，她特别聪明，考试不是第一就是第二，高二的时候已经能熟练掌握五千个单词了。

你虽然也懂说粤语，但毕竟有限。除了你的父亲，就只有二姐能用英文与你轻松交流。你教会了她上国外的网站，经常一起去查看与我的病有关的医疗技术。

我看着你们用我听不懂的英文在聊天，我想加入却无从插嘴，慢慢地百无聊赖，慢慢地格格不入。

你和二姐，是从那时候开始的吧。

如果我只是一个邻居家一个有趣的好玩的小孩子，那么能够与你交流的二姐，便是真正能够理解你的人。就像我们每个人都叫你的中文名陆长亭，只有她，很自然地叫你 Sam。

你们说起我的病，也提起过圣诞节假期，你甚至对她说起你在美国那些可爱又好玩的朋友。

你们是隔壁班同学。二姐值日或者竞赛考试的时候，出现在我教室门口接我的就会是你，我很开心地邀请你趁此机会和我逃跑去吃好吃的，你摊摊手说："No，我答应梁芳华要陪你等她来。"

我撇嘴锁眉地瞪你，你很好脾气地笑："你的病好好照顾，就能像健康人一样生活。"

个子高挑，黑发蓝眼的你笑起来真好看，班上有几个花痴的女生来向小声我打听你是谁，我不知为何，觉得说是邻居也不对，说是二姐的同学也不对，于是自以为是地说了一个自觉能够抵挡她们的觊觎之心的答案："我二姐的男友。"

后来的后来，我一直一直都很讨厌一语成谶这个词。

**Chapter 10**

你完全放弃了圣诞节在回美国的想法，圣诞节前那个周末，你拉着我去商场给每一个人选购圣诞礼物。你特意问了我："梁芳华喜欢什么？"我提供意见之后，你又挑了很久，并且亲自包装了那份礼物。

我就站在你的旁边，你指着一只许愿球问我："那个很适合你。"你没有想过要问问我是否喜欢就买了下了它。它和其他礼物一起，是店员包装的。

我知道，一定有什么已经发生了。

但是我无力阻止。

圣诞节我收到了你的许愿球礼物，怔怔地抱着它干坐了一夜之后，我明白了为什么你在我眼里是不一样的。

真相非常简单，就像不知道什么时候我二姐在你眼里变得不一样那般，我也不知道什么时候开始，你在我心里已经特别到我不敢轻易去碰触了。

元旦过后，父亲和大姐在准备过年时的舞狮活动。你非常好奇，一边拿着相机一直在拍，一边兴奋地与我二姐说着什么，一长串的英文像跳跃的音符。二姐也用英文轻轻地回答你，就像温柔的小溪。

你看着她笑的样子，像看到全世界的花都开了。

我看着你看她笑的样子，第一次觉得佛山的冬天好长，长到怎么也过不去一个寒假。

我央着母亲给我报一个英文补习班。晚饭的时候，母亲和父亲提了一句，父亲应允了，但二姐说："我和Sam一起帮你补不好吗？"父亲也怕我补习班会让身体有什么意外，便同意了二姐的提议。

可是不好。真的不好。即使二姐还感受不到你的心意，我却无法忽略你对她的注视。

你把我的心偷走了，但我感觉自己像个窃贼，而我心里的你，是我偷来的赃物。我甚至不敢把自己曝光在光天化日之下。


## Chapter 11

夏天似乎越过了春天一下就跳了过来，家里我要中考二姐要高考，我的身体状况似乎好了些。但谁也不敢怠慢，连你来给我训练英语听力与口语，都有些小心翼翼，偶尔也会向二姐吐槽一句：中国的高考好可怕。

二姐从大堆的卷子里头都没抬：所以才要努力学习考上大学然后再出国留学去呀。

你说，其实有捷径的，我是美国人，嫁给我就能去美国了。

二姐终于从卷子里抬起头瞪你一眼，然后随手扔一本书打你，然后你们相视而笑。

用今天流行的话来说，在旁边被无视的单身狗我被你们的恩爱秀了一脸，内心受到了一万点的伤害。

其实伤害哪里只有一万点。那些看着你与二姐一点一点地互相吸引相互靠近并且你侬我侬的瞬间，那些被你作为泡妞捷径拉去给我二姐准备礼物谋划惊喜的瞬间，都像无数道闪电将我的内心劈得粉碎，我好不容易再次将心拼凑完整，又有新的闪电将我劈得粉碎。

周而复始的痛。

同而复始的，不舍得不多看你一眼。

是的。不舍得。

明明是我先遇见你。

明明是我先发现你的好。

明明是我先成为你的朋友。

明明是我先喜欢了你。

偏偏走进你心里的却不是我。

我站在你身边，却像隔着银河。

中考我考得很一般，勉强进了你们即将毕业的高中。

二姐高考考得很好，放榜那天你抱着很大一束玫瑰花向她表白，几乎整个高中都沸腾了。

我喜欢你，而你喜欢的人却不是我是什么样的感受。

大概就是我无论如何也舍不得你，错过了你的一点消息也会觉得失落无比，而你错过了我的一生，大概都不会感觉到可惜。

## Chapter 12

我高二时，二姐托福考了高分，你也考上了她要考的那所大学。

你们要一起去美国了。

走之前那年春节，你以二姐男友的身份来我们家吃饭，母亲很高兴地做了很多菜，父亲则有点养了多年的好白菜就这么被猪拱了的意味，席间让你喝了好几杯白酒。

你醉了的时候，眼睛的蓝竟更深了。

你竟用中文背了几句你认为很美的诗：

愿多年以后，你我仍是旧友，可以共饮一杯老酒一醉方休，可以谱一曲别样离愁，还能唱一句青春不朽。

那是我对你说过的话，我没想到你把它当成了诗。

那是你和二姐要去北京读大学前，有一天二姐去参加聚会，你帮忙去补习班接我回家。回到巷口的时候，月光温柔地照在青砖地面上，又美又忧伤。

我知道再不舍得你，明天也必须面对即将到来的离别，于是自言自语般，对你说了那几句话。

你很认真地听，然后笑着说：梁芳草，想不到你还会写诗呀。能再说一次吗？很好听呀。

你真的再说了一次。也许你真的觉得诗一般优美，竟用你的录音笔录了下来。

只是我不知道，你会在这种时候，就着似是而非的意境，把它当成诗一样说出来。

二姐笑说，陆长亭你可以呀，都会作诗了。

父亲点头说，学好中文是好事。大姐点头附和父亲。

我什么也没有说，低头默默扒饭，心中惶惑惊慌，多么害怕家人们知道这些话是我所说，又听出来了些什么。

幸好，大家都只当你是酒后胡言。

喂，陆长亭，我不知道是应该难过还是应该庆幸，难过于你的中文不好听不懂我说的话背后的意思。庆幸于幸好你不懂，我与你不会陷入尴尬。

你走了也好。我再也不用担心你会走了。

## Chapter 13

二姐和你走后的好些天，我有些任性地挥霍了之前被严密保护好的身体，我一个人去吃了之前我带你吃过的所有美食，今天去吃一样，明天去吃一样。一开始的时候，只是有点儿不舒服。后来，开始发烧。我不知悔改，终于把自己折腾进了医院急救。

据说我昏迷的时候，医生下了两次病危通知。父亲的头发一夜间变成了灰色。母亲心脏受不了，进了加护病房。

我捡回了命，身体却大不如前了，休学了一年，慢慢在家养着。二姐说要回来，父亲没有答应，说家里有大姐照看着。

大姐那时候已经十分稳重，而且拿了两次全国武术冠军，很是受族人尊重。

倒是我，几年过去，终于从一个壮硕的姑娘病成了一个纤瘦少女。学校断断续续地去着，成绩自然不好，倒是学英语坚持了下来，想着，再次见到恢复了全英文生活的你不能再尿。

央求大姐给买了一个单反相机，学着像你那般，没事就拍花拍草拍树拍云朵拍路上经过的人们。

拍出来的照片里，没有一个人是你。但是，总有某一个人，理着你的发型，有着你眼睛的颜色，或者与你相似的侧颜或者背影，甚至是穿着一件在二姐发回来的合照里的你穿过的同款衬衣。

我偷偷地想念你，虽然很明白这毫无意义。

关于想念你这件事，躲得过对酒当歌的夜，躲不过四下无人的街。

**Chapter 14**

大姐结婚那年，二姐回来参加婚礼。

当然还有你。

我努力对你们笑得坦坦荡荡，但心里很心机地有一个想法：好遗憾，你和二姐，竟然没有分手呢。

你成熟了许多，翩翩少年成了优雅绅士。

见面后你对我说的第一句话是：嗨，梁芳草，你竟然女大十八变成了美女！

我嘿嘿一笑，问你美国的饭是不是不好吃，因为你离开中国后真是老了不少。

你夸张地说，这是因为全世界所有的美食都集中在佛山了。然后你问我二姐：亲爱的，我们回佛山生活好不好？

二姐笑着问你，你舍得让我后半生背井离乡吗？你低头轻吻了一下她的长发，温柔地说你当然不舍得。

这恩爱秀得让我好后悔引起了这个话题。

如果说，隔着太平洋我还能忍住自己不跑去找你，当你又再次回到我的身边时，我会不会还能保持冷静与理智。

听到你们说决定回来生活，父母与大姐都十分欣慰，特别是父母，只差没有把嘴边的那句"有两个姐姐一起照顾芳草我们总算能放心些"说出口了。

你学了建筑，二姐为我学了医。你们已经计划好了，一年后毕业回来工作，办一个中式的婚礼，生三个可爱的孩子。

你还向我炫耀了你在巴黎向二姐求婚的视频，你说你走过去的时候因为紧张踢到了石头摔了很狠的一跤，你看着视频里幸福而又狼狈的自己哈哈大笑。

我也跟着笑，不同的是，我笑出了眼泪。

**Chapter 15**

你们在国外的最后一年，我莫名其妙病得特别严重，严重到自己都受不了，会有轻生的念头。一次又一次的病危通知，让钢一样大姐都受不了崩溃了许多次。

有次二姐打电话回来，我正痛得撕裂一样叫喊，二姐在电话那头也受不了，哭着说：小妹让我替你吧让我替你吧。

谁都没在意那句话。父母大姐二姐都从小疼爱我，我知道看到我痛她们谁都恨不得替我受。只是谁也没想到会成真。

我真的真的很讨厌一语成谶这个词。

二姐从发病到走，不过三天。她体质特殊，完全止不了血，昏迷中器官急剧衰竭，都没能等到立马飞越重洋去的大姐见上最后一面。

陆长亭，我不知你是如何撑过生生看着健康美丽的二姐忽然消失在世上那些日子的。对于我们家而言，就是每一个人都不由自主地对着二姐的旧物发呆，说话间不知是谁，脱口就会提起二姐，就像她从没离开一样说一句"等芳华回来后就……"，那些话总戛然而止，然后所有人长久地沉默，母亲转身默默垂泪，父亲会点上很久不抽的烟。

从那之后，我有了一个习惯，再痛也忍着，不再喊出来甚至不再呻吟了。我严格按照医嘱吃药忌口，适当锻炼，我跟着大姐，捡起了丢下好多年的拳法。

父亲说，咏春拳的传人从来没有病死的。虽然已经从医生那里确诊，我与二姐生病是因为基因出了问题，但父亲仍自责于刻意培养二姐的学业而不让她学武。

我不敢给你打电话，我不知道要如何安慰痛失所爱的你。因为我知道那种感觉没有任何人任何事任何话语能够稍做安慰。

我知道二姐之于你，就如同你之于我。

**Chapter 16**

二姐走后第十五个月，我才见到了你。

你带着二姐去你们曾经想去的国家都转了一圈，最后才带她回到了故乡。

你消瘦了许多，满身的风尘。

嗨，陆长亭。

嗨，梁芳草。

想问你还好吗？没有问。因为你看起来真的不好。

我带你去吃你曾经最喜欢吃的那家云吞面，你在清晨的柔光里慢慢地吃完了一碗，你说很好吃，但湛蓝的眼眸忧伤依旧。

连你最爱的食物都已经不能安慰你了。

但仍然活着的我们总要继续生活。

你回来半年之后，尽管你提出要学咏春拳而我父亲也亲自倾囊相授，但我仍偶尔听到你在二姐的房间里低声呜咽。

那感觉，比我发病时最难以忍耐的疼痛还要痛。

第一个劝你走的人，是我。

我说了很多大道理，包括二姐一定不希望你看着她的旧物消沉一辈子这样的话，我都很诚恳地说了出来。

我甚至悄悄地去找了你的父亲，让他跟你一起走不给你留下的机会。

陆爷已经去世，他也不需要再守在国内了。你父亲如果也走，你便再没有留在国内的借口。

我相信在新的环境里，你会一点一点地走出来。

我也曾经想过，二姐不在了，应该是二姐拼了命把你让给我了，我一定一定要争取一次，也许我也可以站在你身边，就像二姐一样。

但我不能。

二姐那样健康的人，都会说走就走，更何况是半吊着命的我。

痛失所爱这件事，我总不能让你再承受一次。

病痛将我围成一座孤岛，处于相思之水中，四面八方都隔绝我通往你。

**Chapter 17**

一开始的时候，很艰难。

　　你失眠了很长一段时间，会半夜给我打电话：喂，梁芳草你好吗？我不好。我太想梁芳华了。

　　很多次，我发病在医院里，一边咬碎牙关在忍耐疼痛，一边笑着对你说：你要出门去走走，说不定会遇到像我二姐一样好的姑娘。要不你应该去工作，你可以设计一座用我二姐的名字命名的建筑。

　　我的英文学得很不错了，我不但能听懂你的伤感，还能安慰你很多，鼓励你很多，为你难过，更多。

　　很想说，陆长亭，别这样。你痛，我比你更痛。

　　但是我告诫自己，一定要忍住呀梁芳草。

　　后来，你打来的电话慢慢少了。

　　后来，你开始接工作了。

　　后来，我在推特上看到了你的工作照，果然帅气的人不管做什么工作都一样的帅气。

　　你与新女友的第一次约会回来那天，发了一条推特说，终于明白你爱的人变成了一颗星星，你一抬头就能看见她对你微笑。

　　真好。

　　我应该会比你们任何一个人都要早地离开这个世界吧。

　　我会去哪里呢？

　　如果可以选择，我也想住在一颗星星上面，每天在那里看着地球微笑。这样，当你夜晚仰望星空的时候，就会像看到所有的星星都在微笑一样。

### Chapter 18

　　我偶尔会单曲循环听那首有你与我的名字的歌《送别》。

　　长亭外，古道边，芳草碧连天。

　　也许，我们的相遇，就像歌的名字一样，早就注定了要分离。

**就是
爱八卦**

1. 分享一件最近甜蜜、开心的小事。

**凌霜降：**《漂洋过海来看你》终于上市了。这是我真正意义上的第一本青春长篇小说。我不会告诉你一路努力成长努力靠近爱人的女主有我自己的影子。这是我的秘密，我要好好收藏自己独享。

2. 最喜欢的食物？最喜欢的明星？一直想去但没有去做的事？

**凌霜降：**最喜欢的食物是各种糖分很高的热带水果，还有各种美味的肉。你知道美食与爱情不可辜负，美食是排在前面的。

最喜欢的明星是金秀贤，喜欢他干净的、陌上人如玉公子世无双的气质。

一直想去做又没有做的事情是暂时没有。因为以前一直想做又没有做的事情太多了，所以现在有想做的事情一定会努力去做。如果还没有做的，一定只是因为我的钱还不够，但我必定在努力赚去做这件事情的钱。

3. 主题书跟读者见面的时候，大鱼文化正好三周年了，想对大鱼和读者说点什么？

**凌霜降：**有一条大鱼，它隐约在云端，带着爱与梦想在等你。祝大鱼三周年生日快乐！

SHIGUANG
HUAN

# 时光缓

——文 / 笙歌——

**/ 小花阅读 · 笙歌 /**

懒，对事对人都间歇性热情。

音乐播放器里的东西很杂，英文朗诵、越剧、大悲咒、hippop、钢琴曲。

胸无大志，随遇而安，偶尔有颗想去世界流浪的决心。

哦，对，讨厌流汗。

**代表作品：** 小花阅读一生一遇系列第二季《春风拂我》

**作者新浪微博：** @笙歌歌歌_

### Chapter 1 林舒尔，你现在过得怎么样?

大学的摄影微信群里，有人发出一张多年前的集体照。

平地惊起一阵雷，几乎所有人都出来指着照片怀念，自己往日有多青涩稚嫩。说是几乎，因为还有我这个从来没在群里说过话的人，此刻正站在机场的行李认领处隔着手机屏幕看他们的七嘴八舌，顺便在脑子里回顾当年的社团生活。

时隔多年，有些人我连名字都叫不出了。

"有谁知道林舒尔的近况吗?"

一句话，就让原本聊得热火朝天的微信群瞬间凝固。

林舒尔。

我放大图片，刚被提到的林舒尔，就是这张照片里——站在最旁边的那位。

相信我，这一次认人，我保证没有多花一秒。

毕竟如果待过一个地方，你总会记住那里长得最特别的那个人吧。

恰好，林舒尔就是这种——

呃……如果要详细介绍她的话，大概要精准地加上一连串定语，比如说一个160斤、脸上堆满肉、加大码的衣服都遮挡不了她腰间三层游泳圈的肥肉……的胖子。

——讲真，她是个油腻得见过一次就难以忘记的人。

余光中，一只挂着屁桃认领牌的箱子在蜿蜒缓行的传送带上经过。回忆的思路被打断，我连忙收起手机，弯腰准备把箱子搬下来。旁边的一只手却先于我一步，是刚才在飞机上和我隔着一条过道的男孩。

"谢谢你啊。"重新调整下因为弯腰而滑下肩膀的相机包带，我礼貌地朝他笑了一下。

男孩是高中生的年纪，他摆摆手，红彤彤的耳朵若隐若现，煞是可爱。许是因为刚刚的动作，他支吾了半天才问: "姐姐你是摄影师吗?"

我摸着这个看起来有些年头的相机包，隔着布拍了拍里面的单反："是啊，我拍照片的。"

听到不远处的接客区，有人在喊我的名字，我对这个小男生留了句"再见"，然后拖着箱子转身离开，思绪还停在之前的照片上。

林舒尔，你现在过得怎么样?

**Chapter 2 这是我心里微微泛酸的小幸运。**

"来，你给我牵着，我提行李。"南卓雅以一个不让我拒绝的姿态抢过我手里的东西，又迫不及待地递给我一条牵引绳。我顺手接过全家福，已经两岁的它被主人喂得膘肥体壮，哦，似乎不能用这个词形容一只褶子都快被撑没了的沙皮犬。

"和那边的人沟通好了吗?"全家福往前跑的力道有点大，我被牵得跟跄，也难怪被它主人第一时间扔给我。

"后天早上 8 点半过去，跟拍半个月，其他跟着那些大师的上下班时间来。"

我漫不经心地点头，离开 S 市若干年，这是第一次重新踏上这片土地。

脑子里走马观花全是好多年前的事情。

我从来没有认真地评估过自己的记忆，反正它已经在那个"背诵全文"的年代被我压榨完毕。但今天它又像是满血复活一样，争气地把往昔一件件事情，错落有序地排在我的面前。

恍惚中，我以为，看到了你。

直到南卓雅在我耳边爆发的那声"全家福，你给我快松口"，才让我肯定，此时在我眼前的你，根本不是镜花水月。

全家福不知道什么时候脱离了我的牵制，反正我回神的这一刻，它连带着牵引绳一起挂在了一个男人的身上。

准确地说，是它咬着，站在你身边的男人的手里的一个黑布袋。

因为南卓雅刚才的那句话，显然你们已经发现了这只胖狗的主人。你单手插兜，站在那里就让人想要多看几眼。目光流转，从南卓雅到我身上停顿一秒，便又收回去。

我听见你说："陆浩深，你还真是属狗的，到哪里都能花枝招展。"

你嘴里的陆浩深嘟囔什么我无从知晓，南卓雅早就上前去和他赔礼道歉了。

而我僵在原地，脑子一片空白，只余一声盖过一声的心跳强劲地抨击耳朵。

江珩，我早已失去你的消息，甚至不清楚你是否还留在这座城市，只是在知道这项工作是在 S 市的时候，就想着终有光明正大的理由让自己重新回来这里。我幻想有天能和你不期而遇，但并不是眼下这种情况。

刚刚在飞机上睡了一觉的我，大概头发有点乱，脸有一些浮肿而且掉妆，甚至衣服可能会有褶皱。

愣了许久，总觉得今天不是一个适宜和你相见的日子。

不过看起来，你并没有我那么丰富的心理活动。

你只是把那个黑布袋拿在手里，和已经解决完这起小事故的陆浩深，转身离开。

是的，你并没有认出我。

这是我心里微微泛酸的小幸运。

### Chapter 3 如果你是画像上的神

我入学没多久，你的大名从南校区的美术学院，飘飘扬扬钻进我的耳朵里。

不过，这可能是因为我参加了摄影协会，恰好会长在追你班的美女班长，所以顺带着，连我也清楚你们班的消息。

据说能把师德优良的美术院长逼得不顾自己大师风度，拿起扫帚满学校追着打的你这个亲孙子。

高中时期已经成功开了一次画展，一幅画作就能卖出上万的新生代画家。

以及，军训的时候，因为脸好看而破天荒被全部女生票选出来的模范标兵。

这三句介绍你的话，我特地排了序。

因为我想证明自己真的，不是因为你的颜值而在意你的。

皇天不负痴心汉。

那天，会长大人收到风声，说你们班周六要去燕来山写生。

于是凌晨3点半，会长带着一群人轰轰烈烈在山脚会合。因为他任性地决定我们也要去采风。

深蓝色的苍穹之下，我睡眼惺忪，靠着一侧栏杆有气无力地迈在没有尽头的台阶上。爬山对我而言是一种折磨。

周围的人三三两两越过我往前走，有人还在风里留下"哎，我怎么没看到江珩"的问句。

有些人天生就是焦点，就算你不在，也会出现在别人的口中。

不知不觉我成为最后一个，并且和前面的人慢慢拉远。树影簌簌，这条小道隔十五阶就有一座路灯，而我站在昏黄的光晕之下，四周被黑暗笼罩。这么想想，无端打了一个冷战。胸前挂着刚买的单反相机，我重新调整背上的书包肩带，一个重心不稳，整个人向后面仰去。

我吓得惊慌失措。

如果从这里一路翻滚回山脚下，再见面时，我应该会变成一个全身青肿的死胖子。

幸好有你。

你站在我身后，伸出手撑住了我后仰的全部力量。

那时候我并不知道是谁伸出援手，只顾着浑身发抖，也不知是凭空背后多出一双手可怕，还是被差点变成死胖子的后果吓出一身汗。

"我才迟到一下，班长就给我安排这种惩罚？"尾音上滑，我所有的细胞刹那间安静下来，脑海里是你挑高眉戏谑调笑的模样。

你帮我立好身姿，朝我伸出手，头发被夜风吹得凌乱，但也并不损害你的美貌。你说："为了避免事故多发，你的包还是我来拿吧。"光晕在你头上散开，柔光效果叠加下，你更耀眼得不可方物。

我以前在信基督的同学家里看到一幅神爱世人的画像。

江珩，如果你是画像上的神，那我愿成为最虔诚的基督徒。

你接过包，掂了几下就扛在自己的肩上，然后也没多说什么，一次两阶向上走。不过，总是没有离我太远。

我偷偷打开镜头盖，举起单反对着你拍了几张，然后做贼心虚地立马放下，继续埋头苦爬。

天知道我有多羡慕我的背包。

**Chapter 4 燕来山的日出是用来怀念的。**

这次的工作是关于文物修复师的照片集，我因为之前拍过的一组公益照片而被 S 市政府聘请，负责拍摄修画组的部分。

早上八点半，我和南卓雅跟随负责接待我们的小张先生一起走进这座古宅。S 市的文物修复局把办公地点安在一位清朝王爷的别院里，简直不能更有想法。

阳光透过绿荫碎了一地金黄，四周一片幽静，唯有莺歌清脆，蝉鸣声声。南卓雅凑过来小声说："我感觉自己在吸收天地灵气。"

我别头，假装没有听到她在说什么，把注意力重新聚集在一直为我们介绍的小张先生身上。

小张先生叫张久龄，是今年刚应聘进来的修画组组员，他说自己现在跟着他们组长学习。这里固守着一套师徒传承的规矩，所以他一直以师父来称呼修画组负责人。

"我师父其实是位画家，我听师伯说，他以前办过几次画展，有幅画被拍出天价。但我师父说那是非卖品。"

"我师父去年修补的一幅古画，被借到大英博物馆去陈列了。"

"我师父还会弹吉他给我们听，偶尔还说预防颈椎病，带着我们一起跳《小苹果》。"

从小张先生的嘴里，知道了这位修复大师的很多事迹，但听到这里我还蛮讶异的。这座宅子里的工作人员是国内最顶级的修复大师。这个头衔让我觉得他们每一位都像小说里退隐山林的那种白胡子老头。

然而，世外高人会跳《小苹果》，这真是很容易让人有好感的反差萌。

修画组的办公室在这座宅子的小花园后面。

我环顾了一圈，屋内有五位正在低头忙碌的修画师，年龄从二十到四十不一，并没有我脑海中的老人模样。正在我疑惑到底谁才是负责人的时候，有人说，刚刚中心办把各组的组长都叫过去开会了。

我颔首，得到大家的同意就和南卓雅开始随意打量起四周。

屋内的墙上挂着几幅水彩风景画，画风大气磅礴。我站在一幅日出图面前，层层叠叠的云峦后面有金光溢出，好像压抑了许久终于要挣脱开来的景象。

张久龄走到我身边："这些都是我师父的画。之前有国外的博物馆来访问交流，还想花大价钱买回去呢。"

那还挂在这里，是因为大师不同意卖喽？果然是视金钱如粪土的高人呢。

"不过还是没卖。我师父说，燕来山的日出是用来给自己怀念的。"

### Chapter 5 我心底暗自开出一朵花。

已经很久没有人在我面前提及燕来山这三个字了。

在你"这座山上还有野兽出没"以及"小心我扔下你一个人"的威胁下，我总算跟着你爬上了山顶。这时已经是五点多，伸手不见五指，就算大家都带了照明工具，也影影绰绰看不太清。

我接过你递回来的背包，走到一个离大部队有点距离的角落，一个人席地而坐，准备吃早点。

一个多小时的爬山运动，让我急需补充点能量。

我刚吃没几口，你就过来了。夜色没让大家发现你。

可能是觉得自己刚才救我一命，又带我一路上山，本就自来熟的你拿着一个手电筒，随意地坐在我旁边。

你把手电筒从自己的下巴处往上打光，就算你长得好看，但这样也很吓人。你咧开嘴，表情显得更加狰狞，问出来的话却配不上这副模样。

"还有吃的吗？我饿了。"

我愣了一会儿，从包里翻出一盒泡面，还有一个保温杯。

会长没有说这次采风什么时候回去，所以我带了泡面以备不时之需。

"怪不得你的背包那么重，连热水都带上了。"你眼睛瞪大，嘴巴微张。

我把头扭向一边，不忍心看你糟蹋自己的美貌。还好你放下手电筒，利索地泡起杯面。过一会儿，你吸溜地吃起泡面，垫了点肚子，才对我说："我最喜欢这个牌子的豚骨味泡面。"说完还靠近了一些，开始普及泡面知识，"豚骨味道，汤都很鲜，少油清淡。你如果想吃面条劲道的，就要买韩国的杯面，煮着吃……"

我目瞪口呆，你也是大家目之所及必定心之神往的高富帅画家，她们口中的你才不是这副方便面宣传大使的形象。

你说完自己多年积累的知识之后，眼睛又盯着我手里的三明治。我大概还被刚才你颠覆的形象震惊地头昏脑涨，所以我居然伸出自己手里的三明治问你："要吃吗？"

还好我递过去的是另一边没有咬过的角。

你羞涩地挠挠头，说自己昨天一直在画室里画画，一整天没吃饭。你说以后给我画幅画之后，迅速地扑过来咬了一大口。

全校女生都没想到，你是用一盒泡面加一口三明治就能认识的美男子。

我也没想到，你一幅能卖四位数的画就这么随便地许出去了。

我看着三明治上面的牙印。

你咬得很大口，虽然吃的是没有动过的那边，但还是覆盖了我之前留下的痕迹。

这是不是大家说的间接接吻？

我看着你一边嚼动一边满足眯起眼睛的面容，心底暗自开出一朵花。

**Chapter 6 林小姐是你对我的称呼。**

既然负责人不在，我就带着南卓雅在院子里采了几张景。小院很美，院子中间还种着一棵看上去就很有年头的古树。

我举着相机，随意几张，就是风景。

大门外，一个人影蓦然闯入镜头。

你穿着棕色 T 恤、九分牛仔裤，脚下踩着双老北京布鞋，左手还拿着一盒杯面。

好像是从记忆里翩然走出。

我怔在原地，一时之间分不太清。

耳边是南卓雅的嘀咕。她说："修画组的组长好帅啊，没想到这么年轻。"

过了几秒，她又迟疑地问我："我怎么觉得他有点眼熟呢？"

是啊，我也想问，你怎么长得那么像我之前认识的一个人？

张久龄立马跑出来介绍："师父，这就是接下来要给我们拍照的摄影师。"

原来是你。

可怎么会是你？

说实话，我一直在构思之后拍摄的布局。布满皱纹的双手和有年代感的古画同框，或者一位长者眉头微蹙，坐在红木书桌前执笔绘图。

就算不是年长的大师，也不会是你这样从小被人捧着，意气风发得天独厚的天之骄子吧？你大学的时候，经常背着一块画板逃课，说是去寻找绘画的灵感。美院的所有老师，提起你都会笑着摇头说，他啊，天生属风，不能困在这里。

"你好，我是江珩。"你朝我伸出手，一如初次见面你做的那个动作，"请记得把我拍帅点哈，我们组全靠我争光了。"

只是这次，我把右手放进了你的掌心。我努力不让自己的声音颤抖，说："你好，我是林舒尔。"

我一直盯着你的脸，不放过你听到我名字时的表情。虽然之前你没有认出我，但现在是否会失神一会儿，在翻涌的记忆里搜出我这号人？

然而，你徒弟的话语盖过了我的声音。

"师父，你能遮住你的脸吗？我还指望这次出镜被人看中带走的啊。"

你没有听到我的自我介绍。

因为你的脸色并没有变化，连嘴角的弧度也和刚才保持一致，你说："林小姐，接下来的日子请多担待。"

我的目光瞥到你左手举着的方便面。

它还是豚骨味，但已经是另外一个牌子了。

江珩，离开这座城市之后，我经常网购你喜欢的那个牌子的豚骨味。把它泡开就放在一边，静静地看它凉掉，然后扔进垃圾桶。

后来呢。

再相见的时候，你喜欢的牌子停产了，你认不出我了。

林小姐是你对我的称呼。

**Chapter 7 果然你抱起来很舒服。**

我们之间的友谊让别人摸不着头脑。

被全民关注的你，似乎在大家一不留心的时候，交到了一个胖子朋友。这个消息在燕来山回来的第二天，传遍全校。

经常有女生故意来我的班级门口，看江珩身边唯一一个女性朋友到底长什么样。

所幸，我的身材让她们很放心。

在我们认识的三个月之后，你带我去市区一家店吃火锅。

对，你特别喜欢拉我一起吃东西，据说我吃东西的模样让你特别有食欲。听到这个原因的时候，我想过要放下筷子，做一个慢条斯理的淑女。

但我的胃不同意。

火锅店里，我们这一桌是贵宾待遇。这是借着你的光。

每一轮上菜的服务员都会换一个，她们也会轮流过来问你要不要加水。

"你吃这个，刚浮上来之后的时候，口感最好。"你往我的碗里夹了一个贡丸，然后看着我，期待我吃完之后的表情。

水汽氤氲，你的眼睛也多了一层温润的水色。

但是我这次并没有如往常那样赞同你的味蕾。我一边往嘴里塞你夹给我的丸子，左手认真地在手机屏幕上划拉。

我在百度如何修补一幅破损的油画。

于是，修画师这个名词第一次闯入我的视线。

我妈最近因为综艺节目喜欢上里面的一位选手，恰好那位选手自己闲暇时候会画画。于是我妈托关系花了上万元，买下她偶像的一幅油画。

但上周末，我爹打电话说，他不小心摔了那幅画，更不小心地把它划开了一道口子。于是他每天回家都能面对残羹冷炙的家庭冷暴力。

"修画？"你抢过我的手机，问我，"你看这个干什么？现在不好好吃饭，会消化不良的。"

我三言两语跟你解释清楚，然后拿回手机，继续看那些关于修画师的报道："修画师真帅气啊，恨不得我身边就有一位。"

你小心眼地把火锅里面我爱吃的东西全捞到自己碗里，吃完了才有空跟我说："你把你家的那幅画给我。"

"我也会修。"

小时候邻居家的小弟弟，在听到她妈妈夸我聪明的时候，他也是你这副神情。

后来，我们会长跟我说，你在你们班上史无前例地缺课了一个月。

无数专业课老师在课上问起你，同学说你在寝室里专心修画。后来他们大概是带去了各科老师对你的问候，你在校园网上发了一条状态说："我很好，还健在。人身安全有保障，老师同学们请不要担心我。"

于是，你那位德高望重、和蔼可亲、轻易不在学院里出现的院长爷爷，又拿着扫帚满学院地追着你打。

这让我对你产生了愧疚感。

以至于你一瘸一拐把完好如初的油画递给我的时候，我情不自禁地把你抱进怀里。

你说："林舒尔，我很早就想抱抱你啦。果然你抱起来很舒服。"

哦，真是谢谢你啊。

**Chapter 8 我以前有一位朋友也姓林。**

你指节分明的双手在那幅古画上，拿着工具小心翼翼地除污，揭命纸。阳光透过窗户斜射进来，你的指头也泛起了红。

我把这个画面定格在相机里，又分神地想，当初你待在寝室里修补油画的时候是不是就是这个样子。

因为全神贯注，眉头不自觉地锁在一起，眼帘低垂，浓密的睫毛在眼下投下一道黑影。

成功追到美女班长的会长大人在很久之后跟我说，江珩那时候在寝室里琢磨了半个月，后来还是重新临摹了一幅油画。不过，也真的是功底深厚，临摹出的画以假乱真。

挂完电话后，我立马抢过妈妈手里的抹布，认真地帮她擦拭挂在客厅里的那幅画。

午餐是自助式的，味道真心不错。我开始怀疑，你是因为这里的伙食而留下来当修画师的。

有人坐在我对面，我抬头发现是你。

你往我盘里看了眼，又递过自己满满当当的餐盘："林小姐，你要不要再吃些我拿的？你吃这么少，下午还有力气举单反吗？"

你还真是一如既往的慷慨啊。是不是每个人你都这么自来熟？

这么想，我赌气地摇了摇头，狠心拒绝你的热情。

南卓雅因为其他行程提前离开，你同事也已经回到工作室。你双手插兜，走在我身边，老北京布鞋被你当成拖鞋趿拉着，却有一种颓废时髦的感觉。

"拍我们很无聊吧？"

"没有。"

这句话一点都不违心。有这么一个名正言顺的机会，让我肆无忌惮地看着你。我已经满怀庆幸地感谢这些年我转发过的锦鲤大王了。

"林小姐是哪里人？"

"Z市的。"

你点点头，然后紧抿嘴唇。我以为你不会再开口说话。

没想到你过了一会儿，又接着说："我以前有一位朋友也姓林，家住Z市，她也喜欢拍照。"说完之后，你目光失了焦距，像是在回忆往昔。

所以才没有发现，我在你身边，眼眶湿润，双手紧紧握拳。

我也不清楚自己为什么不大方一点，趁这时候跟你说，我是林舒尔啊，你看我瘦了之后是不是很漂亮。

"说起来，你和她小时候有点像。"你停下脚步，转过身看我，不过并没有发现我异样，"她以前给我过一张小时候的照片，眼睛跟你差不多。"

**Chapter 9 这名字从你嘴里喊出来，真好听。**

是，我给过你一张照片。

在会长追求女朋友的路上，他自掏腰包请你们班的人一起和我们聚过餐。餐桌上玩真心话大冒险，我们协会的女生终于按捺不住好奇心，问你喜欢什么样的女孩。

不知是不是我的错觉，你往我的方向快速扫过，然后说："眼睛好看的。"

周围的女生得到这个答案后，似乎是起哄也可能是真心地互相玩笑似的问："你看我眼睛好看吗？"

只有我，坐在背光处，一动不动地低头喝汤。

我怕抬头，她们就会发现，其实我的眼底也起了波澜。

作为一个胖子，我的人缘不错，因为我有一个能把她们拍得比本人好看无数倍的技能。

但也只是看起来，我并没有交心的朋友。

所以，我连一点异样的情绪都不敢泄露给别人，怕她们会嘲笑我的异想天开。

回到寝室，我在洗漱间待了很久。

凑在镜子前，特别想自己是白雪公主，哪怕是那个继母王后也行。我就想问一句："魔镜啊魔镜，我的眼睛到底是不是他认为的好看？"

可看到镜子里那张被肥肉快挤没掉的小眼睛，我还是没有自欺欺人的勇气。

江珩，在对着镜子看这张连自己都厌弃的脸的第45分钟，我终于意识到，我喜欢你。

但，下一秒，我也清楚地知道，你喜欢的人不可能是我。

因为我没好看的眼睛。

没苗条的身材。

也没有能够站在你身边的底气。

我开始用"体育达标测试八百米"的借口在操场上运动。

你看，胖成这样的林舒尔，连减肥都不敢声张，生怕别人知道我对你有不可告人的小心思。但是，因为初中时的一场大病，我吃了好几年的药，也因为里面含有的激素，变成 160 斤的大胖子。

冰冻三尺，绝不是几个月就能减下来的。

在我拒绝你约我吃饭的第三个月，我看着电子秤上鲜明地显示着 80kg，突然蹲下来涕泗横流。

我看到眼前被扔在地上的照片，里面明眸善睐的小美女穿着背带裤，站在一帘瀑布前，羞涩地望着镜头比了剪刀手。

这是我，曾经漂亮过的小时候。

看到这个，我又重新有了动力。因为我相信减完肥之后自己能成功逆袭成一位大美人。

前提是能减下肥。

于是我吃得更少，也更加疯狂地锻炼。

终于，在学校一次运动会上，你代表美术学院致辞。

那天，我站在最后一排，因为距离太远，我只能看到你的轮廓。可这并不影响我顶着刺眼的阳光，看向主席台的位置。

眼前一阵阵发黑，腿上也慢慢失去支撑我的力气。

倒地的前一秒，广播里好像传来你一声划破天际的尖叫。你在喊我的名字。

林舒尔。

这名字从你嘴里喊出来，真好听。

**Chapter10 还好我不喜欢你。**

我在学校医务室醒来，你正站在窗口前接电话。

言谈间，我明白，电话那头是你爷爷在教育你。

如果我晕过去之前没听错的话，你应该是搞砸了学校的运动会闭幕式。

你挂掉电话，回过身看到我醒来，也知道刚才我应该是听了全部的对话。所以，你做作地长呼一口气，夸张地说："老头子就是容易大惊小怪，其实校领导都在表扬我见义勇为。"

见义勇为是这么用的吗？你果然是个美术生。

不过话锋一转，你又端着一张严肃脸："林舒尔，你说说，怎么不好好地吃饭？下次我带你去吃东西，你再拒绝我一次试试。"

是哪个庸医告诉你我没吃饭的，明明只是吃得比较少。

我猜你是看出来我在减肥，于是又含糊地说："不过，我以后带你去吃点清淡的。太那个啥了是对身体不太好。刚才背你过来，我都差点扭到腰。"

要不是你的脸，你这么说话一定是单身一辈子的下场。


原以为这件小事就这么平淡地过去，但没想到，外面却变本加厉地掀起一阵狂风浪雨。

所有人都在说，那个胖得要死的林舒尔，因为减肥绝食，晕倒在运动会闭幕式上。

因为是你背我去医务室。所以她们又在说，林舒尔喜欢江珩，因为江珩不可能喜欢一个大胖子，所以她才减肥的。

我藏了很久的秘密终于被放在众目睽睽之下。

江珩，你从来没有被这么对待过，所以也不清楚，我到底有多狼狈。


你听说了之后，特地跨越整个校区来找我。偷瞄我的表情，安慰我："别难过，要不我带你出去玩？过段时间回来，大家就不会关注这个了。"

你脸上满是小心翼翼，我懂你想宽慰我的真心。

只不过，看到你并没有把那些话当真，心里也不知道是轻松还是难过，我摇摇头，拒绝了你的提议。

"我没关系啊。她们说的又不是真的。我只是去体检，医生说我这样子影响健康，所以才开始减肥。"

我用修炼得很到家的伪装功夫，假装自己根本不在意。

其实我骗了你，我在意得要命。

可是我完全不能反驳她们的话。

我是胖，胖得让人恶心。

我是觊觎你，想对你表白。

但是，她们也说得对，你不可能喜欢我啊。

我伤心得想一下子流掉七八十斤的眼泪。

只是我真的自卑啊。

连难过都不敢被别人发现，生怕她们说，你有什么资格难过，明明我们都说对了。

但是，你相信了我的话，立刻抛掉那份谨慎，整个人像松了口气。你的眼睛重新染上光彩，声音里也透着清亮："那就好。我还真怕你喜欢我，我不太擅长处理这样子的事情。"

我垂下眼，努力克制自己不哭出来。

喜欢你是一件让你害怕的事情吗？

那真是对不起，我一定不会说出来让你为难的。

想来也佩服自己能忍，我阻止了所有往外冒的情绪。

我盯着你的眼睛，一字一句认真地对你说："还好我不喜欢你。"

**Chapter 11 我要离开这座有你的城市了。**

把照片导入笔记本电脑，翻着文件夹里今天拍下的所有照片，埋在心里将近五年的情愫正在慢慢滋生发展。

不好意思啊，江珩。

我以为自己可以不喜欢你，但这根本不是我能控制的事情。

要不然，我也不会让自己为难。

瘦下来之后，我被妈妈逼着相亲了好多人，其中也不乏优秀的像你这样的人，但始终都没有为谁心动过一次。

阖上盖子，把电脑塞进单肩包里，我跟你们打了个招呼就转身离开。

我走在路上，神情还有些恍惚。

之后，我单方面地慢慢减少了和你之间的联系。

那时候你也正在准备自己第二次画展，忙得天昏地暗，再也不像之前那样隔三岔五把我拉出去一起吃饭，只能打电话跟我抱怨说，我怎么就不知道去看看你。

而我，正接收一封来自加州的邮件。

是，我们大学和国外的学校展开合作项目，我申请了加州一所大学的摄影专业。

江珩，我要离开这座有你的城市了。

最后见你，是在你的画室外。

你胡子拉碴，双眼布满血丝，看到我的时候，你的精神有种不正常的亢奋："林舒尔，你总算来看我啦，真是没良心啊你。"

"你喝了几包咖啡？"我并没有接你的话茬。

"没数过，反正那盒都空了。"

"我……"我开了开口，停了很久，还是笑着说出来，"我要去别的城市进修摄影了。恭喜我吧。"

"……"你活跃的大脑反应了好久，也没有以后失去陪伴的难过，"哦，那挺好的啊，你本来就喜欢。我以后去玩的话，还有你当地陪。"

你这副状态真不适合我临别前的伤心，所以我咽下了所有本打算跟你坦诚的话。

也好，本来就不该造成你的负担。

我看了你好久，才从口袋里掏出照片，恶狠狠地塞给你："我小时候的照片，好好留着！我以前也是漂亮过的！"

说完，我就转身跑掉了。

我怕再看你一眼，眼泪就真的克制不住了。

**Chapter 12**

"林舒尔！"

我顿下脚步，心里疑惑是不是自己听错了。

面前有一辆面包车呼啸而过，距离近得几乎是贴着我的脸开过去的。

手臂突然被牵制住，没等我反应过来，就是一阵天旋地转，我扑进了一个清冽好闻的怀抱。

"你吓死我了。"

好吧，我也确实被自己吓了一跳。但眼下是什么情况？

"你是不是就不准备再跟我说一遍你是林舒尔了？"

这一回，我才承认，自己刚才真的没有听错。

"你总要给一个从来没有喜欢过别人的人反应的时间吧？"头顶上你的声音再次响起，话里的意思却让我摸不到头脑。

不过，我也大概猜到这是对我来说特别重要的事情，于是我挣开你的怀抱，坦然地对上你的视线。

眉若远山，眸似浓墨，近看你的眼睛仿佛有魔力，跌进去就不想再跳出来。

"我从来不知道喜欢人的感觉是怎么样的。等我意识到自己喜欢你的时候，你就离开了。我打听了好久，才知道你是出国了。"

说到这里，你似乎很不满我当初说的"另一座城市"的欺骗。

"电话换了，QQ 也常年不登录，我去了加州十几所学校也没办法找到你。"

心里有一种莫名的狂喜，我还真的不知道你这么努力地找过我。

"我只是没反应过来我喜欢上你了。"你一副委屈的姿态看着我，"你离开之后，我特别不习惯。不是说要给你画张画吗？几万块一张的画你都不要？我不在乎我女朋友有多胖，再说，你想瘦的话，我可以帮你减肥啊。"

视线中，语无伦次的你慢慢变得模糊，我这回不用流掉几十斤的眼泪，但就是止不住往外冒。我大脑混乱一片，发不出任何指令，所以我的脚就这么自作主张地后退。

是，我被你吓得落荒而逃。

接这项工作的第二天，我请假了。

南卓雅发短信说你一直问她我的电话。我把手机塞回兜里，走在你以前画室外面的回廊上。

墙壁的展示框里面，有历代优秀毕业生的作品。

我站在一幅画前，看得出神。

"这是我们上两届的江珩学长画的。在他的画展上拍出天价，不过没有出售。"有位学弟站在我身边，好心地帮我讲解，"我学姐说，画上那个女生是以前摄影协会的，可能是江珩学长喜欢的人。"

江珩，我可以把它当作是你欠我的那幅画吗？

所以，我觉得我应该去问问你，它到底是被拍出了什么价格。

就是
爱八卦

1. 分享一件最近甜蜜、开心的小事。

**笙歌：**现在唯一让我生不如死的是，每天 6 点半起床去练车。还好，我拿到驾照啦，再也不用起得那么早了。早起，真的很要命。

2. 最喜欢的食物？最喜欢的明星？一直想去但没有去做的事？

**笙歌：**喜欢的食物不固定，最不喜欢的一定是香菜！

啊，总算有个问题来证明我是有内涵的人了！因为我的偶像都不是靠脸吃饭的！

比如说本尼迪克特·康伯巴奇，（我觉得，能说出他全名是鉴别真爱粉的首要条件）

比如说 bigbang（他们是！实！力！派！脸这种事情，在我看来他们很帅啊）

一直想去蹦极和潜水。

以及，虽然这么说会很没出息，但我真的想待家里啃老。然而，这种事情是我的理智所不允许的。

3. 主题书跟读者见面的时候，大鱼文化正好三周年了，想对大鱼和读者说点什么？

**笙歌：**虽然一起度过了 3 年读者节，不过这次觉得自己又是新人模样，可能因为今年和大家见面的身份多了一种。感觉自己像大鱼一样充满无限可能，嘻。

祝愿大鱼能在未来带给我们更多惊喜，也希望能和所有人相约以后。爱你，比心。

只有我一个人懂得你的美好，
是一件值得庆幸的事。

NIZAIJIUJIANG
TAOHUAYUAN
▼

# 你在九江
# 桃花源

文 / 岑桑

/ 岑桑 /

深度选择困难症患者，矛盾是自然天性。生在盛夏，却最讨厌夏天。
热爱美食，却又怕疯狂长胖。所以笔下故事常常是开放式结局，爱，
或不爱，死，或不死。举棋不定，还不如交给读者去选择。

愿世间一切只有一种选项。

代表作品：《蓝桉跑过少年时 1、2》《被遗忘的夏天长达 32 小时》

作者新浪微博：@微言岑桑

**Chapter 1 我是挥剑少女，你是芳草美少年**

这个故事，只有我和贺钟元，以及我们许多年来的，细细碎碎的小事。

另外，还有一座极度没有存在感，却又无法断离的城市。

对，我说的就是九江。这一点，直到我上了大学，才开始体会。庐山名满天下，可很少有知道属于九江。《桃花源记》文冠古今，又有谁知道它藏在九江？

高中同学常在群里说："出来就不想回去了。"

那么安静散淡的小城，见过繁华的孩子有几个想回去呢？就算在外面混成碌碌无为的蚂蚁，也不愿意回去做温泉里的鱼。

只有贺钟元是个例外。

他就爱九江，爱甘棠湖公园，爱国棉四厂坡上的老杨米粉店，爱他爷爷和他爷爷种的花花草草。他爷爷是个特别和善的老头儿，把我们那栋老楼的屋顶种成了一片花园。有金盏菊、百日草，也有玫瑰和蔷薇。花开得旺的时候，他会剪下来一些，挨家挨户地送给老邻居们做福利。

不想说，有关楼顶这片花香四溢的大天台，我存着一段挥之不去的记忆。在那里，我第一次见到贺钟元——瘦瘦的，站在荫绿的植物中，阳光灿烂地投射在他蓝色的海魂衫上，额头有微微莹亮的汗。

他在给他爷爷背《桃花源记》，声音清朗俊丽，有一丝甜。

"缘溪行，忘路之远近。忽逢桃花林，夹岸数百步，中无杂树，芳草鲜美，落英缤纷……"

我静静地站在远处，心里暗暗感叹："哇哦，也太好看了吧。"

那一年，我13岁，还是看《灼眼夏奈》的挥剑少女，而他15岁，已长成会背"芳草鲜美，落英缤纷"的翩翩美少年。

如果，喜欢一个人有一个起点，我想，我喜欢贺钟元的起点，就是在那一个夏日的瞬间。微小的心动，像他爷爷埋在花盆里的种子，安静地在阳光里生出纤细的芽。

后来，他爷爷看见了我，把我叫过去说："小九，来，这是我孙子。你们交个朋友。"

我扭扭捏捏地走过去说："Hi，我叫江小九，九江的江，九江的九。"

贺钟元说："你好，我叫贺钟元，钟鸣鼎重的钟，通元识微的元。"

我呵呵一笑，说："你这么一解释，我就更不知道是哪个钟，哪个元了好吗。"

### Chapter 2 短发和裙子飘飞在微风里

贺钟元的爷爷经常和我说："我们钟元刚来，没朋友，你多带他玩玩。"

多单纯的爷爷啊，哪知道情窦初开的小小少女有不多单纯。那个暑假，我怀揣独霸帅哥的心，陪他逛美景，吃美食，然后以不经意的口吻，打探他的身世。

贺钟元是被他爸从广州送来九江的。父母离婚，各自为家，他回来跟爷爷住。说到广州，以前我和爸妈旅游的时候去过，繁华、热闹、时尚，单是卖动漫周边的小店就多得吓死人。

我爸说："你要好好学习，将来考到这样的大城市上学、工作，人生多精彩。"

他老人家"安利"的这碗鸡汤，我当场喝下。可贺钟元呢，偏偏选择回九江。

我问他："为什么来九江啊，自己住校不行吗？留在广州多好？"

贺钟元摇头说："乱糟糟的有什么好，九江才好，风景漂亮，空气也清爽。"

说这段话的时候，我和贺钟元就坐在楼顶天台的阳棚里。初夏的风，暖洋洋的。贺钟元拿着刻刀，慢慢刻着一块木头。木头是他爷爷一把年久失修的老凳子的腿儿。贺钟元说这是楠木，虽然老，但是真的好料。

一个美少年，不看动漫，不打 Dota，把木刻当成自己的课余爱好。

我觉得他不是来自广州，而是来自银河系。他是个披着美丽表皮的古怪外星人。

总记得那一年，雨多得反常，已经是 10 月了，某一天的傍晚，突然就下起了大雨。我爸抻长脖子望了望天，喊："小九，快去帮你贺爷爷搬花儿。"

这是我们家的老规矩了，只要下大雨，就要上去帮贺爷爷搬花。因为他岁数大了嘛，花又多。我披了雨衣跑上去，就看见了贺钟元。

他说："来帮忙啊？"

"嗯。"我弯腰拿起一株金盏菊，忽然就愣住了。因为就在青花瓷的花盆上，坐着一个木雕的少女，没有眉眼，只有鼻子和唇形。它双手撑着花盆的边沿，荡着双腿，齐耳的短发和裙子，飘飞在微风里。

像谁呢？

贺钟元走过来说："好玩吗？"

"你刻的？"

他点了点头，转身搬花去了。我端着花盆，依然一动不动。

像谁呢？

我在心里又问了自己一遍，却不敢问出口。短发和裙子在风雨里翻飞着，就像某个坐在花盆上的少女。

**Chapter 3 只有我一个人懂得你的美好是一件值得庆幸的事**

很长一段时间，我都把贺钟元当成我的私人珍藏。因为在相当长的一段时间里，只有我一个人能 get 到他的美。没办法，身处男生集体争做酷炫狂帅屌炸天的年纪，他像一块透明的玻璃，无害地存立在不被人发现的边缘。

我是在高一那年，才和贺钟元同校的。那时候，他已经高三了。在学校，我们身在两个不同的宇宙。我是动漫社团主力，cosplay 永远的灼眼夏奈。而他因沉默的性格，获得了一个深沉的外号——老干部。他不玩手机，且不上网，喜欢用钢笔和看名著。他最爱的运动，就是跑步。其他男生在篮球场或足球场上各种秀身姿，赚尖叫的时候，他一个人默默地围着操场跑圈。

贺钟元唯一一次出名的事迹，大概就是他的木刻作品在市里拿了奖，后来展出在主楼大厅的展示柜里。

我同桌第一次看见就跑回来和我说："天啊，你有没有看一楼的那个得奖的小木头人？"

我问："怎么了？"

"长得和你可像了。"

"是吗？没仔细看。"

虽然，我嘴上说得轻描淡写，但我的内心却是傲骄的。因为，如果到我家楼顶的天台上就会发现，小小的木头人，不止一个。它们以各种各样的姿态，藏在大大小小的花盆里。有的扶着蔷薇的枝干，有的躲在旱莲的叶子下……它们都出自贺钟元之手。

有一次，我问他："为什么总刻这一个女孩啊？"

他说："因为她是我来在九江第一个，也是唯一的朋友。"

我装糊涂，问："你说的谁啊？你们同学？"

他反问："你说呢？"

我没说话，整张脸紧紧地绷着，生怕露出丝毫窃喜的笑容。那天晚上，我睡不着了。一个人躺在黑暗中，满脑子都是贺钟元。他说话的声音，他微笑的表情，他拿着刻刀的手指，他奔跑在操场上背影……

我好庆幸，在这个世界上，只有我一个人懂得他的美好，做他唯一的朋友。

就在那一年，贺钟元毕业了。当所有人都在为青春里第一场别离洒泪心碎的时候，他却显得格外淡然。他返校那天，我正好放学。两个饥肠辘辘的人，一起去老杨米粉店吃米粉。小小店铺，开在国棉四厂的坡上，味道好得惊人。我们点了素炒粉和水子冲蛋，然后坐在那里闲聊，我问他："你的成绩都够一本线了，为什么就上个二本啊？"

他用醋涮了筷子，垫了纸巾放在我面前说："我不想离开九江。"

我说："九江都到底有什么好啊。你来了就不想走。"

他说："等你去过的地方多了就会发现，九江哪里好了。"

他说话的口吻，简直就是老干部。

我长长地说了一声"喊——"表示不屑。

其实，直到很久之后，我才想明白，他是从小见过繁华的人，才会爱九江这座小城。他很少说，他曾经经历过什么。他只说，现在很喜欢这里，喜欢这里的风景与历史，喜欢爷爷和爷爷种在天台的花。他有秒杀所有17岁男生的安静，并不文弱，只是静，静出《桃花源记》的怡然自得。

但那个时候，我并不懂得，我只是听他说了这么多"喜欢"之后，傻傻地追问："那我呢？你喜欢我吗？"

这么不要脸的话，也就那个年纪可以脱口而出。

他微笑，说："喜欢啊。"

### Chapter 4 最绝情，却也最深情

韩佳说："你俩简直甜炸了好吗！"

韩佳是我学姐。那一年我读大三，她读研二。

哦，我好像跳过了些什么。我在时间的河水中，跳过了一段水流湍急的浅滩。我不太愿意想起那几年。如果不是韩佳，我可能永远不会提。

那是个周末，我在韩佳的宿舍里懒着。她忽然说："对了，我们 boss 新收的徒弟你见过没？太有格调了，也是你们九江的。"

我说："哪个？"

"贺钟元，你认不认识？"

"他啊……"我用不太在意的口吻说，"住我们家楼上呢。"

韩佳野蛮地把我拉起来，说："不早说，马上给我约过来。本女王要见。"

我像块湿棉花一样，又躺在床上："不行，我和他有过节。说好老死不相往来的。"

韩女王八卦的心就来了。她一本正经地对我说："知道吗？'老死不相往来'这六个字，是世界上最绝情，却也是最深情的话。"

唉，她对这六个字的解释，真是贴心。

还是从高三那年说起吧。那时候，贺钟元已经大二了。他从家里搬出来，住到了学校去。每个周末，我都会跑去看他。他还是喜欢穿着条纹的海魂衫，只是头发留得长了些。他的书桌上，摆着一排绿色的植物，有虎耳草、白掌、风信子。白掌还开出了花。

他还是那个他，然而，我已经不是那个我了。

我常常会和他说大学的事。我说我想去学校，想去的城市。北京、上海，或者是他最不喜欢的广州。

有一次，我问他："如果有一天，我考去了别的城市怎么办？"

他说："等你毕业。"

"我要是留在那边工作了呢？"

他不徐不急地说："等你回来。"

那时候，我们就坐在他宿舍的床上，绿方格子的床单，映衬着窗外的春日。他的室友都很识趣地离开了，宿舍里空空的，听得见时钟的脚步。我无声地靠在他的肩膀上，他便用他的手臂环住了我。

直至此时此刻，我们都没说过做男朋友、女朋友这样正式的话，可很奇怪的，我们却像一对相爱许久的人，用最亲密的拥抱，来抵抗一场即将发生的分离。

我说："我要是不回来呢？"

他微微笑了，说："我等得了。"

**Chapter 5 有一种温柔用来毁灭你**

我的大学，是在北京读的。学校里各种各样的活动，丰富多彩的社团，让我的世界从此打开了另一扇门。

我常在电话里和贺钟元聊天，说说世界好大，人好快乐，钱永远不够花。他通常就是"哦""注意身体""别光想着玩，学习也很重要"。我感受得到两座城市的快与慢，也察觉到两个人之间的节奏差。我是集纳标签越来越多的拼贴波普，而他是留白越来越大的淡笔水墨。

大二那年，也有男生追我了。我小小虚荣地告诉他。他却依然只说了一声"哦"。

我问："不吃醋什么的吗？"

他说："嗯。"

气氛真是尴尬死了。我咳了咳，没话找话地说："对了，你爷爷最近身体还好吧？"

这次，他回答的比较多。他说："嗯……我爷爷三个月前过世了。"

我心里一惊，刚想说"这么大的事，为什么不告诉我"，可是在开口之前，却默默地在心里删掉了。

有什么好问的呢？他是住在桃花源的贺钟元，与世隔绝的贺钟元。他是钟鸣鼎重，通元识微的贺钟元。他把所有的快乐、悲伤，都锁死在自己宇宙里，不习惯、不喜欢拿出来与人分享。

我握着手机，不知道要怎么安慰他。

那是我第一次感受到距离带来的无力。有时，安慰只是一个眼神，或是一个拥抱，语言根本无法传递心里的真诚。

我说："你……还好吧？"

他淡淡地说："还好啊，最难过的时间，都过去了。"

我听着，心里莫名地疼了。

就在那天晚上，贺钟元忽然发来短信。他说："我想过了，我想参加考研，换换心情。"

我能说，我不厚道地笑了吗。我强烈要求他报考我们学校，热烈地介绍了我们学校各种好。第二天我就找学姐要复习资料。我真的没想过，上大学竟然也有机会和他同校。

我说："贺钟元，你死也考过来，要不然我就去死。"

他在电话里笑了，说："好吧，这次不是你死，就是我活。"

对不起，我开始做梦了。我觉得，这是一个机会，可以把贺钟元拉出他的桃花源。

那一年的暑假，依然在老楼的天台。我和贺钟元坐阳棚下面，像我们小时候一样。他毫无悬念地考进了我们学校的人文学院。我兴奋地和他勾画着一起打饭，一起自习的美好图景。然后，脑洞随即开得更大了。我说起毕业之后，说起了工作，还畅想了未来……他一直默默地听着，没有打断，只是最后说了一句："我不会留在北京的。我肯定会回来。"

我张了张缺水的嘴说："喂，我费了半天劲，都是白说了吗？"

他说："小九，我离开只是想换换心情。我的根在这里，不可能离开的。"

我终是被激怒了，被他温柔而固执的脾气激怒了。

世界有一种人，总是用温柔，却死不悔改的态度来毁灭你。

我站起来，生气地说："你是不是要一辈子和这些花一起？"

我把花架上的花，统统扔在了地上，那些像某人的木头小人，一个一个笨拙地滚落在花土里。

贺钟元没有阻止我，他只是安静看着我发飙发到筋疲力尽，才淡定地问我："你这是要和我绝交的意思吧？"

我说："对，以后老死不相往来。"

## Chapter 6 短短的时代

贺钟元来了北京之后，莫名其妙地就成了男神。刚开学那段时间，一大拨女生以各种名义参观了他的宿舍，体验了什么叫实力清流。干净整洁加成堆名著，书桌和窗台上，还摆着小巧的花草和木雕少女。于是有些女生就疯了，没事就往贺钟元的宿舍跑，问花怎么种啊，怎么养啊，然后拍下来发在朋友圈里，转来转去。

不奇怪吗？同一套装备，在九江并没有怎样，可在北京，他就红了。

韩佳说："有什么奇怪的，时代不同了。"

我真心好奇，从我听他背《桃花源记》起，到我摔了他的花盆止，这样短短的时代，究竟发生什么？而韩佳只用一句话，就做了结案陈词。她说："每个人都变得越来越 open，无时无刻地刷存在感。人与人之间充满了戾气，严重缺少安静之美。"

真不愧是人文学院的高材，把简单的事说得这么高深。不就是男生们都进化成了炫酷屌炸天，"老干部"变成了人类的稀缺。

不是吗？看看霍先生爆红就知道了，流量小生年年有，老干部可是越来越珍贵。

那一年，我总是刻意地回避见到"老死不相往来"的贺钟元，却又忍不住从其他女生口中，偷听他的消息。有一批花痴他的颜，天天赞美他岁月静好的脸。还有一批手控，对他用过刻刀的手爱到不行。她们都好奇贺钟元刀下的少女是谁？

对于这个问题，我从前的同桌一眼就看出来了。可是现在，却没人能领悟。是贺钟元刻得不够好了吗？还是，我已经变得不再像他刻刀下的那个女孩。

这一年，我开始实习了，暑假不准备回九江。而贺钟元却做了个令全校女生痛心的决定——退学了。

他和韩佳的 boss 说："我已经学到了我想要的，明年不来了。"

他以如此干净利落的方式，在学校里留下一个绝美传说。

贺钟元离开之前，找我吃饭。那是他来北京之后，第一次主动找我，就在学校二食堂的小炒部。我瘪着嘴说："请我吃饭就来食堂啊？"

他说："你不是说过，想要和我在学校的食堂吃饭的吗？"

我咬了咬嘴唇，忍了一会儿，还是掉了眼泪。我说："你知道的吧，我从 13 岁就开始喜欢你了。"

他说："我知道啊。只是你知道现在的自己，还是 13 岁就喜欢我的你吗？"

我低下头，低低地说："人总是要变的啊。"

他轻轻叹了口气，递给我一张纸巾，说："对了，我开微信了，加我吧。"

我擦了擦眼泪，说："不正常啊，老干部也玩朋友圈儿了呢。"

### Chapter 7 依然清澈，依然挺拔

贺钟元在朋友圈里的名字，叫"等"。有人问他等什么呢？可他从不回答。其实，他不只不回复，也不给任何人点赞。他只是偶尔发一些照片。有他新种的植物，新看的书籍，以及新刻的木雕少女。它们都以一种临风的姿势，站在花盆的边缘翘首远眺，短短头发，轻盈的裙子，仿佛一万年未曾改变。

贺钟元回九江后，毫无悬念地做了老师。而我的生活从此充满了悬念。毕业后，我签了"三方"，干了三个月，又跳去一家主做动漫的视频网站，把学校公司得罪了遍。没办法，谁让二次元少女的情商总是不够发达，还是寻找同类比较好活。

那是我第一次经历在外过年，还好，没有想象中的凄凉。和同事在一起，嘻嘻哈哈也挺热闹。就是宿醉之后的第二天清晨，北京冻成一片淡蓝。我随手翻朋友圈的时候，看见贺钟元发在朋友圈的照片，上面只有一双筷子，一杯热茶，一盘炒粉丝。他写，不知道有没有老杨炒得好吃。如此轻松的一句话，却莫名戳中了我的泪点。

想家，还是想他，我分不清楚。我只是一个人躲去洗手间，哭到不能自已。

再后来，就没那么爱哭了。人渐渐冷起来，硬起来，好像对谁都笑得出来。

韩佳说："这是长大的标志。"

说起韩佳，她是真是越活越年轻了。以前还是"韩女王"，现在变成了"本宝宝"。宝宝硕士毕业后，又考了博。她在求学的道路上，越走越远。我隐约觉得她研究了太久太深的人类社会，没能力再融入人类的圈子。

韩佳说："你是我硕果仅存的朋友。"

而她对于我，又何尝不是呢？只要放假，我们就凑在一起，追花式虐狗剧，追老漫新番，追撕B真人秀。

同事无限感慨地说："唉，你们俩是不是弯的啊？"

我翻同事白眼说："我们不是弯的，我们只是寂寞。"

是啊，北京这座城市太大，大的让人心生寂寞。或许，也因为我们的心空得太久，久得像一座庞大空旷的城。

2015年，我和韩佳开始追《我是歌手》，起初对小胡同学爱得不要不要的。毕竟也是看过《我为歌狂》的人。可是后来，李健一出场，立时就路转粉了。总记得他的第一首歌《贝加尔湖畔》，淡淡的声线一出口，我便眼泪狂飙，无法抑制。

韩佳就坐在我身边，轻轻地搂住我。到底是研究人类的宝宝。

她说："好像一个人是吧。"

是啊，好像一个人，像一个我从 13 岁就喜欢的人。也许，人总是要有一点经历和阅历才会知道自己要的是什么。那一刻，我清楚地知晓，我要的，都留在了九江的天台上。

第二年的春节，我回了家。我的房间和高中时一样。我爸说，我妈每天都会打扫一遍，这样看起来好像我从没离开过。我坐在整洁的床上，心里就生出了依恋与不舍。我爸说："出去那么久，回来想吃什么啊？"

我说："老杨家的炒米粉。"

我爸笑了，说："那你可要多住些日子，大过年的，谁炒给你啊。"

忽然就觉得他有些老了，不再是那个鼓励我出去闯闯的老爸，三句话，就要绕回到别离开他。一点不像某些人，从不劝阻，从不挽留，只用朋友圈的一个名头，默默宣告他的固执与坚持。其实，他应该知道我回来了吧。可是，他始终没有下楼，没有敲响我家的门。

总记得这一年的初四，忽降大雨。我爸在屋里喊："小九，上楼帮个忙去。你贺爷爷不在了，花还在呢。"

我心头一软。我是有多久没听过这句话了，许多记忆都在一瞬间唤醒了。

我披了件雨衣，上了天台，毫不意外地，见到了贺钟元。他没穿雨衣，站在葱葱郁郁的花草中，整个人都被打湿了。他真是被时间厚待的人，这么多年，依然清澈，依然挺拔，淡蓝的海魂衫，依然满满少年力。

他听见开门声，转过头，隔着雨水，问："回来了？"

淡然口吻，好像我只是出门吃了盘炒米粉。

我说："嗯，年前就回来了。"

他又问："住多久？"

我答："其实……不想走了。"

"哦。"

他只说了"哦"，就搬花去了。

可是，我分明看见他嘴角有暖暖的笑意浮上来，有欣喜和快乐透出来。那些花盆里的小小少女也看见了。它们一个一个抬起头，望着我，像等待了一个世纪的精灵，终于等到我走回这片花草芬芳的桃花源。

2016年，听说庐山要建市了。九江的版图，会变得更小，变得更加无人知晓。

也许有一天，它真的会缩成一处与世隔绝的传说。

芳草鲜美，落英缤纷，有良田美池桑竹之属。阡陌交通，鸡犬相闻。

从此，我与他，种花，教书，做一对闲游世外的神仙眷侣。

蛮好哒，是吧。

**就是
爱八卦**

1. 分享一件最近甜蜜、开心的小事。

**岑桑：**我一直觉得一些细微末节的关怀，才给带来真正的甜蜜。比如就在不久前，我家小新（嗯，M捡回的第三只猫）增添了新习惯，每天在我睡觉的时候，会把自己心爱的小东西，塞在我被子，比如它的小球、皮筋、厨房的抹布、M的袜子，以及不知从哪里捕获来的甲壳虫。M说，小新真是太甜了，把最爱的东西都拿出来和你分享。嗯，呵呵哒，我现出了甜蜜的微笑脸。

2. 最喜欢的食物？最喜欢的明星？一直想去但没有去做的事？

**岑桑：**有关食物，没有最喜欢，吃多了一定是腻掉。

有关明星，也没有最喜欢，因为小鲜肉总有变成老腊肉的那一天，需要不断更新。曾经发誓，再也不会像爱某爱豆那样爱上别的star。然而，这个誓言的保质期，不到两年。

从小到大的梦想，就是去埃及的金字塔里去转一转，发掘一下古老的咒语和木乃伊。不过，这件事目前还停留在"想"这个阶段。

3. 主题书跟读者见面的时候，大鱼文化正好三周年了，想对大鱼和读者说点什么？

**岑桑：**三岁的大鱼，已经是条很大的鱼了，每一叶鳞片都闪闪发光。时间让更多的人认识她的多彩，记住她的美丽。祝大鱼文化生日快乐，愿每一位读者年年有"大鱼"。

浮生若梦

F U S H E N G R U O M E N G

那皓月一般清俊的人有着一双极其好看的眼，黑若点漆，亮如寒星，只消一眼就能将人吸入无尽的深渊里。

她想，那大抵便是所谓的一见倾心。

*FUTENG* ▼

# 负 藤

文 / 九歌

/ 小花阅读 · 九歌 /

慢热，严重拖延症，间歇性抽风症患者，
时而文艺小清新，时而重口味接地气。
兴趣广泛，热爱文字，热衷旅游，古风控，
喜欢一切与古典文化有关的东西。
坚信"只要坚定不移地走下去，梦想总有一天会实现"。

即将出版：《妖骨》

作者新浪微博：@ 小花阅读九歌

　　梦里杨柳纷纷，暮色烟雨倚重楼，碧绿衣衫的少女搂着他的脖颈，笑语盈盈唱着歌谣。

### 楔子

　　那是她的最后一战。

　　铺天盖地的碧绿藤蔓覆盖住阴沉的无妄海，红莲次第盛开，天边尚未散尽的魔气与神力交织相撞，掀起一层又一层滔天的巨浪……

　　血雾似烟花绽放，散落在她冰凉脸颊上，她早已无法动弹，眼睁睁看着自己半截血肉模糊的身体被海浪卷入无妄海底。

　　那一刹，是绝望，是落寂，是在心头盘踞两千多个岁月的执念的终结，一切都将化作尘烟飘去，而她也可以休息，终于不用再无休无止地战下去。

　　唯一的遗憾大抵就是没能兑现那个诺言吧，意识完全消散前，她如是想道。

　　……

　　一夜过去，无妄海上的绿藤皆枯靡，红莲开败，艳红的莲瓣逐波漂离，有人踏浪而来，拾起半截手臂般粗壮的碧绿藤蔓，素白的手掌在它凉透的身体上游移，声音里辨不出情绪："你生前是绝世魔物，死后亦能成就无上兵刃，倒是个彻头彻尾的杀器，怪不得他会养你。"

　　此后三百年有魔器现世，名藤杀，与三百年前被斩断在无妄海上的大妖魔同一个名字。

### Chapter 1 交替

　　魔器现世后五百年，曾经的妖神战场无妄海上突有魔气横生，途经此处的东方东极天帝苍黎循着那冲天魔气赶去，却见海岸上有无数藤蔓，如碧绿的茧子一般裹着个浑身赤裸的少女。

　　那一战过去，四海八荒内再无妖魔现世。

　　苍黎手中长剑呼啸着出鞘，横在少女脖颈之上。

殷红的血已然顺着长剑滴落，溅在漆黑的礁石上，晕出大朵大朵怒放的红梅，那少女却浑然不知自己的性命被捏在别人手上，一脸懵懂地望着苍黎笑："你长得真好看。"

那一刹，苍黎的手仿佛被烈焰灼到，长剑"叮"的一声落在乱石上。

……

"渤海之东，不知几亿万里，有大壑焉，实为无底之谷，其下无底，名曰归墟……"一夜过去，老槐树硕大的树冠上挂满大簇大簇洁白的花，竟比往年都开得好，它一时兴奋，又忍不住与藤儿炫耀自己的学识。

和煦的阳光穿透老槐树的枝叶，丝丝缕缕洒落在藤儿莹白的脸颊上，仿若透明琉璃。

她向来对这些奇奇怪怪的东西不感兴趣，嘴角一弯，拉偏了话题："那贺兰雪神女为何总来这里呀？"

老槐树讲得正来劲，压根就没听清藤儿所问的问题，又接着自己的话道："其实这个归墟呀，曾经是有人见过的，有传闻找到归墟者，便能回到执念开始的地方……"

藤儿眨了眨眼，对老槐树所说充耳不闻，像是刻意打岔似的又接着问："树爷爷，你还没说那贺兰雪神女为何总来这里呢。"

这是藤儿半个时辰内第三次问老槐树同样的问题，老槐树终于被问得不耐烦了，摇得满头洁白槐花簌簌落下："她是咱们点苍山未来的女主人，不来咱这里又该去哪里？"

连续三次得到同样回复的藤儿终于消停，托腮思索半晌，才闷闷道："她是点苍山未来的女主人，那我又是什么呢？"

原本无精打采的老槐树心里一咯噔，这孩子该不是……

心中的疑虑尚未解开，又听藤儿气呼呼地道："哼，我倒要去问问苍黎，是不是有了贺兰雪神女就不要我了！"

一瞪眼一跺脚，十足的孩子气。

老槐树揪成一团的眉倒是瞬间解开了，他担心个甚，这丫头分明还是个孩子。

可看着那孩子一蹦一蹦的背影，他又陷入了沉思。

她尚且是个不懂事的孩子，那么帝君呢？你又将如何来看待这个孩子？

藤儿在一个爬满紫藤的凉亭中寻到了苍黎。

石桌上的香茗正冒着热气，在瀑布般的紫藤花下氤氲着散去，熏得贺兰雪白玉一般的脸颊染上了丝丝红晕，却在藤儿出现的那一瞬，凉得彻底。

贺兰雪仿佛有一瞬间的失神，不过须臾又找回了自己的声音，眼睛看向藤儿，却在与苍黎说话："她便是你从东海域捡来的小魔……孩子？"就要脱口而出的话被她蓦然收回，最后一个字在舌尖上转了又转，寻思良久，才憋出个不会惹苍黎发怒的字眼。

贺兰雪的眼神让藤儿觉得浑身不舒服，她朝贺兰雪翻了个白眼，方才一头扎进苍黎怀里，指着贺兰雪的鼻子控诉："苍黎，苍黎，大家都讲她是点苍山未来的女主人，那我呢？我又是什么？"

苍黎向来对藤儿宠得紧，才养成了藤儿这般直率的性子，而今即便是藤儿用手指着九重天宫上神女的鼻子，他都连重话也舍不得说一句，只刮了刮她的鼻子，轻笑一声："别闹。"

藤儿不依不饶，依旧在他怀里嘟囔："我不管，我不管，我就要做点苍山上的女主人！"

苍黎无奈，只得揉揉她软绒的发，耐着性子开始哄她："好好好，你说什么我都依。"

贺兰雪脸色刹那苍白如纸，苍黎却毫不在意，眼睛里依旧是柔到骨头缝里的笑意："只要你乖乖的，莫再胡闹，我就什么都依你，三月后的那场瑶池会也带你去。"

藤儿豁然来了精神，也不再像泥鳅似的在苍黎怀里乱钻，眼睛眯成两弯新月："此话当真？"

苍黎面上笑意不减："比真金还真。"

藤儿对瑶池会丝毫提不起兴趣，对昆仑山上那座镇压妖魔无数的镇魔塔却是神往已久，奈何苍黎对她看得紧，否则她早就背着行囊悄悄跑了过去。

算是了却一桩心事的藤儿不再痴缠苍黎，三蹦两跳跑得不见了影。

苍黎悠悠收回视线，不期然对上贺兰雪的眼睛，她神情诡谲，嘴角勾出个讥讽的笑："帝君，您这是透过她看到了谁呢？"

有微风扬起，紫藤花瓣擦过他无悲无喜的眼睛，他略显薄凉的唇紧抿成一条线，并不言语，唯有握在手中的那盏茶盅碎成飞灰，从他指缝中散溢，不着痕迹道破他的情绪。

### Chapter 2 凤愿

高台上有藤儿不识得的白胡子神君摇头晃脑在讲道。

藤儿抱着饱满多汁的蜜桃，眼睛一眨不眨盯着那神君锃光瓦亮的脑袋发愣，苍黎轻拍她鼓鼓的脸颊："可是困了？"

她茫茫然转过头，下意识扑进苍黎怀里，全然不顾四周神君神女们错综复杂的神情。

苍黎眼睛里仍是宠溺，却也有所顾忌，不好与藤儿过于亲昵，又拍了拍她脸颊，压低了声音："困了就去瑶池后放的藤椅上睡。"

藤儿撇撇嘴，像藤蔓似的缠在苍黎身上："腿软，走不动。"

苍黎无奈摇摇头，在一片抽气声中将藤儿打横抱起："你呀，你呀，简直就像没长骨头。"

藤儿浑然不在意，又往苍黎怀里蹭了蹭："哼，谁家藤蔓会长骨头？"

瑶池里的芙蕖开得烂漫，半池素雅半池妖冶。

苍黎重回宴席不久，藤儿就睁开了眼睛，掀开苍黎盖在她身上的大氅，猫着身子，缩在芙蕖与莲叶的间隙中缓慢前行。

东方属阳，西方属阴，妖魔皆是阴物，故而镇魔塔建在了昆仑之巅的极东之处。

藤儿一路御风而行，不过须臾便到了那极东之处。

镇魔塔外本就设了无数层结界，即便是不派人守着，也几乎无人能闯入，加之今日又设有瑶池宴，镇魔塔的守卫比往日里来得更松懈。

藤儿身形溶在一片皑皑白雪之间，随手掐了个诀就有长风卷起，而她则化作一瓣飞雪，轻飘飘落入镇魔塔里。

那一刹乌黑阴沉的镇魔塔外有华光闪起，立在镇魔塔外的仙君突而一个激灵，抻长脖子朝塔内望了望，塔中依旧是浓得化不开的暗。

藤儿只觉眼前有无数重光影划过，充斥在耳旁的是夹杂着凄厉哭音的风暴声。

枯骨，黄沙地，数不尽的妖魔在这无垠的战场里厮杀哀鸣。

藤儿现身的那一瞬，万籁俱寂。

然而，那也仅仅是一瞬间的寂静，下一刹，那群妖魔犹如嗅到腐肉气息的秃鹫般遮天蔽日飞来，滔天的魔气将藤儿团团笼罩在一片阴影里。

"哈哈！"少女银铃般的笑声在飞沙中飘远，青藤狂绕，血肉炸开，不过须臾，那黄沙地就被染作一片触目惊心的艳红。

远处有人循声而来，落在几乎无处落脚的濡湿沙地上，一声一声唤得急切："藤杀！"

那是一个裹着黑色斗篷的男子，面容冷峻，狭长的眼眸中有暗红隐现，是个魔物。

他那异色的眼眸在藤儿身上游走一圈，方才降了温度："你不是藤杀。"

藤儿笑了："对呀，我是藤儿不是藤杀，你叫什么名字呀？"

"藤儿？"男子皱眉细细咀嚼着这个名字，半晌以后方才开口，"你究竟是何人？又怎会使藤杀的绝技？"

藤儿笑意盈盈："都是苍黎教我的。"顿了顿，她又一拍脑门，"呀，险些忘了，你还没告诉我，你叫什么名字呢！"

"墨渊。"不带一丝情绪的回复。

藤儿瞬间明了，眼睛一亮："哦，原来你就是那个自甘堕仙成魔的墨渊呀！"

藤儿悄悄遣回瑶池的时候，那白胡子的神君仍在之乎者也地说着他的道儿，藤儿百无聊赖托着腮帮子打了个哈欠。

头顶有一片阴影笼来，抬头一看，却是辨不出喜怒的贺兰雪。

藤儿不喜贺兰雪，见到她自然摆不出好脸色。

贺兰雪也不顾藤儿是否欢迎自己，兀自坐在了藤椅上，弯了弯唇，道："你可曾听过藤杀？"

藤儿本不欲与贺兰雪交流，听到"藤杀"二字时不禁抬起了头，她只知一千年前有魔器现世，名藤杀，传闻得之便能成为无上魔尊。

"就是它。"贺兰雪突然伸出手，素白的掌心上赫然躺着一枚花生米大小的碧绿种子，"世人只知世上有魔器藤杀，却忘了还有一个叫藤杀的魔物。"

藤儿狐疑地看着贺兰雪："你为何要告诉我这些？"

"因为……"贺兰雪嘴角一翘，掌心碧绿种子迸射出一道微弱的绿光，直射藤儿眉心而去。那一瞬，藤儿只觉头痛欲裂，仿佛有无数彩色碎片飞舞着扎入她的灵台，意识消散前，她隐约听到贺兰雪怨毒的声音——

"因为我想要你死得明白啊！"

## Chapter 3 回溯

01

藤儿做了个很长很长的梦。

梦里她依旧是棵生在无妄海岸上的青藤，神妖两族常年的厮杀，用鲜血灌溉了她。

生在战场上于她草木一族而言，也不知是幸还是不幸，神妖两族的血液与尸骸无疑是世间最肥沃的养料，萦绕在战场上久久不散的戾气，更是让她化身成魔的最佳助力，她甚至在不知不觉中就已成就半魔之躯。

她已记不清自己在无妄海岸扎根活了多少个岁月，她只模糊地记得，在离开前的那一夜，无妄海上迎来了最惨烈的一战。那一战结束了洪荒，她与世间万物一同迎来了新的纪元。

她就在这样一个染满鲜血的上弦月里化了形，完成从藤到魔的蜕变。

不远处，散发着腥臭味的尸堆里，有什么在动。

月光轻轻洒落，映出那人比皓月更清华的容颜，她笑吟吟蹲在尸堆前，凝望着那人的脸。

"你长得真好看，我替你疗伤，你把自己送给我可好？"

眉眼弯弯无忧也无虑，一时间让那从尸堆里爬出来的人看得神思恍然。

那皓月一般清俊的人有着一双极其好看的眼，黑若点漆，亮如寒星，只消一眼就能将人吸入无尽的深渊里。

她想，那大抵便是所谓的一见倾心。

孤寂的星子像揉碎的波光一般洒落在天际，夜很静，静到她能清晰可闻地听到心脏在胸腔里跳动的声音。那人却不说话，从头至尾都只茫然望着她，于是，她又开始自说自话："哪哪哪，你不说话就是默认咯，以后你就是我的啦！"

至此，他平静到不可思议的眸子才泛起一丝丝涟漪。

"苍黎。"他声线清冷，有如寒冰碾玉，"我的名字是苍黎。"

乱世里谁也不愿孤苦伶仃地漂泊下去，即便她是游离三界之外的魔，苍黎也顾不得那么多。

无论是什么都行，只要别再留他一人便好。

那一夜大雪纷飞，冰霜覆盖整块大地。

无尽的寒意像饿兽一般吞噬着苍黎的身体，那些尚未愈合的伤在未有穷期的逃亡中，再度裂出狰狞的豁口。他无比艰难地睁开眼，气若游丝地贴在她耳际："别管我，快走！"

他本是妖皇一族的后裔，而今却如丧家之犬般四处躲避，若不是有她，他早该死在十年前的那场厮杀里。

十年有多长？于拥有漫长生命的妖族而言，就像是不经意间睡了一觉。

苍黎却在那一觉中做了个香甜至极的梦。

没有杀戮没有忧愁。

梦里杨柳纷纷，暮色烟雨倚重楼，碧绿衣衫的少女搂着他的脖颈，笑语盈盈唱着歌谣。

"我才不走。"少女清甜的声音恨恨地响起，徒然拉回他的思绪。

"都说你是我的，我才不会随意将你抛弃。"声音不大，却异常坚定。

"呵！"他勾了勾嘴角，想努力扯出一抹笑，却发现自己怎么也做不到，只能喃喃叹息，"真傻。"

那是她生命中的第一战。

黑压压一群神族追兵遮掩住苍茫的天际，她抱住已然无法动弹的苍黎半卧在雪地里。

虚空之上传来一道粗犷的声音："交出妖族皇子，本君可饶你不死！"

她明明是害怕着的，却牙尖嘴利地回应："我偏偏就不交，你能拿我怎么着？"

摄人的威压与杀气一同传来，磅礴而又无形的能量狠狠撞击在她心房上，她只觉喉头一甜，"哇"的一声呕出大口鲜血。

从前的她是极度怕疼的，哪怕是不小心被磕了一下，都能稀里哗啦地哭上老半天，苍黎拿她没办法，只能不停地哄着。

尖锐的破风声响起，有什么东西划破了虚空，呼啸而来，不过须臾，就有温热的鲜血似喷涌的泉，"刺啦"一声染红满地的雪，她犹自瞪大着眼，甚至还未意识到滚落在地的皓白手臂是属于自己的。

"本君见你修行不易，只断你一臂，你若再不识抬举，下一次可就不仅仅是断臂！"

苍黎曾与她说过，魔顺戾气而生，凭执念而盛，她空有一身戾气，却无一丝执念，算不得真正的魔。

手臂被斩落的那一瞬间，不仅仅是疼，仿佛有什么东西"咔嚓"一声在脑袋中碎裂……

是什么在不断撕扯着她的身体？

又是什么不断在她耳畔咆哮。

"杀呀！杀呀！你应为一生挚爱而杀！"

狂风平地卷起，墨一般浓黑的魔气自她体内溢出，汇成一个又一个黑色漩涡，恶兽一般呼啸着撕扯虚空，大地在不停晃动，覆在地面的皑皑白雪被狂暴的能量抛往万丈高空，震耳欲聋的咆哮声自深渊中响起，似有沉睡万年的怪物在地底被唤醒。

她紧闭着的双眼赫然睁开，一点暗红在其中游走。

那盘踞在地底的怪物终于破土而出，漫天碧绿藤蔓交织飞舞，携着毁灭天地的煞气，漫天飞血在飘零……

眨眼一片死寂。

她茫茫然跪在一片血色里，看着最后一丝魔气被敛入自己身体，声音带着哭腔："苍黎，我怕。"

顷刻间取数千人性命的她竟会哭着与他说怕！

苍黎的心情从惊恐转变为惊讶，下一瞬她又颤抖着钻入他怀里，像是喃喃自语："还好你没被带走，还好你没被带走。"

血雾在她话音落下的一瞬间朦胧了苍黎的视线。

她根基终究太浅，就像照亮整个夜空的烟花一样，盛开到极致只剩灭亡。

数不尽的碧绿藤蔓从她体内抽出，大雪纷纷落下，一层又一层覆盖住鲜红的血迹。

风与雪的间隙里，是她不曾染上悲戚的声音："苍黎，别难过。我是世间最坚韧的藤呀，只要根仍扎在土里就不会死去。"

……

次年春末，战火又燃起，从无妄海岸蔓延至四海八荒每一个角落。

乱世中魑魅横生，冲天的凶戾之气为妖魔提供了绝世无双的养分，妖族空前繁盛。

被放逐于蛮荒之地的妖族以破竹之势卷土重来。

风雨飘摇四百年，她终于从一片黑寂之中醒来。

没有白雪，没有苍黎。

首先映入眼帘的是一片耀眼的红，而后她才发觉自己被浸泡在一个臭气熏天的血池里。

彼时的她尚且陷在未可知的恐慌之中，并未发觉血池旁有个黑衣的少年眼睛一眨不眨盯着自己。

"你醒了呀？"少年弯了弯嘴角，一副心情愉悦的样子。

她嘴唇微微阖动，刚要开口说话，少年已经连蹦带跳冲了出去："我去告诉师尊你醒啦！"

那时的她尚不知自己这一觉究竟错过了多少东西,她错过了妖族的崛起,错过了无数的机遇,更更重要的是,她错过了苍黎……

在那之前,她从不知苍黎有个话痨一般的徒弟,有个被兄长抢走的青梅竹马未婚妻。

也对,除却这沉睡的四百年,他们真正认识的时间也不过十年。

十年有多短?在妖族无尽的生命里,几乎可以忽略不计。

更何况,这短到不行的岁月里,从来都是她缠着苍黎絮絮叨叨说东说西,他却从未主动提及自己的事。

那一刹她不明白自己为何还要醒。


她本该死在四百年前那场大雪里,是苍黎用数以万计的亡魂将她从深渊中拉出,从此她成了彻头彻尾的魔物。

顺戾气而生,凭执念而盛。

她对苍黎的执念越深,杀戮之气就越盛。

渐渐地,她甚至发觉已经控制不住自己,她变得越来越狂暴,越来越嗜血,唯有不断地杀才能缓解她心中的燥意。


02

第一次见到贺兰雪就是在她完全失控的情况下。

"就这点姿色,还妄图染指苍黎?"这是贺兰雪与她说的第一句话。

"既无过人的姿色,又无权势,你拿什么与我争?"这是贺兰雪与她说的第二句话。

"滚!"她的回应只有简短一个字,滔天的魔气从她体内疯狂涌出,掀得贺兰雪如断线的风筝般飞出数百米,"砰"的一声落地,头一歪,再也没醒。

苍黎恰好从此经过,抱走贺兰雪之前,只对她说了一句话:"跪到她醒为止。"

那一夜雪很大,就像四百年前那场一样。

世间万物都仿佛被这场雪所覆盖,大抵也包括他们那十年的情谊。


雪地里很冷,寒意仿佛能顺着肌理渗入骨子里。

　　她突然想起了很久很久以前，她看到人间里第一场雪的时候。

　　那时她嗜甜，爱极了冬瓜巷里一家卖烙梅酥的店，每隔几日就会起个大早，拉着苍黎一同去排着队买烙梅酥。后来那家店被一场大火给烧尽，再也吃不到烙梅酥的她难过了好几日，一直守在她身旁的苍黎也突然不知跑去了哪儿，接连几日都未现身，她越发觉得难受，仿佛含在嘴里的糖都变得又苦又涩。

　　她心情一烦闷便不想出门，闷头扎在被窝里连着睡了好几日，再度醒来的时候，整个世界都已被冰雪所覆盖。

　　那是她在人间看到的第一场雪，她顿时起了玩心，裹着厚厚的披风推门走出去，却见一抹苍青立在雪地里。

　　是苍黎，他手中洁白的盘子里盛着几块艳丽的点心，像是皑皑白雪里怒放的红梅。

　　他说："我找那师傅学了许久，总是做不出好看的颜色，索性把它们都做成红的，就叫'踏雪寻梅'。"

　　那一瞬她莫名觉得眼眶热热的，毫无征兆地一头扎进苍黎怀里，踏寻寻梅与他们两人一同滚进雪地。

　　苍黎懊恼的声音在雪地里响起："我总共也就做了这几个，这下全没了。"

　　她却丝毫不嫌弃，拾起一块殷红的糕点塞入嘴里："不怕，这才叫真正的'踏雪寻梅'呀。"

　　她不知自己究竟在这雪地里跪了多久。

　　天完全暗下来的时候，覆满白雪的林间小道中钻出了个人影，长发高束，一袭浓墨般的玄衣。

　　她微微有些印象，那人似乎是苍黎的徒弟，聒噪至极，整日就爱跟在她身后说东说西。

　　她不知墨渊这时过来怀着怎样的目的，只见他四周环顾一圈，方才笑嘻嘻地蹲下身来，从怀里掏出一包用油纸包起来的精美糕点，不必凑近去闻都能嗅到幽幽冷梅香，是烙梅酥无疑。

　　她有一瞬间的失神，墨渊的声音恰恰好在此时响起："趁现在没人，赶紧吃些东西吧。"

那一刹，她心中仿佛有海浪涌起，满脸煞气地将那包糕点打翻在地，又开始低声啜泣，只反反复复念着一句："我想吃踏雪寻梅。"

……

覆满白雪的小树林里，有一道苍青色的人影转身离去。

他该明白的，梦总会醒。

贺兰雪一直都没醒，妖相逼着苍黎让她以死谢罪。

翌日她便被苍黎送上了战场。

第一次上战场时她受了很重很重的伤，所有人都以为她活不过这个冬夜，甚至连她自己都这般觉得。

那一夜真的好冷好冷，萧瑟的战场里万籁俱寂，唯有雪一直不停地下。

风在耳旁不停地呼啸，是谁踏着沉重的步伐不停在雪地里游走？

又是谁隔开风雪将她拥入怀里。

"还好在这里找到了你，还好在这里找到了你……"

她累到睁不开眼睛，意识亦犹自混沌不清，下意识唤了句："苍黎。"

那人身子猛地一抖，此后再无记忆。

翌日清晨她身上几处致命的伤都已愈合，从雪地里爬出来的那一瞬，仿佛看到不远处有道玄色身影一闪而过，她也追究不了这么多，拂去一身白雪，重返军营。

直到她的声音逐渐远去，雪地里才响起个嘲讽的声音："真傻。"

是呀，他真傻。

后来她打了生命中的第一场胜仗，在此之前，她从未想过自己能有这般气势。

她逐渐在一场又一场的战斗中找到乐趣，每一场厮杀都能让她畅快不已，她不必再遮遮掩掩藏住自己的杀戮之气。

那一战竟让她成名，甚至，神族的战士远远看到她就会忍不住开始战栗，她就此凶名远播，原本没有名字的她，硬生生被敌方送了个绰号"藤煞"，她却听岔，愣生生听成了"藤杀"。

自那以后她才有了一个属于自己的名字——藤杀。

藤杀，藤杀，她从四百年的沉睡中醒来，只为成为他的利刃去杀。

苍黎野心勃勃，想凭她这人形杀器一举吞并四海八荒。

连绵不绝的厮杀即便顽强如她，都不禁觉身心疲惫，她想抱着苍黎的脖颈，像从前那般撒着娇，尚未伸出手，就被苍黎冷到渗入骨头缝的眼神吓得缩回。

她竟又忘了，苍黎已不是数百年前那个一无所有的落难皇子，而今的他是整个妖族的皇。

她并非真无敌，她在战场上也会负伤，可每当她带着满身伤痕回去，就能如愿以偿地看到苍黎皱起眉，有时她甚至还能从他眼睛里捕捉到一闪而过的疼惜和难过。

她不愿去细想，他所疼惜所难过的究竟是什么。

只当他是真害怕会失去自己。

是呀，她是苍黎最趁手的利器，他自然会害怕失去她。

03

神妖两族之间的最后一战尤为惨烈。

那一战哀鸿遍野，枯骨堆成山，几乎毁掉了神妖两族的根基，停战迫在眉睫。

而她则在那一战中几乎被神族的战士合力碾成肉泥。

她几乎是以碎尸的形态被呈现在苍黎眼前，意识消散的那一瞬间，她隐约听到有人在低声呜咽。

声音沙哑，絮絮叨叨不断骂她傻。

往后的日子她再未上过战场，一直在养伤。

偶尔也会在半梦半醒的夜里，听到有人捧着她的脸说话："你怎就这么傻，真是天字一号大傻瓜……"

却是翻来覆去没一句好话，都在骂她。

她的伤口渐渐愈合，终于可以拆除裹在身上的白布，重见天日。

那个声音却再未响起过，仿佛一通通都是她生出来的错觉。

僵持数年的神妖两族终于有了动静，双双遣来使者谈停战条约。

她不知那一日神族的使者究竟与苍黎说了什么，她只知那日苍黎送走神族遣来的使者后，喝了整整一夜的酒。

天将破晓之际，有人踏着虚浮的步子踱进她房间，浓到呛人的酒气喷洒在她颈间，那人含混不清的话语声声传来："真傻。"

她的心仿佛要在这一瞬间炸裂，是你吗苍黎？

三日后她被苍黎带上了九重天宫，九重天宫上的蜜桃甚甜，她忍不住多啃了几颗。

接连四颗蜜桃下腹，一直紧绷着脸的苍黎方才沉吟道："魔终究是魔，即便本座在点苍山上养了你千百年，你也一样是魔。"

她心中登时有了不好的预感，她虽不确定苍黎要做什么，心中却猜了个大概。即便如此，她仍忍不住开了口问："帝尊，您在说什么？为何藤杀听不懂？"

苍黎不曾说话，回答她的是穿心的一剑，薄凉的话语在她耳旁响起："就当是本座厌倦了你。"

她被人斩成了肉泥都能好好活着，又岂会被这一剑轻易地杀去。

她只是不信，那带着毁灭的一剑是苍黎捅的。

染着污血的剑"哐当"一声落地，横在光可鉴人的青玉地板上，苍黎掀唇无奈一笑："并非我不想杀她，奈何这魔物生来皮厚。"

她一个踉跄栽倒。

自此后只剩无尽的折磨，神妖两族日日夜夜都在研究该如何杀她。

九九八十一根骨钉锁魂不够。

一万零九刀剐肉仍不够。

剔骨抽筋，还不够！

她被折磨得如同一摊烂泥般趴在墙上时，他依旧能笑着说："本座又忘了，你是世间最强韧的藤，从前上战场的时候无论是断了胳膊还是少了腿，你都能再长回来，这世上大概再无杀你的法子了吧。"

　　那日以后神族终于舍了杀她的念头。

　　她被禁身于镇魔塔之中。

　　镇魔塔中只有白昼，并无黑夜，她甚至都算不清自己究竟在里面待了多少个岁月，大概很久很久了吧，否则她又怎会开始记不清苍黎的脸。

　　墨渊便是在这个时候出现的。

　　藤杀有记忆的第一次相见，是在魔塔里无垠的黄沙地上。

　　被鲜血浸得濡湿的沙地上迎风立着一个少年。

　　少年张口对她说的第一句话便是——"原来你还活着。"

　　她不知凭空冒出这么个少年究竟是怎么一回事，那少年过于熟稔的态度也无端让她觉得不安。但，她所关心之事却不在此，她只目光阴沉地望着少年，声音冷冽："你究竟是何人，又怎会使苍黎的绝技？"

　　"你竟然都不记得我了！"少年愤愤不平，两道英挺的剑眉纠成了一团，"我是苍黎的徒儿墨渊呀！你再想想！"

　　苍黎一辈子也就收过一个徒弟，墨渊这么一说，她方才有了印象。

　　记忆里似乎真有这么一个少年，总爱跟在她身后絮絮叨叨说个不停。

　　她不愿搭理墨渊，墨渊却时常跑来，总能一个人喋喋不休地说下去。

　　"你知道吗？如今所有生在上古时期的妖族都入了神籍，美其名曰，上古遗脉。"

　　"你知道吗？我那风流好色的兄长又跑去东海招惹龙女了，却被一条蛟揍得断了八颗牙，啧啧，也不知我家那护短的老头子会不会与东海开战。"

　　"哎，瞪我干甚？我这可是为你好！谁会愿意天天吞食自己的同类来涨修为呀，少一批妖魔，这塔里自然就会多出一丝灵气，不用整日吃那些小妖魔，你难道不觉松了一口气？"

　　……

　　无论他说什么，她都不曾在意，直到后来，他说："我今日又要告诉你个不好的消息，师尊要与贺兰雪神女成婚了，贺兰雪神女你该知道吧？哎，你怎活成这样，连自己的仇人都不知道！"

墨渊本不是刻薄之人，今日的话却说得极其刺耳，句句像针，一根一根戳进她心窝子里。

她有所迟疑，低头猜测墨渊说这么一番话的用意。

她尚未想透其中缘由，墨渊却没心没肺笑着："用这种眼神看着我作甚？你一定很想出去吧？"

她不曾回答，墨渊又突然俯身定定望着她，眼中有她看不懂的东西在流淌。

"其实我有办法让你出去……"

魔之所是魔，只因它比寻常的生灵少了一魂一魄，若那一魂一魄被补上了，便算不得真正的魔。

墨渊所说的办法是抽出自己的魂魄替她补上。

她有所迟疑，拧眉望着墨渊手中半透明的一魂一魄，不肯去接。

"又不是送你的，露出这样一副表情作甚？等你用完了再还我便是，赶紧走吧，莫要耽误了时辰。"

她终究没能抵住诱惑，融入魂魄，只深深望了墨渊一眼："我一定会把它们还给你！"

"等我！"

大风起兮，吹散了墨渊藏得最深的话："真傻，被抽走的魂魄哪有这么容易还回来？"

更何况，魔本就顺执念而生，即便不赠你那一魂一魄，执念也终将让我因你而化身为魔。

无边的魔气如浓烟一般从他体内散溢，天仿佛也要被遮去……

封魔塔外已入深夜，银月高悬天际，浓墨一般的夜空上孤零零洒落几点寒星。

几缕晚风习习吹来，一下又一下扬起苍黎鬓角的发。

她已经太久太久没见他，本有满腔的话，真正见到了，却连一个字也说不出口。

反观苍黎，他倒是平静至极，像是特意守在这里等她。

有叹息声响起，苍黎声音里带着别样的情绪："他竟真堕仙成魔还你自由。"

她的心一下被揪紧："你说什么？我听不懂。"

"听不懂也罢。"他嘴角微扬，笑若灿阳，"什么都不必再想，咱们现在就回家。"

有无数道流光擦过天际，夜色里赫然传来一个浑厚男声："镇魔塔有魔气溢出！速速包围！"

变故来得太突然，她甚至都未想好，接下来该说什么话，苍黎却在此时低吼一声："魔物休想再逃！"

她心领神会，看出苍黎用意，一个猛冲直掠上夜空。

身后有无数火光燃起，形成一条火焰巨龙追踪在她身后。

那夜她一路被追踪至无妄海上。

海上有狂风怒吼，掀起千层巨浪，一波接一波蜂拥而至。

苍茫的云海里隐隐有蛟龙在游移，响彻云霄的龙吟与海浪的咆哮交织在一起，遮蔽尘世间一切声音。

一路追踪而来的神族或是被飓风卷入海底，或是被滔天巨浪拍打甩至遍布礁石的海岸上。

那一瞬间，她甚至都忘记自己仍需逃离，怔怔望着这有如灭世一般的景。

浪花在她眼前落下，狂暴的力量推得她不断后移。

某一刹那她突觉腰间一凉，转过头去，却见苍黎持剑立于她身后，海浪的声音太大，即便苍黎贴在她耳畔说话，她也听不真切。

"世上知道你有不死之身的人已不多，你且在这海岸上装死躲躲，待到风声过了，我们再回家去。"

她很努力地想把每一个字都听清楚，灌入耳中的却只有呜呜海风声。

多出的一魂一魄助她逃出镇魔塔的同时也让她失去了魔身，她已是普通的藤妖，再无自愈之力。

血尚未流干，她的身体已然开始藤化，死去的妖总会变回原形，生来是何物死去便是何物。

看着她不断妖化成藤的身体，苍黎仿佛不敢置信："你……"

她却嘴角微扬，虚弱一笑："你是又不想要藤杀了，还是觉得藤杀根本就是户外的野草，无论如何都死不了？"

"可苍黎你又忘了，我最怕疼呀。"

……

04

那些彩色碎片逐渐在脑海中拼凑出一幅幅完整的画卷。

那一刻藤儿什么都想起来了。

从一片厮杀中抽回心神的藤儿只觉四周很静，芙蕖在微风中摇摆，空气中不断沉浮的暗香一下一下扫过她的鼻腔，没有震耳的厮杀，没有惊涛骇浪，有的仅仅是高台上白胡子神君绵长的絮叨。

贺兰雪犹自瞪着眼，怔怔看着藤儿自一片绿光中睁开眼，就在此时，她掌心那颗碧绿的种子也突发异变，"咻"的一声没入藤儿眉心。

一切来得太突然，贺兰雪措手不及，待到她反应过来，藤儿眼睛里已有红光光隐现，是要化魔的征兆。

贺兰雪一声尖叫引得所有人都朝这边望。

贺兰雪颤颤巍巍指向藤儿，刚要说话，藤儿的声音就已在微风中散开："咦，雪姐姐，你的脸色为何如此差？莫不是身子不舒服？"说这话的时候，她已然上前一步，纤长手指搭在贺兰雪腕间，那里是贺兰雪的命门，藤儿只需稍一用力，贺兰雪便能落个神魂俱毁的下场。

贺兰雪面色煞白，她开不起这样的玩笑，只得在藤儿的逼视下道："我并无大碍，藤儿妹妹无需挂念。"

"唔。"藤儿声音里犹带着笑意，面上却森冷一片，"既然姐姐身子并无大碍，不妨陪藤儿散散心，藤儿在这藤椅上睡了整整一下午，倒是闷得紧。"

贺兰雪已然感受到，有个冰凉的东西渗透毛孔扎入她手腕，那尖锐的疼痛让她瞳孔骤然收紧，脸色更是煞白一片。

"好。"她努力克制住，让自己的尾音不颤抖，"恰好我也有些烦闷，想去走走。"

盘腿坐在蒲团上的苍黎朝这边望了一眼，藤儿扬起笑脸，言笑晏晏："雪姐姐要带我去昆仑之巅看雪莲，我们会晚些回来。"

苍黎似有些不放心，刚要起身，藤儿瞬间冷了脸："谁让你只顾着听道不管我，我现在不想理你你了，你不许过来！"

苍黎面露无奈，却有人失笑揶揄："藤儿姑娘真是天真烂漫得紧。"

苍黎声音里是怎么也掩不住的宠溺："她呀，就是任性。"

墨渊从未想到藤儿会再度返回，再次见藤儿是在两个时辰以后，从来都是烈日高挂的镇魔塔里突然聚起了乌云，狂风肆虐，仿佛要将那天也刮去。

群魔呜咽，狂躁不安地四处漂移，连墨渊都感受到了将会发生什么不同寻常之事，焦灼地伫立在结界口。

不过须臾结界口突有华光闪过，一道白影猛地撞了进来，纯净至极的神力像爬藤一样极速蔓延，引得塔内妖物蠢蠢欲动。

少女特有的清甜嗓音亦破风而来："墨渊你快出来，看看我给你带了什么好东西！"

藤儿所言的好东西正是贺兰雪神女，墨渊不知藤儿有何用意，只拧眉望着她，她却一开口便说些莫名其妙的话："我研读了很多古籍，都掌握不了抽魂的要诀，这种事还需你自己来做。"

藤儿话音方一落下，墨渊眉头皱得越发紧，心中莫名冒出个荒诞的念头。

下一瞬，他的猜想得到证实，藤儿又像想起什么似的，忙补充了句："你曾经也是入了神籍的，从魔变回神，还需神魂，要我的没用。"

那一瞬，墨渊只觉有什么东西在狠狠撞击自己心脏，他怔怔地望着藤儿，一时间说不出话来。

藤儿仍在絮絮叨叨，像是看出了墨渊的疑惑："藤杀是先天的魔，即便有人给她补了魂，她也是入不了轮回的。"

墨渊眸色沉了沉："你究竟是何人？"

藤儿尚未作答，镇魔塔的结界口又有动静，来者竟是苍黎。

三人俱是一愣。

趴在黄沙地里的贺兰雪骤然开始哭泣，正欲起身，又被藤儿一脚踩陷入黄沙里，发出低低的呜咽声："帝君，救救我，救救我……"

苍黎神色凝重，微微伸手："藤儿别闹，快回来。"

从前藤儿再任性，只要一看到他皱眉就会变得很乖，像只柔顺的猫儿般赖在他怀里蹭啊蹭。而今的她却像是变了个人，冷冷立在风沙里，眼睛里像是结着一层薄冰。

苍黎心中顿起不好的预感，甚至连声音都开始抑制不住地发颤："藤儿……你……"

他话语仍在舌尖打转，就被藤儿微微笑着打断："你是想让我放了她？"她侧头瞥了已然哭得梨花带雨的贺兰雪一眼，尾音微扬，勾出几分妖冶，"你若能替我抽出她的一魂一魄，我便放了她。"


不必再去询问，苍黎已然得知结果。

然，即便如此，他仍是不愿放弃，想亲耳听到她说那句话，他的声音穿梭在风与沙的间隙里，像是阻断了时光，从千百年前传来。

四周突然变得静，风也停，沙也落地，无边无际的黄沙地里只余他的声音："你是……藤杀？"

藤儿眼中闪过一丝不易捕捉的错愕，忽而一笑，不置可否。

两人就这般隔着风沙遥遥相望，最终还是藤儿率先打破这死一般的寂静："你再磨蹭，我便杀了她。"语落，手已扼住贺兰雪纤细的脖颈。

苍黎这才猛然发觉贺兰雪如今的处境，先前所流露出的情绪也一扫而尽，不过须臾，又成了那个高贵矜持的帝君。

藤儿听到他悠悠响起的声音："好。"

答得没有一丝犹豫。


藤儿有所迟疑，尚未来得及发出质疑，苍黎已然踱步走近。

一切发生太快，几乎在电光石火之间，藤儿甚至都未缓过神来，待到她发觉事态不对，贺兰雪已然被苍黎一拂袖推出镇魔塔。

藤儿目眦欲裂，手中藤杀抽出碧绿藤蔓，在虚空中疯狂扭动，犹如被激怒的恶兽。

苍黎却一个反手，直接将暴起的藤儿拽入怀中，输入碧绿种子的魔气有所阻断，漫天狂飞的藤蔓纷纷垂落敛回。

藤儿想挣扎，却被苍黎禁锢着动弹不得。最终放弃挣扎的她，只得仰头看向从头至尾都保持沉默的墨渊，声音无比坚定："我一定会救你出去，你再等等我……"

狂风散去，无垠的黄沙地里只余藤儿的声音在回荡。

这一幕与那时候何其地相像，独立黄沙地上的墨渊忍不住掀了掀嘴角——

"都傻。"

## Chapter 4 情缠

你可曾喜欢过一个人？

到头来那人却成了拉你入深渊的劫难。

墨渊本非妖族，乃是神族之人，却死缠烂打拜了苍黎为师。

搬来点苍山第一日他便听了段风月之事。

听闻他的师父，也就是苍黎，等一个姑娘等了足足四百年。

彼时的他尚且年幼，对情情爱爱之事一无所知，满脑子只想着，那姑娘究竟得生得多好才能让自家师父念念不忘等上这么多年。

第一次见那姑娘是在一个蓄满鲜血和尸块的池子里，她秀发如墨，安安静静漂浮在一片血色中。说实话，略有些失望，那姑娘并无想象中那般绝色。

墨渊本趴在血池边上思考着，自家师父究竟看上了她哪里，原本双眼紧闭的她却赫然睁开了眼，直直望着他。

对看惯了美人的他而言，她着实算不上太美，唯独那双眼，是真真亮极了，仿佛像是盛满了揉碎的星光。

与她视线对撞的一瞬间，他像是被火给灼烧到一般挪开眼睛，一下窜出老远，连说话都有些结结巴巴："我去告诉师尊你醒啦。"

直至跑得再也感受不到她的视线，他才停下来，摸着自己的脸，絮絮念着："奇怪，我跑什么呢？"

他不知自己究竟为何要跑，正如他不知自己究竟在何时对她上了心一样。

第二次正面相见，是在苍黎堆满古籍的书房里，她抱着一只尚未化形的小狐妖，笑得眼睛弯成两道弯月，无忧也无虑，仿佛世间再无能让她烦恼之事。

那时的他只觉面上一阵燥热，连带着说话的腔调都变得浮夸，不时用眼角余光瞥过去偷瞄她，她的眼睛却从未离开那只小狐妖，轻声念叨着："原来狐狸脖子这么短，那你们化成人形时岂不是都没脖子呀？"

小狐妖本被她顺毛顺得满脸惬意，听到这话时瞬间支起了耳朵尖尖，从满脸惬意转变为一脸悲愤，直接扑上去咬了她一口。

偌大的书房里只余她哀怨凄绝的惨叫声在回荡，咬完人的小狐妖则从她怀里跳出，摇着尾巴跑得没影。

那是他第一次见这么傻的姑娘，亦是第一次见师尊露出这般无可奈何的神情。后来的事，他已无太多记忆，只隐约记得师尊哄了她整整两日。

他越发不明白师尊为何会喜欢上这么个爱哭的傻姑娘，亦越发看不懂自己，不知为何，看到她整日缠着师尊，自己心中会隐隐泛着酸和涩，总会忍不住想引起她的注意，让她发觉自己的存在。

甚至后来贺兰雪来了点苍山，师尊对她日益冷淡，他竟无端觉得有些窃喜，日日跟在她屁股后面跑。

彼时的他并不懂这便是喜欢，只知自己见不到她时会难过，见到她时会忍不住弯起嘴角去笑，仅此而已。

真正意识到再也放不下她，是在那个苍茫的雪夜里。

那夜雪很大，连绵无尽的冰雪几乎覆盖整个世界，看见她神色憔悴地跪在雪地里，他心口像是被人捅进了一把生锈的刀，钝钝的疼痛如海浪般翻涌至四肢百骸，像是眼睁睁看着自己最珍爱的东西在一点一点被人糟蹋。

他大抵也傻了吧，竟会把一个只会哭鼻子的傻姑娘比喻成自己最珍爱的东西。

再后来他在一片梅花林中找到了苍黎，那时他正盯着一碟烙梅酥发呆。

尚未来得及替她开口求情，苍黎却将那碟绯红的烙梅酥推至他眼前，声音里有着遮掩不住的倦意："她跪了整整一日，滴米未进，把这个拿去给她吃吧。"

他不知苍黎究竟是何意，愣了很久才找回自己的声音："徒儿不明白师尊究竟是何意，若是不喜欢她，又何必假惺惺？"

苍黎只笑着摇摇头，说出他听不懂的话语："梦总会醒。"

他不知苍黎的梦里都有哪些东西，他只知，不知从何时开始，他的梦里全是她。

他想，他不仅傻了，还疯了。

否则又怎会听闻她被师尊送上了战场，就不顾一切地跑去找她。

那场雪可真大呀，短短一夜就覆盖了一切，连同她，也一同埋葬在那片大雪中。

那一战神妖两族共损五万精兵，他在雪地里足足找了五天五夜，每翻出一具尸骨，他的心都像是被一双无形的手给攥紧，仿佛下一刻就会被捏爆。

他不知该用怎样的话语来形容将她从冰雪中刨出时的心情，无法想象，只能紧紧抱着她冰凉的身体，不停喃喃自语："还好在这里找到了你，还好在这里找到了你……"

怀里的她却突然有了动静，轻声唤了句，苍黎。

那一瞬不仅仅是痛，仿佛有尖锐的冰锥捅入他心窝子里，无尽的寒意冻得他身上再无一丝温暖之地。

有什么东西"咔嚓"一声在脑中碎裂，有无数个声音在他脑中咆哮，不断地叫嚣："你不眠不休地挖了整整五天又有何用？她心心念念的人只有苍黎！到头来终究是你太没用！"

埋葬在雪地里的五万亡魂凝聚成死亡之气，急速旋转，形成一道道巨大黑色漩涡，不断钻入他的身体……

天，一点一点亮了，她的身体逐渐恢复知觉，甚至发现身上的伤口在一夜之间全部愈合，一脸不可思议地从雪地里爬起，匆匆跑回军营，根本就没发觉瘫倒在雪地里的他。

那一夜，他本该因执念而化魔，却将一身修为都渡在了她身上，以静脉寸断为代价，造就一个无敌的藤杀。

……

往事如云烟，随着藤儿的声音一同打着旋儿在这黄沙地里消散，那些事若能再重来一次，他大抵依旧会这么做。

只是，又是千年的孤寂。

## 就是爱八卦

1. 分享一件最近甜蜜、开心的小事。

**九歌：** 等了一个月的汉服终于要发货了！（虽然这次的是现货，没抢到想要的S码，然而楼下的裁缝阿姨已经习惯我这个矮子天天跑来改衣服了）

2. 最喜欢的食物？最喜欢的明星？一直想去但没有去做的事？

**九歌：** 最喜欢的食物：火锅、烤肉、日料、土豆、山竹、西瓜、樱桃、冰激凌、蛋糕……（突然发现除了动物内脏，似乎啥都喜欢吃。ヽ(￣▽￣)ノ）

最喜欢的明星：女明星最喜欢伊丽莎白·阿佳妮，无论是她的颜还是性格都超对胃口。

男明星最喜欢古天乐，萝莉时期就喜欢上了，大概是一见钟情，然后觉得他平时也很低调。

一直想去但没有去做的事：想养只布偶猫，想买台烤箱学烘焙，想买台单反学摄影，想买本字帖来练字，想和闺蜜基友去西藏，去云南，去日本去环游世界……

3. 主题书跟读者见面的时候，大鱼文化正好三周年了，想对大鱼和读者说点什么？

**九歌：** 大鱼是个幸福的大家庭，希望所有亲人都能够一直陪伴大鱼走下去，不离不弃！下一个三年，十三年，三十年，我们还能在一起团聚。

*WUMUXI*

# 五幕戏

———文 / 姜辜———

**/小花阅读·姜辜/** ————————————————

懒，拖延症，自由散漫，非典型摩羯座。

柜子里塞满了奇奇怪怪的裙子，喜欢冷门的东西。

很多东西都不太像女孩子，话多话少看心情。

再圆一句回来，偶尔还是个很好玩的人啦。

**代表作品：**小花一生一遇系列《遥不可及的你》

**作者新浪微博：**@小花阅读姜辜

这个世界麻烦事太多了，你不要当它的上帝。你来当我的上帝。

## Chapter 1 [ 安宁 ] 第一幕戏

在我帮三十四床换完点滴带上门的时候，走廊上的时钟已经指向了四点整。

我推着药品车站在原地，望着那三根粗细不一的针摆，一下子就晃了神。

"那个……安宁啊。"

我听见有人叫我。

我循声看过去，发现是护士长和同事吴瑶瑶，她们一前一后站在离我不远的地方，小心翼翼地看着我。

说实话，她们这样的表情让我有点为难，因为再愚钝的人都看得出来——她们害怕跟我交谈，但不得不喊住我。

"护士长好。"我也别无他法，只能用笑容来降低她们的不安。

"那个安宁啊，你今天提前下班吧，没事。"护士长看到我笑了，也只好扯着嘴角跟我一起笑，表情比之前还要拘谨，看来能安抚病患的笑容在护士长面前并没有起到什么作用，"不记你早退，你不是……不是还有事吗？"

"是啊安宁姐，你先走吧。"吴瑶瑶眨巴着大眼睛，举起三根手指保证，"等会我帮你巡房，我发誓，绝对绝对不会搞砸的！"

"那好。"我向来是个拎得清的人，她们盛情难却，我再推托，就显得不像那么回事了，"剩下的，就麻烦你们了。"

"哪里，同事之间相互帮助都是应该的。你路上注意安全。"

也好。

哪怕我什么都没有做，只是本分地守在我的岗位，安安静静地做着我的事，但就是这样，只要我这个人在这儿，就足够让大家焦灼不安的了。

没办法。谁叫我，谁叫我——变成了他们口中的"怎么就那么惨呢"。

今天五月十七，周二，晴转多云，没有撞上举国同庆的节日，也不是谁的生日。

它简简单单的，非常纯粹，就是我们医院外科医生顾予淮的追悼日。

追悼一个和我不同科室的年轻医生，自然不会将我衬托得有多惨。那如果我说，顾予淮这个人，他是我交往了四年的男朋友呢？那如果我再说，我们本来打算国庆订婚，戒指都已经挑选好了呢？

是吧。你肯定也和大家一样，先是倒吸一口凉气，然后不管你跟我熟不熟，你都会有点怜惜地看着我，嘴上说着节哀，心里则在感叹，天哪，这姑娘，怎么就那么惨呢？

顾予淮死在电影院的最后一排座位上，是散场的时候，被打扫卫生的阿姨发现的。

那天是五月初九，路两旁的樱花开得很好。

我去医院上白班，而他刚值完夜班准备回家睡觉，在电梯里我们还打了一个短暂的照面，我跟他说厨房里热着饭，还有他最喜欢吃的清蒸鲈鱼，他笑着跟我点头，冰凉又细长的手指扶正了我的护士帽，跟我说了一声再见。

然后，我和顾予淮果然又见面了，甚至比我想象中还要早上一两个小时。

如果在停尸间的见面，也算见面的话。

顾予淮很高，那块白布没办法完整地盖住他，于是他的头发和皮鞋都裸露在了惨然的白炽灯中，和停尸间的冷气一起，将我森然地包裹起来。

我愣愣地站在原地看着他，可能五分钟，可能十分钟，也可能更久，直到身边的同事都开始催促我时，我才迈开步伐。

不是我害怕，也不是伤心过度，更不是不愿意去接受这个现实。我只是在思考，我到底要以什么样的表情、什么样的姿势、什么样的速度走向顾予淮。生死在我眼中，是一个非常神圣的仪式，这种神圣不会因为我工作性质带来的生死频繁就让我觉得麻木不屑，它仍旧在我心中占据着至高无上的荣光，况且——躺在那里的，是顾予淮。

我不能随便对待。

可是我身后那些只想着看一场年度催泪大戏的人，他们不懂。

他们也永远不会懂。

我稳住我的呼吸，轻轻地掀开了那块白布。

顾予淮的金丝眼镜被人摘掉了，日积月累，脸上和鼻梁处还残存着一些眼镜留下来的痕迹，就算如此，他也还是一如既往的好看。

我的手慢慢地抚上他冰冷的脸颊，一遍又一遍，我当然不会天真地希望我此时的举动可以感化老天爷，可以让顾予淮死而复生来创造一个爱的奇迹，我只是在用我的方式跟他告别，我在心中一遍又一遍地跟他说，多好，哪怕以后我变成白发苍苍满脸皱纹的老太婆，你也还是这么年轻好看。顾予淮，你说，这多好。

但这不是重要的，重要的是我另外一只手上拿着的死亡报告。

顾予淮死于服用安定片过多，很明显，他是自杀。

他认真地值好了最后一个夜班，也特意挑好了最后一排位置。听电影院那位阿姨说，顾予淮的扶手上还整整齐齐地放着爆米花和可乐，他看的是一个上座率非常低的商业爱情片，不过我猜他肯定没有看到结局，还有——还有那个绝对不能被忽视，他一直握在手心里的塑料药瓶。

顾予淮不仅是自杀，而且还是蓄谋已久的自杀。

他成功了，我祝贺他。所以我从头至尾，都没有掉过一滴眼泪。

等我赶到殡仪馆的时候，追悼会已经开始十几分钟了。

我的位置在很靠前的地方，现在已经没有办法从前门进去了，所以我只能硬着头皮从后门闯进这个悲悯又庄重的世界，后排的人明显被我的推门声影响到了，我听到好几个不满的叹气声此起彼伏，但是还好，在他们看清楚来者是我的时候，脸上的表情都柔和了好几个度。

托你的福了，顾予淮。让我在瞬间就被原谅的同时，还得到了亲切的问候和关心。

追悼会很快就结束了。

毕竟顾予淮的这一生太过短暂，司仪绞尽脑汁也没办法把悼念词撑到四十五分钟以上。

人群渐渐地散得差不多了，顾妈妈送走了最后一批客人后才朝我走过来。顾予淮和我说过的，他妈妈特别喜欢我，然后他顿了顿，又笑，说其实我们宁宁这么好，全世界都该喜欢的。

顾妈妈今天化了很浓的妆，但是也没办法掩盖掉她憔悴疲倦的脸，她的手像抓住最后一根求生稻草般紧紧抓住我，还没开口眼泪就开始往下掉。

"顾阿姨。"我扶着她坐下，轻轻地拍着她的后背顺气，"房子里予淮的东西我都收拾好了，用过的，没用过的，都收拾好了，最后怎么处理，还是看您二老的意思。"

"谢谢你了啊安宁。"顾爸爸走了过来，手里还拿着在宾客那里没有发完的香烟，"其实很多事都是你一直在忙，你阿姨身体也不好，整天哭哭啼啼的，还是多亏了你在这里帮着我。"

"叔叔阿姨，你们就不要跟我客气了，我跟予淮……"

"这位就是顾予淮先生的未婚妻，安宁安小姐？"

我的话被打断，但我无暇去思考这个发问者是不是来得有一些唐突或者失礼，因为在他的声音出现在我耳边的那瞬间，我感觉有一大片汪洋迫不及待地涌向了我，我头昏脑涨地看见了他袖章上的，中华人民共和国警察和一串数字编号。

"哦，余警官。"顾爸爸赶忙递了一根烟过去，话里带着些生疏的客气和隐约的小心，"你什么时候来的？这……我们居然都不知道。"

余警官？

我仔细地想了一下，在我的印象中，顾予淮好像没有跟我提过他有个警察朋友或者亲戚。

"刚到没多久。"那位余警官离我近了点，他摆了摆手，虎口处好像有一颗淡色的痣，"谢谢，工作时候不抽烟。"

"哦好，好，这样才好。"顾爸爸应和地笑着，把那根尴尬的香烟又重新放回了盒子里。

我收回目光，再次挨着顾妈妈坐下，很小声地问了句："阿姨，是不是发生什么事了？"

"安小姐还不知道？"那位余警官对我的疑问似乎有些意外。

"安宁啊，叔叔给你说一下，就是予准虽然是吃了安眠药自杀，但是后面警方又查出了很多蹊跷的地方，觉得可能没有那么简单。"顾爸爸看了看还在垂头落泪的顾妈妈，叹了口气又接着说，"我和你阿姨都被问过话了，还有一些跟予准关系好点的朋友。就剩你还没……"

突然，一直没说话的顾妈妈更用力地握住了我的手，这时我才注意到上次陪她去做的指甲，现在已经脱落得不成样子了。

"我和你叔叔就是心疼你，你多好的孩子啊，难道还会有什么事瞒着我们大人不是？肯定连你也是不知道的，本来你和予准在一起，就是他在拿主意，你工作又那么忙，我就不太愿意你还被我们顾家打扰着，本来就是他对不起你。"

"总而言之，顾予准不一定就是表面上的自杀，已经立案了，现在在侦查阶段。"

那位余警官好像有那么点不耐烦了。也对，并不是每一个人都能享受得住这种拖泥带水的人情味。更何况，在他眼中，这根本就是一件早办早了事的公差。

"安小姐不忙的话现在跟我回一趟局里，做一下笔录，很快，行不行？"

我笑着站了起来："既然是为了予准的案子，那我肯定配合。"

"好，走吧。"

余警官将警帽戴好，这时候我才看清楚他的脸——五官立体，非常有轮廓感。

他定定地看着我，眼神无比清明。

我跟在他身后走上了阶梯，没有再开口说话，我认真地踏着那些从我身上不断坠下，却又很快灰飞烟灭的浪花，然后我回头，与照片中的顾予准对视着——放心吧，我会替你保密的。我发誓。

### Chapter2 [ 余扬 ] 第二幕戏

车里很安静。

陈皮猴好几次从副驾驶座位上反身过来想开口聊天时，都被我用眼神制止了。

不是我难相处，也不是我小题大做，把带个人回去问话这件事看得太严重，我只是觉得，现在坐在我身边的这个人——也就是穿了一身洁白的安宁安小姐，她很紧张。

但她的紧张跟别人的紧张不一样，她的紧张来源于她自己，这种紧张，是没有办法靠外界轻松的氛围去化解的。我笃定，哪怕我现在喊陈皮猴讲一百个笑话，也无法改变她皱起来的眉头，胡乱绞着放的手还有她挺得过分笔直的脊背。

做无用功不是我的风格，所以我选择闭嘴，正好也给她的若有所思提供一点便利。

"余扬。"我觉得时候差不多了，便开口做了一个迟来的自我介绍。

"余扬……"她好像有轻声重复什么的习惯，接着她朝我笑了笑，丝毫不介意我的自我介绍有些过分简洁，"我叫安宁，就是那个安宁。"

我当然知道她是哪个安宁，其实我是——好吧，我暂时不想公私混谈。

"很高兴认识你，安宁，安小姐。"

"我也是。"

一路走走停停，磨蹭到公安局门口时已经差不多七点半了。

我带着安宁到了我的办公室。

"里面有点乱，你随便坐。"我推开门，在一片漆黑中摸到了日光灯的开关。

这栋办公楼挺旧的了，每次开灯的时候，陈皮猴总是提心吊胆地盯着那根狭长的灯管，然后特别没种地躲在我身后不停地念叨：余队，你说这个灯不会炸吧？你有没有听到刺啦刺啦的火花声？这栋楼不会也一起炸了吧？

放屁。那根日光灯，明明正常得不能再正常。

但今天，不知道什么原因，我真的在光明被电路送来的那几秒钟内，隐隐约约地听到了窸窣声，一阵接一阵，溅着零星半点的火花，就在我觉得已经闻到焦煳味的时候，我侧头，与安宁对视上了。

这是我第一次，这么仔细地观察着她的脸。哪怕下一秒，这栋楼很可能就要被倒霉地炸毁。

安宁皮肤很白，样貌却普通，最多称个清秀，但她的眼神很特别，至少我活了这么二十几年，还没有见过哪个人能像她一样，眼里的温柔让人无条件地信服。于是她轻而易举地就说服了那根正在闹脾气的灯管，很快，电路恢复了静谧的正常，鼻尖的焦煳味悄然散去，光明如约而至。

安宁拯救了这个杂乱的办公室，拯救了这栋年老的楼房，然后顺便，也拯救了我。

她果然很适合干护士这行，生来就是为了救赎。

至于我是怎么知道她是护士的——这稍后再说。

"顾予淮案子的材料都在这儿了。"我将写着"顾予淮"三个大字的文件袋从一摞文件里抽出来，递给安宁的时候，有那么一点犹豫，护士见惯了生死这没错，可要是变成未婚妻去见证未婚夫的话，也许就得另当别论了。

于是我的手停在了半空中，我问她："你是要自己看，还是我大概地跟你讲一遍？"

"没关系。"安宁很干脆地从我手中接过了袋子，"我自己看，有不懂的地方再请教你。"

"好。"我点头，没来由地觉得有些轻松，可能是因为忙活了一天，这个点终于可以在办公室里稍微歇一会儿，也可能是因为我高兴我没有看错安宁，她果然比一般，不，她是比很多人都要厉害。

让我们把时间往回调三个小时，也就是五点整，顾予淮追悼会开始的时间。

我们三个不算顾家亲友，自然坐在最后一排，安宁推门的时候，陈皮猴正在装模作样地挤眼泪想融入悼念的氛围，张蛐蛐用胳膊肘捣了下我，小声道："余队，那就是那个安宁不？"

我就着不算明朗的光线和悲怆的音乐声看了眼安宁，一眼就认出了她。

"对，就是她。"她还是那个样子，没变什么。

"就是那个穿白裙子的啊……"陈皮猴也看了过来，"怎么连自己对象的追悼会都迟到，我要是那个顾予淮，准得给气活。"

"贫吧你就，能不能闭嘴？"张蛐蛐白了陈皮猴一眼，示意他安静。

追悼会比我想象中要短一点，大概四十分钟。

很神奇的是，每周例行的领导讲话红旗宣言什么的我都跑神，但顾予淮的悼念词我却一字不落地听了下来。平心而论，他的一生还算不错。里面没有提到安宁。

更神奇的是，我盯着顾予准的黑白照片看了很久，莫名其妙得出一个非常离谱的结论——我觉得他不是安宁喜欢的类型。

"哎哎哎，余队，回来，回来。"陈皮猴追上我的步伐，拦住了我，"你干吗去呢？"

我扬扬下巴示意不远处的安宁："怎么，我带人回去问话还要经过你的批准？"

"唉，我不是那意思。"陈皮猴挤眉弄眼，一把将我按在了过道旁最近的座位上，"我不是那意思，余队你眼睛平时也挺亮的啊，怎么看不出人顾家一家三口在下面伤心叙情呢？咱们这时候冲上去，多败气氛啊，是不是，张蛐蛐，你说是不是？"

"让开。"我打掉陈皮猴压在我胳膊上的手，甩了一顶警帽过去。他们两个跟着我做事也有段时间了，知道我这个动作的含义——我预备去干些什么了，并且这个预备，还很坚决。

现在也没错，我就是要很坚决地走下去，带走安宁。

陈皮猴不了解安宁，顾家父母也不了解安宁，我虽然也不敢妄称多了解，但我知道，她早就在等着一个人，去败掉她现在所处的气氛了。我有这个直觉。

"所以……"安宁的眉头轻轻地皱在了一起，"你们觉得予准是被人杀害的？"

"没有。"我将陈皮猴刚刚送来的餐盒推到了她的面前，尽管我知道她现在吃什么都没有胃口，"只是猜测有这个可能性，你也知道，顾予准是药物致死，他手里抓着一个药瓶，看起来的确像是准备好的自杀，但是——"

我停顿了一会儿，从她手里抽出那张现场勘查的照片。

"这里，这个角落里，我们在进行第二遍排查时，找到了和顾予准服下的同种类药物。"

安宁很慢地做了一个深呼吸，她纤长的手指弯曲下来，渐渐地往掌心中收缩："什么意思？"

我想，其实她已经大概猜出个五六分了，但对于女人来说，要她们亲口道出一个残酷的真相，她们往往更擅长被动地接受，安宁是比很多女人厉害，但她也免不了俗套。

"我们警方现在的猜测就是，顾予淮不是一个人去看的电影，就算他是一个人去看的，也有谁跟着他，让他服下了那些药，然后把多余的藏在了角落的座位底下，自己先走了。但那天很不凑巧，电影院的监控系统坏了。"

我将那些材料重新收进了文件袋里，不再看安宁。

"总之，还是有很多疑问漏洞的。但人之常情，顾予淮不会画蛇添足地自己去藏东西，从现场来看，也没有什么指向性的暗示或明示线索，从而我们也排除了他故意陷害谁的可能性。而且，安宁小姐，你未婚夫是医学院高材生，事业大有前途，生活顺风顺水，我们真的找不到他自杀的理由和动机。"

"那天是五月初九，下午两点二十开场的电影，安宁，你那时候在干什么？"

别误会。我没有半点怀疑安宁的意思，我知道她是个多么善良、多么重视生命的人。

我就是这么顺嘴一问罢了，一来按照流程，我也是该问她这个问题再记录在案；二来，是她听完我的话后沉默得太久，饭菜变凉了她都没有动筷子，眼睑低垂着，像是在为顾予淮难过。

很明显。她不愿意，甚至是很抗拒告诉我一些东西。

算了，我不想为难她。毕竟退一万步来讲，她也算半个受害者。

于是我轻轻地敲了敲桌子，打算换个无关紧要的问题："南丁格尔，你真的不记得我了吗？"

这次的时间不止要往回拨三小时，是要拨三年。

差不多也是这种乱穿衣服的月份，我在警校念大四，被分配到市消防队实习，睁眼闭眼都是偌大的消防车，橙色的消防服还有厚重的消防面具。

碰到安宁，是我在出任务的时候。

他们学校的制药楼着了火，那晚的东南风刮得有些强势，火一下子就蔓延到了安宁所在的女生宿舍楼，不过还好，等我们赶到的时候，她们自己已经疏散得差不多了。

我从车上跳下来，拿着水枪待命，一眼就看到了与人群行进方向截然不同的安宁，她头发散乱地盘在耳后，衣服在霭霭的浓烟中被衬得更白，我到现在都能想起那个瘦弱又决绝的背影，她不顾周遭人的尖叫哭喊和阻拦，一门心思往宿舍楼里冲。

我望着已经被烧到快要看不出原形的宿舍楼，忍不住在心里爆了一句粗口。

这姑娘搞什么？刻意寻死？

我走过去一把拉住她，也不知道她有没有被我弄疼。

"前面那么大的火，你不能进去。"

"为什么？"她将脸转了过来，理直气壮地看着我。她的力气当然不能跟我比，所以在她费力挣扎却还是无法挣脱我时，她不悦地皱起了眉头，"你放开我，我要进去，我有事！"

"你有什么事非得进去？你进去就没命了知不知道？"我承认，当时我的语气不太友善，因为我觉得那一刻的安宁，压根就是一个想寻死的疯子。对这种人，我向来不客气。

"我不进去它就没命了你知不知道！"她瘪了瘪嘴，看起来竟然有几分委屈。

"谁？"我听得心头火起，对这种拎不清重点的群众恨不得殴之而后快。我将她又往后拉了几步远，"你知不知道消防员进火场也有危险？你的猫是命，我们的就不是？"

似乎根本没有想过这一点，她眼里倔强而坚持的光顿时一软，似乎满脸都写上了不知所措，竟让我的怒火消于无形。

唉！

"到底是什么宝贝猫？"

"是……我傍晚捡回来临时放在宿舍的流浪猫……"声音小小地回答着，有点可怜有点内疚。

我反手将她按在了原地，透过消防面具深深地盯着她的眼睛："待在这里，别乱动。"

"可……"

"我现在就进去救你那只猫。很快。你就站在这里，哪儿也不去，行不行？"

"可是……"她咬着下嘴唇，像是经过了一番激烈的思想斗争，"你，你……"

"闭嘴！"我凶她。

这时我才看到她胸前口袋上有几个淡蓝色的字——护理系4班，安宁。

行吧，原来你是南丁格尔。

你为了世间的生命正不断地努力奋斗着，但我其实也一样。

我不过是嘴硬心软。

其实我救世人，也救你的流浪猫。

后来，我不知道是谁拍下了我从阳台捧着猫的照片，总之，因为这张照片，我和我们消防队被全市人民大力褒奖，称赞我们不放弃任何一个生命，说我们是好样的。

我也因为实习时期的优秀表现，被评为我们那一届的最佳毕业生。

站在大礼堂致辞的时候，我合上了演讲稿，我说感谢党的正确领导，感谢学校和老师辛勤的培育，感谢同学和战友四年的帮助照顾，感谢实习队伍带给我的人生体验，最后我还要感谢——大火里的南丁格尔。

## Chapter 3 [ 顾予淮 ] 第三幕戏

我在四楼的洗手间里碰到了何主任。

他跟我算老熟人了，以前在研究院的时候，他就是我们系里的客座教授。

"小顾啊。"何主任站在我边上洗手，"昨晚的手术做得还不错，比起上次单独主刀，已经有非常大的进步了。"

"谢谢您，好几个细节处理都是听了您的建议才会那么顺利。"

安宁常笑我，说在我的嘴里，是听不到任何人的坏话的。

但我没觉得她在损我，一来是我觉得我这种做人的方式不算太坏，二来是安宁她本身就很温柔，她从不会做哪怕只带一丁点刺的事情。

她人如其名，让我觉得安宁。

"对了，你和安宁是打算国庆订婚吧？"何主任的口气稀松平常，像是在问我今天医院职工食堂有什么菜一样。我笑了笑，我和安宁的事情，整个医院都知道的。

"暂时是这么打算的。到时候酒店订下来了，一定邀请您。"

"好，我等着啊。"何主任从口袋里掏出纸巾，顺手也递了一张给我，"在学校的时候，我就看好你和安宁，也难得你们挺过了毕业和工作这两个大坎。"

我和安宁同校，不过她在护理学院，而我在临床医学院，我比她高两届。

如果非要用什么形容词去囊括我和安宁，那就是自然。

我们的相遇很普通，图书馆的自习阅览室，我帮她拿了一本她拿不到的书而已。

其实事后我不止一次地暗暗庆幸过——还好遇到的是安宁，不然这么乏味的场景，根本就入不了那些女孩子的眼。

没。我没有别的意思，我刚刚说的"那些"二字，是没有任何贬义的。所有女孩子都很可爱，只不过从我遇到安宁的那天起，她们就变得泾渭分明罢了。一边是渴望轰烈爱情的人，她们追逐刺激和享受，要活色生香，要发光发热；一边是温柔守护大自然规律的人，她们安于现状，有迹可循，保持恒温，热爱和平。前者我统称为"那些"女孩子，至于后者，是安宁。

我将半干半湿的纸巾丢在了两扇电梯中间的垃圾桶里。

叮——银色的门闪着冷冽的光泽向我打开，我看见它的怀里，站着安宁。

"这么巧。"她像是感应到了我的目光，所以停下了和别人的交谈。她看着我，笑着将碎落的散发捋到了耳后，"准备回办公室换衣服了吧？"

我点头，拿下落在她肩头的粉红色花瓣。

"小区里的樱花开了？"

"对。"她往边上站了站，想给我挪出一点地方，尽管这个电梯里人不算多，"我把你昨天买的红肠喂了楼下小狗，所以为了补偿你，今天出门的时候做了饭菜，都在厨房里搁着。"

"哎呀！"站在旁边的一个护士夸张地拍了下手，口气里的艳羡倒是很真诚，"我们顾医生和安护士的感情要不要这么好呀？"

安宁只是笑，也不开口说什么。她一直以来都是这样。

总有人说我和安宁感情好，一开始的时候我还是会或多或少说点客套话，但后来我也跟安宁一样了，只笑，不说话。我妈喜欢安宁，就是因为她觉得安宁温顺，不会反着我来，两个人中间我能当那个拿主意的人，但我没告诉我妈，其实是我受安宁的影响比较多，她身上有一种不动声色的力量，旁人不知道，但我知道。

"我到了。"我往外迈了一两步，又回头将安宁的护士帽扶正。奇怪，明明我刚刚看的时候还是正的。"再见，安宁。"

"再见，顾医生。"她一如既往地跟我挥手说再见，也一如既往地坚持在医院喊我顾医生。但值得一提的是她此刻的笑容，可能是因为今天天气好，所以她笑得格外愉悦。

我走出电梯，回头看着那两扇冰冷的门逐渐合上，然后我清楚地知道，我再也见不到安宁了。

我必须承认，我舍不得，很舍不得。

"顾医生回来了吧？"我推开办公室的门，看到陆医生正背对着我在找什么东西，他回头看了我一眼，手指了指我的桌子，"你手机响过几回了，我看没有备注，所以没帮你接。"

"哦，谢谢你啊。"我将白大褂脱下，顺手搭在椅背上。

果然有三个未接来电。

我没有备注这个号码，是因为我记得这串数字和这串数字的主人，一般我记得很牢的东西，就不太愿意再去定义它了。

我将未接来电一个个手动删除，删到最后一个的时候，短信又悄无声息地涌进来了。

只有五个字，那个人问我：准备好了吗？

我看了看挂在角落里的外套，按下了发送键。

我如约来到电影院，甚至在进去之前，还主动找站在一旁的小女孩买了两枝玫瑰花。

"先生是买给女朋友的吗？"小女孩细心地挑了两枝带露水的玫瑰，献宝似的递到我面前，"我刚看你是一个人来的，所以就没问你买不买，可没想到你居然就是我的第一笔生意！"

"怎么？"我将钱给她，她却忙着包装没空接，"你是第一次来这里卖花吗？"

"嗯，平常是我奶奶。"小女孩本来笑着的脸顿时蔫了下去，"她最近身体不好，弟弟又在念书，所以就换我来接班了。我以前不知道，原来玫瑰花这么难卖，我再也不吵着要芭比娃娃了。"

"好好照顾你奶奶。"我换了一张面额更大的纸币，"花我都要了。"

"都要了？咦？那个！先生你看！"小女孩的注意力马上就被街尾走过来的一个身影吸引了过去，她指着那个人，像是发现了一个惊天大秘密，所以她的语气惊喜又自豪，"那个。就是那个，没错吧？先生你人这么好长得又帅，女朋友一定就是那个漂亮姐姐！"

我笑了一下："人小鬼大。"

走过来的那个人当然不是我女朋友，我女朋友现在正在医院上班，而且比我还要工作狂，我暂时想不到有什么可以让她翘班的理由。至于现在走过来的那个人，她——她只是我一个故人罢了。非要说得再明白点的话，那就是她，是我在安宁面前唯一的秘密。

"哈！"她走了过来，夸张地挑了下眉，"不是吧，搞这么浪漫？"

我将满怀的玫瑰递给她："我女朋友说过，生死都是隆重的仪式，不能马虎。"

"喊，那你给她啊。我知道，你的小安宁是白衣天使，我呢，我只是个过了气的婊子。"她虽然将话说得那么难听，但还是很干脆地将玫瑰抱了过去，接着她像是想起什么似的，陶醉地笑了笑，"哎，顾予淮，你知道吗，在我最辉煌的那段时期，就是我出一次台就四位数的时候，我的外号就是'野玫瑰'。"

"进去吧。"我将电影票从钱包里拿出来，准备和她入场，"英雄不话当年。"

"呵！"她冷笑了一声，暗色的灯光将她衬得非常有气质，一点也不像她口中过了气的样子，她仍旧年轻、艳丽、充满侵略性。"算了，你知道什么啊。那时候你只知道跟你的白衣天使卿卿我我，恶心。"

"我买的是爱情片,但我觉得应该很难看。"

"爱情片能有什么看头,本来就丑陋的东西,就算翻着花样去美化也起不到什么作用。"

"你说话的水平,一点也不像个没念完高中的失足女。"

"顾、予、淮。"她一字一句喊我的名字,颇有点咬牙切齿的味道,"你去死好了。"

我带着她找到位置,轻声说:"快了。"

她——算了,我还是叫她野玫瑰吧。反正她也喜欢。

她是我们那所高中的校花,也是我的初恋。

高一下学期她死缠烂打地把我追到手,然后高二开学的时候就跟我说,她要跟着一个什么姐南下捞金,意思就是我和她完了。

其实高中的事情我有很多都记不太清楚了,但当时送她去火车站时的场景我却历历在目。

她提着一个深棕色的行李袋,白色的七分袖上绣着许多精致的小花。

"顾予淮。"她那天没有化妆,笑起来的时候嘴旁的梨涡煞是动人,"我走了。"

"能不走吗?"虽然那时候我还没有什么明确的概念,但我知道,一个高中都没念完的漂亮女孩子去赚大钱意味着什么。"你一走,这辈子就回不了头了。"

野玫瑰的眼眶唰一下就红了,然后她哽咽着问我:"那顾予淮,你爱我吗?"

我没有想到她会问我这个问题,但当时我太小,爱个字眼对我来说,陌生又沉重。

可她就要走了,我不忍心骗她:"我不知道。"

"如果我有天回来,你还会要我吗?"

"我不会不要你。"

"那你会娶我吗?"

"这个不好说。"

"顾、予、淮。"她丢了行李袋,不顾列车员的催促声,也不顾逆流的人群,她朝着我飞奔过来,眼泪流到了她的下巴处,然后她踮起脚拽着我的衣领,狠狠地吻住了我。

那是我的初吻。

很久之后，吻这个字眼在我的字典中都等同于——分别、眼泪，还有血腥味。

那天野玫瑰她咬了我，下了非常重的口。

也就是从那天开始，我的初恋正式宣告完结，它在我心中，变成了一个无言的冢。

这一分别就是五年。

野玫瑰再次出现在我眼前的时候，我刚好和安宁度过了第一个百天纪念日。

我知道这不应该，但她风尘仆仆的脸和满是倦意的笑都让我不得不心软，最后我做了一件连我自己都唾弃我自己的事情，我跟安宁撒谎，说实验组有事，然后我带着野玫瑰去吃饭，选了一个位置特别偏的柴火鱼馆。说来也奇怪，她的五官我都快模糊了，却偏偏记得她爱吃鱼。

木柴在脚底边嗞嗞地燃烧着，野玫瑰的眼睛里全是笑意。

"我们像不像偷情？"她娴熟地给我满上一杯啤酒，举手投足间都是荡漾的风情。

"你是怎么找到我的？"我开门见山。

"怎么，我旧情人就你一个，还不许失业了来投奔一下啊？"

"我有女朋友了。"

服务员将盖子揭开，白到像牛奶一样的鱼汤在锅里翻滚。

"我知道。"野玫瑰毫不在乎地从碗里挑出一根鱼刺，"我看见了，那个黑色长直发，哎，顾予准这么多年了，你审美观还没变哪？是不是还对我痴心……"

"安宁和你不一样。"我打断她。我说过的，在遇到安宁的那天起，所有女孩子都变得泾渭分明了，野玫瑰也不例外，她当然属于前者的"那些"，漂亮、夸张、聒噪，还有张牙舞爪。

"哦，她叫安宁。"野玫瑰耸了耸肩，"不一样又怎样，我还她前辈呢。搁在古代她还得叫我一声姐……"

"这些年，你过得还好吗。"

她一愣，干了面前的酒。

"顾予淮。"她沉默了许久才开口，"你说过你不会不要我。"

"是。"我也记得年少时候对她那个不算承诺的承诺，"但这跟我会要你，不是一个意思。"

"你放屁！"野玫瑰提高音量骂了我一句，引得店里的人纷纷侧目，"这难道不是一个意思？你他妈是不是想反悔？"

面对她的怒气，我居然笑了出来："我当时是真心的。"

我夹了块鱼肉放在她的碗里："但你知道。那两句话其实不是一个意思。"

"顾、予、淮，你浑蛋。"

"是，我的确很浑蛋。"我这句话，是对安宁说的。

然后我们就去了火车站旁边的一家小旅店。

旅店的坏境很糟糕，几乎快要看不出颜色的墙壁，破旧的电视机和空调，满是污垢的拖鞋和那床怎么看都不干净的被子，但我没有时间犹豫，野玫瑰像是赴死一样想要把自己给我。我接受了。我知道，我的确是个彻头彻尾的浑蛋。

野玫瑰比我有经验得多，事后她躺在我怀里，眼泪流了我一整个胸膛。她的声音很轻："顾予淮，我知道我在无理取闹，可是，可是我当年，真的好喜欢你。"

她睡着之后我起来了，我没有办法在她身边过夜，我找了一个 ATM 机，将我卡里所有的钱都取了出来。我不知道我这样做跟她的顾客有什么区别，但我当时脑子里很乱，我也想不出除了钱，我还有什么可以给野玫瑰的。她毕竟，毕竟——算了，不说了，我就是个浑蛋。

"啧！"野玫瑰坐在我身边，打了个哈欠，"这电影可真难看。"

"嗯。唯一能看的就是女主角楼下邻居养的那只黑狗了。"说到这里我顿了顿，因为我又不可避免地想到了安宁，"也不知道它喜不喜欢吃红肠。"

"哈哈哈，顾予淮你神经病啊！"她大笑着推了我一把，然后小声问我，"药呢？"

"这里。"我把两瓶安定片从外套口袋里掏出来，"这个是你的。"

"好。顾予淮，等到男女主角开始接吻了，我们就干了这瓶药，你觉得怎么样？"

"好。"

野玫瑰的第二次出现，就是在不久前。

也不知道是谁告诉她我和安宁准备订婚的消息，总之她又找上门了。

三月初的凌晨，医院地下车场气温很低，她穿了一件很单薄的开衫站在我的车边向我伸手："等了三个小时了，还以为你今天不上班。我冷，顾予准。你抱抱我好不好？"

我刚做完一场大手术，整个人有种全神贯注后的虚脱感，我打开车门，示意她上车说话。

"车里暖和，你进来吧。"

"你不敢抱我。"野玫瑰坐在了副驾驶的位置上，那里还放着安宁的一条丝巾。

"我不能抱你。"我闭上眼睛，没有要开车的打算。

"那你想抱我吗？"不用看也知道，她一定又是一脸促狭的笑意。

"我不知道。"

"那你就是想抱我。"

"随你怎么想。"我有些不耐烦地扯松了领结，"你来找我有事吗？"

"有。"野玫瑰顿了顿，"我听说你要和那个安宁订婚了。"

"是。谢谢你专程来祝福。"

"做你的春秋大梦去吧！"野玫瑰冷哼了一声，"我这辈子都不可能祝你们幸福，但是，但是我……"她顿了顿，语气有了些不自在的迟疑，"要祝福，我也是祝你一个人幸福。关那个半路杀出来的安宁什么事儿。"

"她是我名正言顺的女朋友和未婚妻。"我觉得是时候结束和野玫瑰的对话了，我踩了一脚油门，车子没入了夜色中。

"你家住哪儿，我送你回去。"

意料之中的是，她没有回答我。

"顾予准。"她的口气很飘忽，听起来像是浮动在半空中。

"怎么了？"

"我知道你爱她。可是那个安宁，真的爱你吗？"

她这么一问，我就感觉我的呼吸窒住了。

我从来没有想过这个问题，我和安宁，向来都是水到渠成。

她爱我吗？这本该是个毫无疑问的问题，可就是在我准备肯定的时候，我忽然想起了一些平常被我遗忘的事，比如我和安宁在一起四年多，却从来没有谁去问过对方"你爱我吗"。我们太自然、太和平了，以至于我们都忘记了——其实谈恋爱，应该是件波澜起伏，充满感性和戏剧性的事情。可我们却连一次像样的拌嘴都没有过，没有大落，自然就没有大起。

我把车蛮横地停在路边，解开了车门的锁，冷声道："下车。"

"顾予淮你搞什么？"野玫瑰倒吸了一口气，她的眼睛很亮，此时正灼灼地逼着我。

"我喊你下车。"

"呵，省省吧顾予淮。"野玫瑰底气十足，"你不会这么对我的。虽然你没那么爱我，可是你永远也没办法拒绝我，不是吗？"

"你好歹也是女孩子，你要点脸。"我烦躁地点燃了一根烟。

"不在乎。脸有什么用？"她摸到了我的烟盒，接着掏出了自己的火柴盒，"不如我们私奔吧，顾予淮？"

"你发什么神经？"

"我说真的。"她停下了划火柴的动作，但空气中已经满是红磷的味道，"虽然我跟很多人睡过，但我最喜欢的还是你。就冲这一点，我就比那个安宁强。"

野玫瑰见我没有回应，便接着自说自话："是，我知道你不愿意，不愿意离开你的白衣天使跟我苟活。"然后她像是被什么点醒了一般似的，表情里有一种微妙的惊喜，"是啊，我怎么之前就没想到呢？哎，顾予淮，我们，一起死吧？死了就什么烦恼都没有了。"

"什么？"我皱起了眉头看她，"你就这么想死？"

"想。"野玫瑰认真地点头，"我真的特别想死，顾予淮。这些年我挣了好多钱，可是又有什么用呢？人前风光罢了，不，连人前风光都称不上，走到哪儿别人都说我是个婊子，以前年轻，觉得他们是在嫉妒我，可现在我甩手不干了，却还得背着这个称号。你说得没错，我这辈子算是没法回头了。"

"当初我要走的时候，你怎么就不肯说句你爱我呢？"她深吸了一口气，垂下了头，"你不知道吧，我其实特别喜欢你，你要是当初说了句爱我，我说不定就……"

"没有说不定。"我疲惫地打断了她，不得不承认她很厉害，我之前的确为了没能留下她这件事感到过愧疚，"你做人不能这么自私。你明知道，这怪不到我头上。"

我回到家的时候，已经接近四点钟。

安宁早就睡了，但她给我做的夜宵还在厨房里热着。她习惯性地在冰箱上贴蓝色的便利贴，上面一般都写着我不在的时候发生的重要事宜，落款是一个笑脸。

我站在卧室门外，看着床上那凸起的小小一块，说是不忍心，其实更多的是不敢——我不敢去喊醒她，问她爱不爱我。这样的事情发生在我和安宁之间，就像个荒诞的笑话。

然后我坐在客厅里，给野玫瑰发短信：或许我可以答应你的第二个提议。

"哎，顾予淮，你看，男女主在雨中找到彼此了，天啊，他们肯定要接吻然后幸福地生活在一起了。"野玫瑰不甘心地啧啧感叹，"可是我们的死期也到了。"

我拧开瓶盖，在幽暗的光线中，我好像看到了安宁，又好像看错了，她好像站在门后，又好像站在银幕里，她好像朝我笑了笑，又好像朝我招了招手。

总之，她是在跟我告别吧。

### Chapter4 [ 余扬 ] 第四幕戏

"余队，重大发现！"陈皮猴径直闯入我的办公室，邀功似的坐在了我的对面。

"你下次进来之前能不能敲个门？"我头也没抬，最近手头的案子有些多，这种不加主语的重大发现，我一般都当作在放屁。

"喂，余队，我都重大发现了你还在意我没敲门？"

"快说，哪个案子。说完我还有事。"

"当然是你最在意的那个案子。"陈皮猴将椅子拖出声响，手撑在桌面上，口气得意。

我的笔一顿："你发现什么了。"

"玫瑰花。"陈皮猴敲了敲桌子，示意我看他，"之前不是因为电影院监控坏了，顾予淮又是迟到进场走的自助通道这两件事案子一直没有什么进展嘛，今个儿我和张蛐蛐办金店抢劫的案子时又路过了那电影院，看到卖玫瑰花的，我也不知道怎么心血来潮就下去了问，嘿，结果还真的问出了东西！"

"你是说那个卖花的老人家？"我喝了口茶，"我问过她，她说她那几天不在电影院，没见过顾予淮。"

"是，你是问过。可余队你运气不好啊，所以就没问出什么来。"陈皮猴促狭地朝我眨了眨眼睛，"老人家忘给你说了，她那天虽然不在，可她孙女在。巧的是今个儿她孙女也在，所以就告诉了我们一些事情。"

"什么？"我下意识的，眼前浮现出了安宁的脸。

"顾予淮是跟一个女人去看的电影。小女孩说很漂亮，顾予淮还给她买下了所有玫瑰。我们拿了安宁的照片出来，她说不是这个姐姐，所以——"陈皮猴故意拉长音调，"所以重大发现就是顾予淮他出轨了！"

"你当我们是人民警察还是情感主持人啊？"张蛐蛐走进来，把他的手机放在我的桌上，"事出意外，我们也没啥准备，就直接征询了她们祖孙的意见后录了音，余队你自己听听看。"


"来，小妹妹，你看，是这个照片上的姐姐吗？"

"咦？不是这个。"小女孩声音挺脆的，"那天那个姐姐没有这么白，但是更漂亮，而且也不是这个头发。那个姐姐……是金黄色的头发，卷卷的，像是童话里的美人鱼！"

"那之后呢，你还看见了什么？比如散场的时候？"

"没有了，那位先生买完了我所有花之后我就回家了。"接着，她的语气变得有些哀伤，"警察叔叔，那位先生真的死了吗？他人那么好……"

不，他人一点都不好。他活该。

我关掉了录音，我知道我违背了作为一个警察的基本素养，我竟然说死者死得活该，但我没有觉得哪里不妥，因为他背叛了南丁格尔。他死有余辜。

我本来是要去检察院一趟，但鬼使神差地，我就把车开到了医院。

这已经不是我第一次来医院找安宁了，有的时候我会去跟她说说话，但更多时候我只是坐在暗处看着她照顾病人。我不知道怎么跟别人去形容这种感受，就是你看着那个人，你就浑身放松，你就觉得平静，用文艺一点的话来说，就是被治愈了。

很显然，我把南丁格尔当成了我生活中的必备事项，用来调节自己失衡的心情。

"余警官来啦？"是安宁同科室的护士，她推着药品车，热情地跟我打招呼，"又是为了顾医生的案子来找安宁姐的吧？"

我点头，但我这次来目的没有以往那么自私，只顾着治愈自己。我这次来，是专程为了那条美人鱼。我直觉，安宁知道这件事。

"要是每个警察都像你一样那么尽职尽责就好了。顾医生他真的是个好人的。"我看得出来，她是在真心赞誉我，也是真心在惋惜顾予淮。

"没有。"我受之有愧。因为我这么尽职尽责，并不是为了她口中的那个好人顾医生，"应该的。安护士不在办公室？"

"你等等哈，我这就进去帮你叫她出来。"没过多久，那个护士就皱着眉又出现了，"奇怪……明明是休息时间，安宁姐又去哪儿了？"

"不在里面？"

"嗯。"护士点点头，给我指了个方向，"大概又是给自己加班去哄那些脾气暴躁的病人了，余警官你不知道，我们安宁姐脾气可好了，特别温柔，多难哄的病人都能哄好。"

我笑着跟她道谢，她又喊住我，说我上次送来的葡萄她们整个办公室都觉得好吃。

我在一个人比较少的角落里看到了安宁。

好吧，其实只是安宁的一小撮背影，但职业毛病，我认人很准，我知道那就是安宁。

然后她看了过来，阳光洒在她洁白的护士服上，她对我笑了笑。我是理科生，我没办法用太夸张的词语去形容那一刻安宁带给我的美感和震撼，总之因为她站在那里，陈旧的墙壁都散发出了庄严和神圣的光。

但有一件事情更重要——安宁不等我开口，她先走了过来。

"余扬。"她和别人不一样，她不喊我余队，也不喊我警官。我喜欢她这样。

"你来了。"

"嗯。"我对她点头，但并没有就因此停下我的步伐，我直接路过她，用眼尾的余光扫到了她想来抓我，但是没有来得及的手。

角落垃圾桶的上方有一个烟蒂，还没有彻底灭下去。

安宁的反常，就来源于此。她想要借此拖住我，因为她要继续瞒着我。

我站在窗户边，不费吹灰之力就看到了一个特别打眼的背影，金黄色的头发，长卷的波浪，在阳光下，那条美人鱼像是在发光。很好。光看背影就知道是人间尤物。但我仍旧看不起顾予淮，因为他没眼光。

"你到底想干什么，安宁？"

"我什么也不想干。"

"你早就知道顾予淮的死跟那个女人脱不了干系，是不是？你甚至清楚所有的来龙去脉，是不是？"

"是。"安宁笑了，表情和往日一样，悲戚又温柔，"我知道。但是余扬，你放过她。"

我的手撑在窗户的凹槽上，那些崎岖不平的纹路慢慢地嵌入我的掌心。

我设想过无数种情形和安宁跟我坦白之后的反应，但我没想到她居然让我放过那条美人鱼。

"你刚刚说什么？"我找不出安宁想放过那条美人鱼的理由。

"我想请你，放过她。"安宁看着我，脸上的表情像极了五年前要去救那只流浪猫的样子。

我听见自己深深地吸了一口气，过分饱满的气体让我的胸腔有种钝重的痛感，我问她："安宁，你疯了不成？"

## Chapter5 [ 安宁 ] 第五幕戏

其实我很早之前，就知道了顾予淮的那位初恋。

他们第一次去郊外的柴火鱼馆时，就被我的舍友看到了，但我什么都没问，也什么都没做，我甚至帮着他们去解释，我说那个女孩我认识，是予淮的表妹。

那天晚上，大概是凌晨两点多，我接到顾予淮的电话，他先是跟我道歉，说吵了我睡觉，然后小心翼翼地问我，可不可以下楼去见见他，他爬进女生宿舍了。

这种像极了偶像剧的行为，在我和顾予淮之间是很反常的。

本来我以为他喝醉了，没想到见到他的时候，他的眸子里全是清冽的神色，总之，他整个人看起来格外清醒，然后他走过来，紧紧地抱住了我，他跟我说："安宁，对不起。"

我闻着他身上不属于他的味道，轻轻地拍着他颤抖的背："多大的人了，还哭鼻子。是不是搞砸了实验，被导师骂了？"

他没有说话，只是更加用力地抱住我。

我知道，他这是在用最体面的方式跟我道歉，他羞于启齿又不知所措，所以他只能抱着我流泪。但我没法原谅他，我不是那种意思，我的意思是——我连责怪都没有，何谈原谅。

我没有在故作大度，也不是在用我的温柔胁迫他让他更加反悔，我只是在等他明明白白的那句话，但他没有，那天晚上没有，往后的很多年也没有。他不说，我也乐意装作不知道，我发自内心地怜惜顾予淮，我是指单论他出轨这件事，我知道他才是最受煎熬的那个人。

顾予淮死后的第二十一天，他的初恋终于来找我了。

她比我想象中还要漂亮，而且还是那种盛气凌人的漂亮，但她看着我，却像是很害怕我。她跟着我差不多有半个小时了，终于，在我经过她的时候，她鼓起勇气开口："你……忙完了？可以跟我出去聊聊吗？"

"当然可以。"我顺手从办公室里拿了瓶余扬上次送过来的牛奶递给她，余扬送来的——算了，余扬这人我稍后再提。"喝点吧，你看起来气色不好。"

"不要。"她难掩本性地嘟囔着，"我又不是小孩子。"

"顾予淮死了。"

我们来到了角落里的吸烟区。

"我知道。"我朝她笑了笑。我知道她现在很紧张，一根火柴她划了好几下都没有划燃。

"我以为你至少会去他的追悼会。"

"是我提议的。"她的火柴终于冒出了一点火光。

"我知道。他不是主动会主动做这种事的人。"我顿了顿，"要我帮你拿着火柴盒吗？你看起来不方便点烟。"

她深吸了一口气，有点不可置信地望着我："安宁，你为什么一点都不为他的死感到难过？"

她憋不住了。她终于开始这种莫名其妙的质问了。但我生来就不好战，我知道，只要我说，为什么你不和顾予淮一起死呢？为什么最后关头你要抛下他呢？我知道只要我说出这两句话其中的任何一句，我就必胜无疑，但我不想这样击败她。

"安宁。"她又喊我，"你爱顾予淮吗？"

安宁，你爱我吗？

曾在某个深夜，我听见下夜班回来的顾予淮在我背后轻声问了这么一句。

其实我当时已经醒了，因为他这次的关门声与往日里不同，所以我一下就醒了，但我没有翻过身去给他肯定的回答，哪怕前几天，我们刚刚决定要订婚。

"爱。我当然爱顾予淮。"这是实话。

"但你对顾予淮的爱，跟你对你病人的爱没有区别，是不是？你爱顾予淮就像爱着街边的一只猫、一只狗，甚至是一堆花花草草，是不是？"

我笑了笑，没有回答。因为她说对了，不得不承认，有些话只有女人们才能说得通。

"顾予淮死得可真冤。"她的烟快抽完了，她直接扔在了垃圾桶上面。

"对。"这点我赞同。

　　"可是安宁。"她舔了舔她干涩的下嘴唇，"对你来说可能不算什么，但是我却失去了这世界上对我最好的一个人了。这其实也不是最糟糕的，最糟糕的其实是……"

　　"其实是你没有勇气跟着他一块死。"我之前就说过，有些话只有女人们才说得通。

　　"天啊，你可真聪明……"她小小地惊叹了一把，接着不好意思地笑了笑，"你这么聪明，我跟顾予淮的事情怎么能瞒得过你？"

　　"你要好好活着。"我在真心地祝福她，不带任何主观情绪。

　　然后她走了。我站在七楼的窗户边目送着她，她的长发在阳光的照耀下显得更加漂亮。

　　再然后余扬来了。

　　除开第一次见面的时候他穿着警服，后来他来找我都是穿着便服。我指的来找我，也包括了那些他不说话，只坐在一旁看着我的时候。按理来说，我跟他走不到这么亲近的，在问过话之后也应该没什么交集，但我怎么也想不到，当初那个帮我救出流浪猫的消防员，现在居然变成了负责顾予淮命案的刑警。

　　你知道，缘分这种东西向来不讲道理，它就像大火，莫名其妙，却又来势汹汹。

　　我走上前，想掩盖掉刚刚发生的事情，但警察就是警察，敏锐的直觉不会随着换了身衣服就变得迟钝，他认真地看着我，问我是不是疯了。

　　"安宁。"我发誓，我听出了他语气里灼热的疼痛感，"于理，她要是杀了顾予淮，那就是名正言顺的故意杀人，她要是和顾予淮玩浪漫搞什么相约自杀，但现在顾予淮死了，她是活的，那么她就是涉嫌故意杀人。于情，她也不算你什么朋友吧，她带走了你这么多东西，我是你……"余扬顿了顿，"至少我是站在你这边的。"

　　"你想放过她。"余扬转过身去，不再看我，"我不想。就算我想放过她我也不能放，安宁，你别忘了，我是一个警察。我不是上帝。"

　　"余扬，我……"

　　我的话还没有说完，余扬就转身过来，用几根手指轻而易举地托起了我的脸："先是大火里的流浪猫，再是未婚夫的出轨对象。"

　　"安宁。"他深深地看着我的眼，口气带了些不具名的狠劣，"这么多年，你当够上帝了吗？"

我呼吸一滞。余扬，你这么说，就过分了。

### Chapter 6 [ 余扬和安宁 ] 也许是结局

顾予准的案子侦查期结束后，就顺利移交检察院了。

至于接下来的公诉或者最后的罪名，那都是美人鱼和检法机关之间的纠缠了，我只打算袖手旁观，尽管我非常在乎安宁的感受，但——对就是对，错就是错，每个人都得为自己的行为买单。安宁再善良大度都没用，她做不了真理的主，因为这世界上压根就不存在上帝。

我好久都没有见过安宁了。因为上次的不欢而散。

错当然在我，我不该把话说得那么锋利和赤裸，但我就是受不了了。

我不是受不了安宁，我是受不了这个世界，我受不了这个世界这么欺负安宁，我受不了这个世界明知道安宁悲悯天下心怀苍生却还是这么欺负她。最让我愤懑不平的地方就是安宁她依然相信这个世界，她依然相信她的苦难和委屈是为了她的子民，是这个世界对她的考验，她依然相信只要咬着牙做更多的牺牲，就能够达到理想和彼岸。

不是这样的，我的南丁格尔。这个世界配不上你的忠诚，也配不上你。

所以我才要狠狠地骂醒你，坏人我来当，没关系。因为只有我，才不会真的狠下心去利用你的温柔和虔诚，我没办法跟这个世界同流合污，我这辈子都没办法欺负你。

因为，因为——我好像比我想象中更心疼，也更喜欢你。

很意外的是，我居然在医院大门口看到了余扬的车。

我不是说之前从殡仪馆将我带到公安局问话的警车，是他自己的越野车，有几次他带我出去吃饭的时候开过。我站在原地有些犹豫，我以为上次暂别之后此生再也见不到他了，他问出那句话的表情我到现在还记得，像是受够了我似的。但是他——又出现了。

"安宁。"余扬甩了车门下来，站在我的面前，"这么久了，想清楚了吗？"

"什么？"我一时间有些反应不过来，在我的记忆中，他并没有留下什么需要思考的问题给我。

"关于辞职的事情。"

"辞职？"我一惊，"我从来没想过要离开护士这个行业，为……"

"小心！"余扬大喝一声，眼疾手快地将我拉进他的怀里，帮我躲掉了呼啸而来的重机车。

"我不是说要你辞了护士。你可是南丁格尔。"

"那是什么？"我从他怀里抬起头。

"上帝。我问你有没有想清楚辞掉当上帝这个工作。"

"余扬，我……"我哽住了，从小我就觉得我跟别的孩子不一样，可是我也说不出究竟是哪儿不一样，然后我就这么长大了，直到余扬上次逼问我的时候我才明白，我这么多年苦心寻找的那个"不一样"，其实就是上帝两个字。其实是我自己从一开始，就把自己放在了属于上帝的位置上。我告诫自己，你要充满耐心，你要时刻怜悯，你要毫无怨言，你要大情大性，你不能责怪任何人，所以我才活成了余扬眼中的疯子，却不自知。

我爸妈没说过，我朋友没说过，顾予淮没说过，他那个美艳的初恋也没说过，他们都没跟我说过，其实我不用这么活着，其实这世界上只有我一个人这么活着。但是余扬，他说了。

所以在余扬真真正正说出口的那瞬间，我就感觉我自己从里至外都被人打碎了。

然后我就知道，回不去了，我没办法继续做那个上帝了。终于——我感谢上帝。

"我知道。"余扬把我重新搂进了怀里，温热的鼻息不断喷在我的耳边，像是黏合剂一般，跃跃欲试地想拼凑出一个新的我。"做惯了上帝，你一定不习惯失业。那么干脆就不辞了吧，我们换个地方。"

"我们不给这个世界当上帝了，这个世界上麻烦事太多了。真的。"

"那我要去哪里呢？"我一张口，热意便涌上眼眶，我咬着下嘴唇靠在他坚硬的胸膛上，他心跳得很快，"可是余扬，我改不掉这个毛病，好像真的是从娘胎里带出来的。你一定觉得我是个伪善的疯子吧，五年前你就这么觉得了吧，可是我……真的觉得，活得好辛苦。"

虽然说的前言不搭后语，但这是我第一次，出生以来第一次，我允许自己去说出压在心底的，不那么上帝的言语。我觉得痛快。


"我知道。所以你来我这儿，当我的上帝。"

余扬的手轻拍着我的背以示安慰，真不习惯，平时这可都是由我来干的活。

"当我一个人的就可以了，你可以变得贪婪自私暴躁甚至是邪恶。我不在乎。这个世界欠你的，我来还，所以你来我这儿，当我的上帝，我当你最虔诚的信徒。安宁，行不行？"


## 就是爱八卦

1. 分享一件最近甜蜜、开心的小事。

**姜辜**：林宥嘉的新歌好好听，我就喜欢听人唱这种要死不活的苦情歌，代入一下大家我就莫名很开心啊哈哈哈！（不过你们看到这个的时候，他的新歌已经变成了旧歌……）


2. 最喜欢的食物？最喜欢的明星？一直想去但没有去做的事？

**姜辜**：最喜欢的是肉啊。一天不吃肉我会哭泣的。然后肉里最喜欢的就是鱼啦。

明星这个问题比较没有意义，除非我说了就能嫁给他。哼。

想去尼泊尔的寺庙，说出来你们可能不信，我有空就会抄佛经……


3. 主题书跟读者见面的时候，大鱼文化正好三周年了，想对大鱼和读者说点什么？

**姜辜**：大鱼也三周年啦，我有预感见面的那天天气一定很好，所以你们必须看在上天的美意和这条长长久久会游遍天下的鱼的份上，夸我是个小仙女。最后，不见不散。

LAISHIXUEFU
QINGAN

# 来时
# 雪覆青桉

——文 / 晏生——

**/ 小花阅读 · 晏生 /**

拖延症患者，懒癌晚期。

追求舒适度，喜欢棉麻和木头做的东西。

喜欢独处，也爱热闹，多数时候还是会一个人去买柳橙汁。

希望有一天住进深山老林写故事。

**代表作品：** 小花阅读一生一遇系列《林深时见鹿 1、2》

**作者新浪微博：** @ 小花阅读晏生

我偷偷地想念你，虽然很明白这毫无意义。

关于想念你这件事，躲得过对酒当歌的夜，

躲不过四下无人的街

每一次走向你，我都怀抱着孤注一掷九死不悔的决心，哪怕跨越千山万水，天寒地冻，大雪漫过眉间。

### Chapter1 你看我胸膛百孔千疮，不在乎你再多插一刀

乔青桉单脚站着，身体的重心倚在一根摇摇欲坠的竹竿上。

视线尽头是辽阔的江面，两艘商船缓缓驶离码头。她漫不尽心地把玩着计时器，心里默念："三，二，一。"

"轰！"

一声巨大的爆破炸响，水面上的船只顷刻间覆灭，化为乌有，熊熊燃烧的红色蘑菇云映亮了冬末阴郁的黄昏。

任务完成，乔青桉一瘸一拐地开始撤离现场。

码头上尖叫四起，慌张逃窜的人群帮助她成功地隐藏住了身份，混乱中，没有谁会注意到她鲜血淋漓的右腿。

警车的鸣笛声一阵阵响起。

乔青桉神色一黯，悄然地走进了旁边一栋废弃的建筑大楼中，借着稀疏的天光，找到一处隐蔽的角落，终于支撑不住地坐在废墟上。

裤兜里的手机不合时宜地、欢快地振动起来。

"喂……"

"是我，我没事，腿中了一枪。"

"带过去的九个人都挂了……但袁门帮的损失更大，两艘船的货已经毁了，这样算来，还是我们赢了。"

乔青桉向那头的人汇报着大致的情况，附近突然传来不小的动静，巡逻的警犬在不停地狂叫，窸窸窣窣的脚步声隐约传来。

乔青桉掐断通话，强制关了机。她动作迅速地把裤腿撕裂，让伤口暴露出来。从身上摸出一把小巧锋利的瑞士军刀。

深吸了一口气。

刀尖对准伤口插下去，在模糊的血肉中，有技巧性地剜出一颗子弹。

因为痛感，生理泪水止不住地往下流，连同汗水一起浸湿了她整张脸。乔青桉躺倒在地上，双手颤抖地抱住小腿，努力平复呼吸。

这时候，不可思议的事情发生了。

如果有旁人在，一定不敢相信此时眼前看见的一切，乔青桉的伤口，正在以肉眼可见的速度愈合。

警犬的叫声越来越清晰，距离越来越近。上楼梯，走过拐角，穿过两扇门，绕过一排水泥石柱，然后——

一束强光朝着乔青桉打过来。

她敏捷地抬手挡住脸，从地上一跃而起，在警察的厉声呵斥中像猫一样蹿上窗台，眼也不眨地从二楼往下跳。轻巧地落地之后，她黑色的背影一闪而逝，消失在渐渐苍茫灰蒙的暮色之中。


一刻钟前，乔青桉还是个瘸子。

一刻钟后，她已经安然无恙。至少，身体上安然无恙，找不出外在的伤口。

她不记得从什么时候开始，自己变成了这样一个怪物，哪怕被划破再深的口子，她也能快速地痊愈，顶多留下一道淡色的疤痕。

她曾经以为这是件天赐的好事，就好像拥有了金刚不坏之身，却没想到，也招致了无穷的祸端和劫难。

比如唐既之。

任凭乔青桉如何自我催眠，她心里还是有道不可抑制的声音，在一遍又一遍地叫嚣着这三个字。以至于她现在本应该滚回自己的出租屋里蒙头大睡一觉，却在路边拦下一辆出租车，向司机报出了一个熟稔到脱口而出的地址。

"临海街安然里 19 号。"


从南到北，几乎绕了大半座城市。

乔青桉下车时，天已经完全黑了，凛冽的寒风中掺杂着雨丝，迎面扑来。安然里小区的年轻门卫显然还认识乔青桉，朝她友善地笑了笑，便直接放行了。

轻车熟路找到唐既之楼下，发现窗户口是黑的，不见一丝光线。他还没有回来，估计又是在生物研究所加班。

乔青桉摸摸口袋，发现自己竟然随身带了钥匙。她像以往很多次一样，打开门进去。玄关处的鞋架第一层，照旧摆着两双舒适的棉布拖鞋。

一大一小。一双粉蓝，一双粉红。

乔青桉拿下其中那双粉红色的换上，不长不短，刚刚好，十分合脚。

屋内的摆设和她离开时一模一样，几乎没有任何变动。茶几上的生物模型，墙角的兰花，搭在沙发上的线毯。还有，墙壁上悬挂的相框。

相片中的唐既之站在一树繁花下，一只手轻轻拢着乔青桉的肩膀，笑容温文尔雅，比照耀在他脸庞上的那一束春光还要惑人。

乔青桉说："骗子……"

门突然从外面被打开了。

唐既之放下雨伞，抬头看见乔青桉，也是一愣，随后就平静地笑了，问道："今天怎么有空过来？"

半年没有见面，乔青桉仍旧会被他这种云淡风轻的态度轻而易举地刺痛，心口骤然一抽。她很多次也想学学唐既之，洒脱、不羁，似乎什么也不曾放置于心上。

可是她模仿不出他的笑。

明明不甘示弱，想要向他宣战，告诉他自己过得很好，没有他，她也能过得很好。可脸皮僵硬地扯动着，只是徒劳。

"青桉，喝水吗？"唐既之从茶柜的木抽屉里拿出两只马克杯。

"你就这样当作什么也没发生过一样吗？"一道冷寂的声音问他。

唐既之的动作一顿。

"被揭穿以后，真的还能这么心安理得地生活下去？"时日长久，几乎快要腐烂在喉咙里的话，终于在这晚问出来。

"那你要我怎么办呢？"唐既之的语气充满无可奈何，似乎带着丝不可察觉的纵容，听上去却分外薄凉。"难道……非得要我自刎谢罪，给你赔礼道歉吗？"

玩笑般的话，冷酷异常。

"青桉，我养你七年，一共抽你四十七袋血，喂过你两次新型抗生素，给你注射过一次药物。你现在还好好地站在我面前，身体没有出现任何异变，这说明我罪过不大，是不是？"

乔青桉气得浑身瑟瑟发抖，脚步移动，军刀瞬间抵在了唐既之的脖子上。

她性子冷沉，这会儿情绪却完全不受控制，胸口剧烈起伏。稍微用力，锋利的刀刃划破手下颈脖白皙的皮肤。

立即见红，渗出一串细小的血珠。


"要杀我吗？"唐既之微笑地望着她，镇定自如，仿佛早已料定她不敢。

乔青桉确实不敢。

面前的这个人，即便恨得咬牙切齿，恨不得杀了他，她还是绝望而无法自拔地喜欢着他。

彻底的自我厌恶情绪从心底滋生，乔青桉猝然收回军刀，出乎意料地反手朝自己腹部径直捅去，丝毫不留情。

"你不是想要我的血做研究吗？都给你好了……"


乔青桉花费七年浩荡的时光来暗恋一个人。而她暗恋的这个人算计了她七年，从头到尾，彻彻底底，都是在利用她。

所有无微不至的照顾、嘘寒问暖的关心，只因为她是个伤口能够快速愈合的怪物。

乔青桉想结束这一切，不管用何种方法。

她今天体力耗尽，淋过雨之后一直高烧，昏睡过去之前，仿佛看见唐既之脸上完美的表情终于开始一点一点瓦解，流露出担忧的神色。

但怎么可能呢。

大概是她眼花了。

### Chapter2 我信你从天而降，不疑背后有深渊

乔青桉遇见唐既之那一年，人生遭逢一场不大不小的灾难。

收养她的第十三个家庭出现纠纷，上演了出惊天动地的暴力事件。她的第十三任养父和养母，各持一把菜刀，在家里耍杂技似的飞来飞去。门外和窗户口站满了邻居和围观的路人，纷纷举起手机摄像头，对准他们，指指点点地议论着。

乔青桉缩在餐桌下面，不知所措、提心吊胆，嘴里默念着溪淮的名字。

"溪淮，溪淮，救我……"

那时候的乔青桉只有溪淮一个朋友，连可以依靠的亲人也不曾存在过，她仿佛紧抓着最后一根救命稻草，盼望她能够给她一丝慰藉。

只是溪淮没有出现，乔青桉等来了一个全然陌生的少年。

他有世上最温和无辜的笑容，得上帝青睐的眉眼。

他在餐桌前蹲下来，还是要比她高出许多，脑袋凑近了，澄澈乌黑的眸光中映见的是一个伶俜单薄的影子，小小的她。

"你叫什么名字？"

"乔……青桉。"

"躲在里面不难受吗？"是温柔的、带着蛊惑的声音，"跟我走怎么样？"

乔青桉的呼吸忽然变得小心翼翼起来，因为太过紧张，心脏猛烈地撞击着胸腔，好像下一秒就要跳出来。

"我爸妈会去办理领养手续，你什么也不用担心……"像突然抛出一块美味的馅饼到一个饥肠辘辘的人面前。

"第十四家……"乔青桉的声音太小，细若蚊蚋，几乎叫人听不见。

"什么？"

"收养我的……第十四家人。"

唐既之试探性地伸出一只手，掌心向上，摊开在她面前，低声说："我保证，不会再有第十五家，青桉。"

溪淮，我可以相信他吗？

虽然还在怀疑着、犹豫着、不安着，贪恋温暖的身体却快于思维做出决定。乔青桉看着面前来路不明的少年，弧度很小地，点了一下头。

唐家父母接到唐既之的电话后，赶来的速度很快。很和蔼的一对中年夫妻，眼角默契地布着几条细纹，这让乔青桉感到亲切。而接下来的一切，也出乎意料地顺利，乔青桉脱离先前每天鸡飞狗跳的环境。

突然有了亲人，有了真心接纳她的地方。

一夜之间，美梦成真，她想要的都已经摆在她眼前。

那时候的乔青桉或许还相信童话和小王子，从来不去想唐既之的从天而降有多么不可思议，她以为相遇是刚刚好，今生就这样开始。一味沉溺，置身命运翻涌的云霭之中快乐得忘乎所以，却忘记，大雾背后有深渊。

回家的一路上无聊，汽车平稳地在高速公路上行驶。唐既之坐在乔青桉的旁边，翻了两下杂志之后，见她仍正襟危坐，禁不住逗她："叫哥哥……"

乔青桉抿着嘴。

"怎么这么不配合？你不害怕我会不喜欢你吗？"唐既之再接再厉，索性扔了手头的书，一心一意想要跟她过不去，"青桉，你以后可是要跟着我混的。"

乔青桉沉浸于那句"你不害怕我会不喜欢你"的威胁中，面上僵硬，心中波澜，狂跳不止，完全没有留意到那句"以后跟我混"的含义。

但很快她就知道了。

唐家父母是狂热的摄影爱好者，每天东奔西跑，忙着四处拍东西，有时候一起出去十天半个月不会回来。家中的大小事宜，全靠唐既之打点，俨然他才是这个家的一家之主。

乔青桉，也归他管。

尽管他也才二十出头，已经自如地站在料理台前用温火煲汤，一边熟练地把剩下的半截胡萝卜雕成含苞待放的玫瑰，似突然心血来潮，回过头，笑问她："明天周一，跟我去学校报到怎么样？"

乔青桉就读的中学和唐既之工作的研究院只隔了一条街，他来找她，极其方便。每天中午，他总是穿过马路和两排古樟，赶在学校下课铃响的前一分钟，站到教室门口的走廊上等她。

"学校食堂多难吃啊，领你出去下馆子不好吗？"

乔青桉皱眉，他就用这种话来搪塞。

怎么会不好呢。她去过一次食堂，拥挤，嘈杂，排队要等很久。只不过——"这样你不会很麻烦吗？"

唐既之拨弄着瓷盘里的蔬菜，玩笑似的安慰她："没关系，反正我很闲的。"

乔青桉对唐既之的工作不太了解，仅仅知道他在生物研究方面天赋异禀，很长一段时间在美国留学，年轻有为，后被研究院高薪聘请回来，专攻基因重组方向。他很少向她提起工作方面的任何事情，平日里专注于吃喝玩乐，似乎真如他所说，他只是闲人一个。

"在新学校适应得怎么样？"尽职尽责的哥哥，连吃饭也不忘关注打听情况。

乔青桉点头。

"有没有交到新朋友？"

摇头。

"看来那群人真没眼光。"唐既之摇头感叹，往她碗里扔过来两片烤肉和一大勺橙黄的玉米粒。

乔青桉愣怔，这种时候，不应该责备她要和同学好好相处吗？

"今天我下班早，你下午翘两节课吧，"唐既之再次语出惊人，打断她脑子里各种乱七八糟的想法，"之前不是说还没看过海吗，正好这次我陪你去啊……"

用一贯若无其事的态度，怂恿她，唇边晕开有些放肆和张扬的笑。

"哦……好。"

那个明媚的下午，他果然带她去看海。不厌其烦地，陪她赤脚在沙滩上走长长的一段路，海风吹乱她额前细软的头发，而他突然扼腕，好像犯了大错："啊，忘记领你去理发店了，头发都遮眼睛了！"

青桉却无声地笑起来，星眸闪烁。

她很少有这样开怀的时候，唐既之看着一怔。身后泼墨似的山峦和前方辽阔苍茫的海面遥相呼应，他和她仿佛就站在水天一色之间。

自那以后，唐既之常带青桉去海边。他陪她看夕阳沉入水底，看海鸥翱翔天际。他陪她逃课，也陪她在台灯下复习。周末带她去看最新的电影，深夜陪她等更新的电视剧。怕她在学校受人欺负，陪她去上武术课，教她防身的技能，给她当靶子练。给她点蜡烛过 16 岁的生日，还有 17 岁，18 岁，19 岁……

他一直都在。

青春动荡匆忙，他却是她的一整个青春。

青桉以为，这样的日子会持续下去，她在寄给溪准的信上倾诉衷肠，透露一个小女生应有的情态。

她说，溪准，我现在过得很快乐。

日绕山头，雨落乾坤，清风拂四季，她身边有唐既之，仿佛一生的快乐与幸运都被送至眼前。

直到林尧这个名字渐渐出现在她和唐既之的生活中，打破了一切。

**Chapter 3 他是灵魂深处的阴翳，是原罪**

乔青桉第一次知道林尧的存在，因为唐既之压在书里的半张报纸。她不小心翻到那篇报道，一眼扫过，上面提到一位天才生物学家——林尧。

青桉好奇，她见是唐既之的同行，不自觉就多留了一份心。还想要再仔细看，唐既之从背后突然出现，一言不发地把书本合上，眉眼间凝滞的肃穆和冷峻，她之前从未见过。

青桉立即像做错事的孩童般紧张起来，下意识地跟他道歉："对……对不起……"

"以后不要随便乱翻我的东西。"唐既之拿起书，走出书房前叮嘱她。

青桉躲回房间，怀着万分忐忑的心情，在网页上搜索林尧。显示的结果寥寥，没有多少信息含量，神秘和天才，是外界给他贴上的两大标签。据说他狂热而近乎癫狂地热爱着他的生物研究，专门潜在实验室中万年不出门，头顶长满了虱子，满脸络腮胡。

青桉撑着头在电脑面前，想的却是，不知道他和唐既之谁比较厉害，为什么唐既之好像特别在意林尧这个人呢？

"不是说今天晚上社团有活动吗？再不出门就来不及了。"唐既之去而复返，来敲青桉的房门。

这次再出现，他的言辞中已经恢复了以往的轻快和散漫，终于驱散了青桉心底的不安。

"要我开车送你去学校吗？"

"不用了，反正坐公交车很方便。"

"今晚回家住吗？"

"活动可能要搞很久，多半回不来就住在宿舍了。"

"有事打我电话。"唐既之替她理了理耳畔细碎的头发，自然中透着亲昵，"晚上要注意安全，不要单独走，最好结个伴。"

乔青桉就读的大学在本市。

高中毕业之后，她毫不犹疑地选择了离家不远的学校，从未想过要离开这里，去别的城市。唐既之当初不知是否看透她的小心思，总之一切由她，时光飞逝，而她只期盼留着这个人身边的时间能长一点，再长一点。

英语社团中的活动比想象中还要无聊，一群人围着篝火唱歌吃西瓜，全程唯一的看点是两个主持人。来自于大洋彼岸，金发碧眼身材颀长的一对双胞胎帅哥，普通话说得字正腔圆，风趣又幽默。

但乔青桉还是觉得索然无味。

不到九点，她悄悄地从人堆里撤退。独自在学院里晃了会儿，还是决定回家，特地绕远路去日食轩买了一份唐既之偏爱的薏仁粥。

打开家门，屋内一片漆黑，瞳孔中不见一丝光亮。

乔青桉以为唐既之不在家，随后却发现他的鞋子还规规矩矩地摆在原处，和她出门时一样。

"既之……"

当初由于那声哥哥始终叫不出口，她就和养父母一样，直接叫他的名。可她还是别扭，平日里很少用这个称呼，每次叫他，都下意识地避开称谓。现在她联想到唐既之下午的反常，害怕他是因为生病了，身体不舒服。情急之下，也顾不得那么多。

喊了几声毫无反应之后，乔青桉鲁莽地冲进卧室去找人。按亮灯盏，床上的被子叠得整齐，还是不见人影。紧挨着墙壁的楠木书橱，却离奇地往两边分开了，露出一闪隐藏的窄门，门缝中泄露出一丝微光。

乔青桉脚步放轻，不由自主地走过去，如同打开潘多拉魔盒般推开那扇门，被所见的景象惊呆，屏住呼吸。

眼前居然是一个实验室，摆满了各类大小仪器，唐既之一身白大褂，面上戴着医用口罩，严严实实地遮住脸庞，只露出一双专注的眼睛，微微摇晃着手里的试管。听见响动，他朝青桉的方向望过来。

青桉被看得一怔。

陌生的、危险的、透着一丝戾气的眼神，让她攥紧的手心慢慢渗出了汗。她的直觉提醒着她，面前的这个唐既之跟以往不一样。

"怎么这么早回来了？"唐既之率先打破僵局。

乔青桉一板一眼地回答："不好玩，就提前回来了。"

"嗯，那就早点回房休息吧。"

"好。"

"等一下！"在乔青桉走出实验室之前，唐既之出声叫住她，视线在她的身上久久徘徊，从头到脚地打量，"青桉，我现在急需 300ml 血液做研究，你能帮我吗？"

即便有许多疑问，但唐既之提出要求的时候，乔青桉永远不懂拒绝。她郑重地点头，看着针管插进自己臂间，暗红的液体缓缓流入透明的血袋中。

唐既之眼中跳跃着狂热而兴奋的光，藏在口罩下的笑容邪肆而夸张，带着阴谋得逞后的快意。倘若此刻乔青桉抬头，就会再次感到唐既之散发出的陌生感，从而产生怀疑。

但她没有。

她甚至没有心思多问一句关于这个神秘的实验室，她从心底害怕，有的秘密会破土而出，长成荆棘，轻易刺伤她。

人都会本能地回避。

第二天清晨，乔青桉以为昨晚失血的缘故，精神疲惫，还在沉睡。唐既之在实验室中醒来，看见眼前殷红的血袋，记忆渐渐清晰，他一拳砸在厚重的玻璃桌面上。

"林尧你这个浑蛋！"

他知道，事情已经开始偏离原先的轨道，失控了。

唐既之找乔青桉输血的情况，逐渐变得频繁起来。从半年多一次，衍变成两个月一次，再缩短周期，甚至一个月一次，一个星期两次。

她每次看着他祈求和包含着无限期待的目光，想要摇头的动作到最后总会变成轻轻点头。后来即便第二天醒来发现自己手臂上莫名出现的针孔，都已经见怪不怪。

因为他是唐既之，乔青桉视之为生命的唐既之。

她想，他为她平白付出多年，她为他献血而已，又有什么不可以呢。

甘之如饴，陷入感情漩涡中的人，约莫都是如此。

只是唐既之对她的态度，却变得越发奇怪，难以捉摸。青桉察觉到，很多时候，他似乎在逃避她。

"我是不是做错了什么？"再沉默寡言，还是逮住机会问了出来。她低着头，自责而慌乱，固执地捏着唐既之的衣角不肯再放开。

淡淡的叹息从头顶上方传来，唐既之的声音听起来满是倦意："青桉，下次如果我叫你过去输血，你可以拒绝我。"

"为什么？"她愈发紧张起来。

唐既之无言以对，沉默半晌，才温和地问她："你难道不会觉得疼吗？"

她看出他的内疚，仰头挤出丁点笑，望着他的眼睛，一字一句地说："一点都不疼啊……"

她的伤口能够很快愈合，只是针头扎进血管时会有不适的感觉，偶尔会头晕目眩，但都在可承受的范围内，忍过那一阵就好。

"可不可以向我保证，下次一定会拒绝我？"

青桉不明所以，迷茫而无助。

唐既之轻柔而强硬地掰开她紧扣的五指，把她抛弃在夏日蝉鸣的树荫下。

"不要绝对地信赖我，青桉，我比你想象中要肮脏。"

低沉的嗓音被风吹散，她有种强烈的窒息感，比血液从身体中一点点流失要可怕千百倍。

溪淮，他是不是不要我了？

### Chapter4 在一切无法挽回之前，把她狠狠推开

乔青桉自幼在孤儿院中长大，过早得见人世的诸多不堪。成长至今，却发现，现实比她料想中的更加不堪。

变故发现在那个空气沉闷的夏夜。

乔青桉因为经期身体不舒服的缘故在房间蒙头大睡，而家中所有人都以为她去参加学校的大四毕业生晚会了。唐家父母旅游回来，和唐既之在书房大肆争吵，玻璃花瓶摔碎的声音把乔青桉成功吵醒。

她穿着唐既之亲自去商场替她挑选的米白色睡衣，站在门外，一墙之隔，听着里面不堪入耳的秘密。

"唐既之，你不能再这样下去了！你这样毁了青桉的！"

"当初我和你妈妈就不应该同意你把青桉放在身边，你收养她的目的根本不纯，要是她以后知道了，一定会恨你的！"

唐家父母的声音充满愤怒，唐既之却淡淡含笑："那又怎么样呢？我并不欠她什么啊，一切都是她心甘情愿的。她命贱，愿意输血给我做研究，我有什么理由不接受？

"当初知道绿光孤儿院有个女孩的身体有异于常人，伤口能够快速愈合，我可是花费了好大一番工夫才找到她的。如果我不把她带走，要是被其他专家知道这个消息，青桉会被直接送上解剖台也说不定……

"这样说来，她应该庆幸是我先发现她才对。

"至少这七年，我并没有亏待她。"

　　溪准，我曾经感激命运让我遇见他，未想到命运的底色如此灰暗。

　　乔青桉轻轻拧开门锁，里面的一家三口因为她的突然出现一个个目瞪口呆。她望着唐既之，用力呼吸，空气中的氧气仿佛变得稀薄，嘴唇咬破了，声音还是打着颤："谢谢你们这几年来的照顾……"
　　鞠躬的时候，她的背脊之上如有万钧之力，无法承受，眼泪麻木地砸下来。

　　乔青桉离开唐家之后，彻底地消失在唐既之的生活中，如同滴水入海，从此杳然无踪，再没有半点音信。
　　唐家父母问唐既之："不后悔吗？"
　　他笑容勉强："只有让她亲耳听见这一切，她才会远远地躲开我，林尧才没有机会再伤害她。"
　　"不担心她一个人如何生活吗？"
　　"呵，"唐既之轻笑，"她又不是小孩子，况且都已经大学毕业了，应该能够自己照顾好自己的。"
　　"不想她吗？"
　　唐既之无奈地揉了揉太阳穴："爸妈，你们今天是故意来找碴儿的吗？"
　　父母赶在他发火之前识趣地撤离房间，空气沉寂下来，晚风翻乱书页，雨水打湿窗台上快要枯萎的海棠，他坐在冰凉的地板上，面对墙壁，难得地发起呆来。
　　不想她吗？
　　如何能够不想她，分明是连做梦都会梦见的人。
　　那她呢，夜深人静，忽梦年少事，是否惟梦闲人不梦君。
　　惟梦闲人，不梦君。
　　连梦中，也恐怕会对他避之不及吧。

　　而唐既之却无论如何也料想不到，乔青桉离开之后，在机缘巧合之下救了苑帮的女帮主，随即加入黑帮组织。

仗着体质特殊，而肆无忌惮地挥霍生命，她从一个沉默寡言的普通女生，变成行走在暗夜中的苑帮二堂主，仅仅只花了数月的时间。

世人怕死，她却生不如死，所以无论是训练，还是冲锋陷阵，永远走在最前头。每逢危急关头，她总能独当一面，老练得像是一个从小被培养起来的杀手。

本以为自己能够一直忍耐不去找唐既之，防线却还是在这一晚坍塌，小腿中枪受伤之后，仍然跨越大半座城市，想要见他一面。

这种深入骨髓不得解脱的思念，让乔青桉感到绝望。

她听过最深情至死的一句话，出自于李安导演的一部电影——

" I wish I knew how to quit you."

我希望我能知道如何戒掉你。


溪淮，我该如何戒掉他？

## Chapter5 我将以何贺你，以沉默，以眼泪

醒来之后，乔青桉发现自己回到了以前住的房间，慢慢回想起昨晚丢人的行径，大声质问唐既之的话还回荡在耳边。

果然昨天是烧糊涂了吗？才会跑来他面前丢人现眼。


敲门声响，唐既之端着粥进来，如同什么也没有发生过一般自然。坐到床头，把温热的瓷碗交到她手上。

"头还晕吗？待会儿再量一次体温，看看烧退了没有。"

乔青桉点头。

两人静坐，相安无事，昨晚剑拔弩张针锋相对的紧张气氛已经消散。难得的相处时光，乔青桉不想再搞砸，沉默地喝粥，却食不知味。

"离开唐家以后，这半年过得好吗？"唐既之突然问她，有点没话找话的嫌疑。

再三思量之下，乔青桉说出肯定的答案："还不错。"

之后又是冷场，尴尬的气氛，直到楼下客厅中传来一道清亮的女声："既之，唐既之，你在家吗？"

乔青桉还未来得及有任何猜测，唐既之已经站起身往外走，淡淡地说："好像是我女朋友来了……"

唐既之的现任女友，李初蓉。

肤白貌美，栗色的大波浪卷发如丝绸一般垂坠在身后，有娇艳的唇色，看着人说话总会不自觉地带着笑，这一点和唐既之很像。

两人站起来，乔青桉不得不承认，十分般配。

心里隐晦的希望被轻易碾碎，心里沉而钝的痛感将她凌迟。她草草抹了嘴去洗漱，看见镜子里自己苍白沉寂的脸庞，蓦然觉得很灰心。

唐既之喜欢的，确实应该是鲜活生活的脸庞，足以和他比肩的女子。乔青桉鼓起勇气下楼，在李初蓉面前仍旧有种挫败感，仿佛抬不起头来，听见唐既之介绍她身份时，有一瞬间的犹豫。

"初蓉，这是……我妹妹，乔青桉。"

心里有道讽刺的声音在叫嚣，让她不禁出声反驳："不是妹妹，我和唐家已经解除领养关系了，所以现在只是陌生人而已。"

她再次把气氛搅乱，变成僵局。

李初蓉站在唐既之身边，依旧笑着，却讪讪地不说话了。

外面的雨淅淅沥沥，没有见停。乔青桉走出唐家时，唐既之拿着一把伞追了出去，在雨中拦住她，把伞柄塞进她手心。

他说："青桉，以后不要再来找我了。"

乔青桉明显身体一震，答应说："好。"

"不要想着联系我。"

"好。"

"也不要恨我，不如忘记我，我们之间已经两清，应该过各自的生活。"

雨水顺着她消瘦的脸颊淌下，像眼泪，寒意渗透到心里，她几乎找不回自己的声音，机械地对他点头。

"好。"

你要的，我都给你。

你说的，我全答应。

谁叫你是独一无二曾予我温情的唐既之，谁叫我是深陷泥潭无法自拔的乔青桉。

撑着黑伞的清瘦伶仃的背影在雨中模糊成一片，越走越远，终于变成一个光点完全消失视线当中，唐既之站在窗台前，很久收不回目光。

"既然舍不得，干吗还要做得这么绝？"李初蓉打趣他，点燃一根香烟凑到红唇之间，呼出白色烟圈，"你把你家小姑娘伤得狠了，小心她以后不会再要你这个老男人……"

唐既之皱眉，嫌弃地望着她："滚出去抽。"

"喂，我好歹是你的主治医师，给我客气点！"李初蓉悠然自得，"不要忘了，消灭林尧主要还得靠我。"

说起正事，两人都认真起来。

李初蓉问："林尧有多久没出来了？"

唐既之估算了一下时间说："十七天。"

"有进步，看来这次的药物抑制还是管用的，"李初蓉弹了弹烟灰，做了一个拿刀自刎的动作，"只是要彻底消灭这家伙，恐怕没还那么容易。"

"如果加大药物的剂量呢？"

"我不敢轻易让你尝试，倘若一旦反弹，激起林尧的怒火，我们都不敢保证他会做出什么疯狂的事情来。正如你想干掉他一样，他也在千方百计想要杀死你。"

"我知道……"天空阴沉，乌云沉甸甸地压在头顶。水雾升腾，将眼前的城市浸泡在森冷的冬季里，让人格外怀念起春天的暖阳。

连李初蓉这样的女人也望着外边的景象忽生感慨："这鬼天气，到底什么时候才能消停？"

### Chapter6 每一次走向你，都在大雪中迷途

如果一个星期前，你喜欢的人决绝地告诉你不要再联系他。

一个星期后，这个人却主动约你见面，你要怎么办？

乔青桉看着手机上唐既之发来的短信，愣了许久，想要打过去询问，但终究不敢在主动迈出一步。

信息的内容很简单，简明扼要地交代了时间和地点。

"下午三点，日食轩 303 包厢，过来找我。"

乔青桉神游天外了半个钟头，再看时间，离三点只剩下不到四十分钟。她拿起墙角的黑伞，还是决定去赴约。

唐既之今天穿的是一件黑色的皮质外套，头发竖起，和之前的穿着打扮不太一样。

乔青打开包厢门，第一眼看见他就隐隐觉得怪异，之前那种危险的感觉没有征兆地猝然蹿上心头，让她微妙地紧张起来。

"看来你很准时啊。"唐既之对她踩点到达的行为意味不明地评价了一句，扬起浮夸的笑容，"怎么？是不是已经不想再看见我了？多看我一秒都觉得很难受？"

乔青桉压下心底的情绪："没有。"

"没有就好，不然我可是会很伤心的。"

依旧让人感觉到奇怪的语调，连脸上的微笑也透露出陌生的信号。乔青桉想不通，明明是同样的外貌，却仿佛这具躯体后的灵魂已经换成了另外一个人。

可他分明就是唐既之啊。

菜陆陆续续上齐之后，唐既之替乔青桉夹菜成汤，一样也不落下。

两人之间仿佛又回到了最开始的那段时光，乔青桉刚被唐家领养，初到陌生的环境，处处束手束脚，幸好唐既之在旁边，像教新生儿似的照顾她。

乔青桉想起回忆中的点点滴滴，戒心和疑惑逐渐瓦解，专心地喝起了瓦罐汤。

察觉到头晕时，为时已晚，唐既之的脸庞仿佛在分裂，多重叠影在她眼前虚晃，伸出手怎么也抓不住。

"青桉，好好睡一觉。"

熟悉而陌生的声音，如同催眠曲一般席卷了她所有的意识。

两个小时之后，乔青桉被冷水浇醒，已经是在一间完全陌生的实验室。她发现自己四肢不能动弹，被牢牢绑在一张单人床上。

唐既之一手握着喷壶，一手夹着烟卷，正望着她，眼中的笑容让人不寒而栗。

"你到底是谁？"一阵徒劳的挣扎之后，乔青桉很快冷静下来，语气无比笃定，"你绝对不会是唐既之。"

"我叫林尧，唐既之的第二重人格。"他得意地自我介绍，"但很快，世上就不会再有唐既之了，我会代替他更好地生存下去！"

乔青桉想起曾经在网络搜索出的关于林尧的信息词条——狂热的生物专家。

她心底升起越来越强烈的不安。

林尧还在向她倾诉："这些年，唐既之仗着我的天赋人生得意，自己却毫无建树，放着你这么好的一个研究材料在身边，却不好好利用，简直是在暴殄天物！他舍不得对你下手，我可不会！"

林尧衔着烟嘴，开始去另一边着手准备接下来需要的各种器材。青桉不动声色地把捆绑在双脚之间布条在铁床的边缘摩擦，一边分解他的注意力，跟他闲聊起来："你说你要杀死唐既之，但你们本来就是一体，怎么可能呢？"

林尧对这个话题很感兴趣，接话道："方法其实很简单，我要是将你活生生解剖了，等他醒来后看见，一定会崩溃的对吧？属于他的意志力越薄弱，我成功占据这具身体的机会就越大。我将永远压制他，把他关进地狱里，永不见天日。"

林尧走过来，凑到青桉耳边询问："需要我给你打麻醉针吗？这样你应该会好过一点。"他恶劣地打量着她，想要从她脸上看到类似于惊恐和求饶的神色，却失望了。

烟吸到一半，扔进床边的垃圾桶了，林尧迫不及待想要开始接下来的工作，也可称之为一场游戏。

他要将唐既之最在意的人，彻底毁掉，给予唐既之致命一击。

大小不一的解剖刀在眼前亮相，林尧挑选了其中最细长的一把。

"这把切下去最深，你猜，是你的愈合速度快，还是我下手的速度更快？"

就在这时，乔青桉奋力一挣，双脚猛地踢翻了桌台上的一个透明的玻璃瓶，高浓度的酒精倾倒，被闪着星火的烟头一点即燃，火焰忽地蹿高，跃向窗帘和装满试剂的储物柜。

不过两秒钟，情况已经发生突变。

这间实验室中有太多易燃易爆的物品，大火转瞬之间就已经包围住整个房间。林尧已经自身难保，仓皇地逃命。青桉在浓烟当中继续磨掉布条，却越来越力不从心，力气渐渐从身体当中抽离。

已经快要妥协放弃的时候，却发现有人冲了进来，咬开捆绑在她身体各处的束缚。

"青桉，对不起……"

温和熟悉的嗓音传到她耳中，她费力地睁开眼睛，如有预感般地叹息："你回来了啊，唐既之……"

"不要睡，我会带你出去……"尽管有让她安心的声音源源不断地响起，却还是抵不住沉重的疲乏和窒息感，陷入黑暗之中。

溪淮，若有神存在，是否能代我向神请愿，保佑他平安。

如果生命走到最后一刻，我想我还是无法忘记他。

后来听人提及那天的大火，夸张一点的，说是烧红了半边天。好在那处位置偏僻，附近都是废弃的建筑楼，无人居住，没有酿成大祸。

李初蓉率人把实验室中的一对苦命鸳鸯救出来时，一个已经陷入休克的状态，还剩下一个苦苦撑着一口气。

双双被推进手术室之前，唐既之哪里来的毅力，还能够和李初蓉清醒地交流："你不是说在生命垂危的关键时期，是彻底扼杀第二重人格的最佳时机吗，趁这次，对我进行彻底治疗，不要让林尧再出现了。"

李初蓉大声反对："你疯了是不是？如果失败了，你自己也很可能会永远醒不过来，变成植物人！"

唐既之依然冷静地判决："我已经不想再经历一次今天的痛苦。林尧不除，青桉一世动荡，而我一生难安。"

李初蓉气急败坏，在医院的长廊上走来走去。

"如果你变成植物人了，青桉要怎么办？"

"那你就告诉她，唐既之死了，让她好好过生活。"

"你、你真他妈狠……"

视线尽头，长廊窗外的月季已经悉数枯萎，枝头灰败而空荡，死寂地伫立在潮湿阴冷的空气中。这一年的冬天，格外漫长，始终还没熬过去。

青桉，我会努力活下来。

### Chapter7 长日尽处，我来到你的面前

唐既之第一次见到乔青桉，并非是在她16岁那年，鸡飞狗跳的第十三任养父母家。而是更早，在绿光孤儿院。

只是他俩，一个藏得极深，一个悄然未发现对方的存在。

那一年夏末，唐既之跟随学校去孤儿院献爱心，偶然间听其他孩子提起"最讨厌的人"，发现乔青桉这个名字呼声最高，摘得桂冠。

比如乔青桉不合群，乔青桉架子大，乔青桉不团结友爱和大家一起玩游戏，乔青桉行为举止很奇怪，经常对空气说话。此类恶行，数不胜数。

唐既之对她有了初步的印象。

真正记住她，是因为恰好撞见她一个人自说自话。果真如其他孩子所说，瘦瘦弱弱的女孩独自坐在木栏上，微微仰起头对着面前的桂花树抱怨说，溪淮，今天中午的鸡蛋汤好咸啊……

之后再有几次过来这边，机缘巧合下，唐既之也总能撞见她。

溪淮……

溪淮……

老是听见她在这样说。

不禁让唐既之越来越好奇，那个溪淮，究竟是怎样的存在，能够让这个性格孤僻的小孩念念不忘。后来他却在孤儿院院长保存的档案袋里，发现了真相：乔青桉在老家襄南时，还未改名，就叫乔溪淮。

溪淮不是别人，是乔青桉自己。

那时候，唐既之的第二重人格已经出现过两次了。身体中林尧的存在，让他一度陷入恐慌当中，他对双重人格乃至多重人格已经进行过深入地了解。

乔青桉的情况，引起了唐既之的注意。

他甚至亲自跑了一趟襄南，从乔青桉往日的邻居口中打听到许多事情：曾经的溪淮开朗活泼，性格讨喜，很受大家的欢迎。后来因为家中发生变故，几番颠簸，被远房亲戚送去了外省的孤儿院。

在青桉的潜意识里，曾经的溪淮家庭团圆生活幸福，是她最想要留住的状态。溪淮脱离她的记忆，在她心中衍变成另外一个独立的人存在着，依旧快乐无忧地生活在襄南。

也成了她唯一的朋友，可倾诉的对象。

唐既之弄清楚了真相，明白她这种情况只是创伤性应激障碍的表现之一，并非是和自己一样的双重人格。起初以为找到了同病相怜的人，隐隐藏在心中一点窃喜，慢慢被消磨殆尽。

随后因为忙着准备出国，唐既之也不再频繁地跑去孤儿院，他对乔青桉的那点同情和怜惜，也压在了心底。

他甚至来不及和她说上一句话，还没正儿八经地迎面相逢，相互介绍，他已经踏上异国的土地，开始漫长的留学生涯。

后来回国，重新偶遇，他站在人群外看见躲在桌下的青桉，心上的弦被狠狠地触动。没有过多的考虑，就决定让父母领养她。

唐既之早在当初去襄南调查之后就隐约知道，这个女孩体质特殊，身上有异于常人的地方。但他领她回家，并非想要利用她。而是曾经心中被挖掉的某个窟窿，隔世经年，仿佛这一刻终于被补上。

只是后来林尧的频频出现，让唐既之察觉到事情已经开始偏离正常的轨道。

每当第二重人格出现，林尧霸占身体，他就会向青桉提出献血的要求。为了研究，甚至偷偷给她注射药物，唐既之无可奈何，也束手无策。

乔青桉从来不会拒绝他的要求，而他又该如何向她解释林尧的存在？

于是不得不自导自演，逼迫她离开，让她厌恶他，真正远离他，也远离林尧。

割舍之后，比他想象的更艰难。唐既之这人，智商极高，而感情算不上丰沛。草草算下来，这些年的怜惜、爱护、担忧，喜怒哀乐，七情六欲，竟全交付给了乔青桉一人。

他有一次感冒，躺在床上休息，有人轻吻他的脸颊，微凉的温度印在唇角。他忍住笑意，不敢睁开眼睛，怕吓坏他的小姑娘。

他装睡，听她在床头背诵情诗，和风送来沉醉的花香。

长日尽处，

我来到你的面前，

你将看见我伤疤，

你将知晓我曾受伤，

也曾痊愈。

我知晓你曾受伤，想护你痊愈。

而我爱你，岁月永恒，天地希声。

### Chapter8 我等你归来，共赴余生

乔青桉出院以后，脱离了苑帮，在梧桐街的长巷里开了一家花店。自己每天努力打理，日子也还过得下去。

她去找过李初蓉几次，却没能打听到唐既之的下落。那个妖冶漂亮的女人习惯于跟她打太极，含糊其辞地安慰她："等他完全好了，自然会来找你，别急嘛……"

乔青桉在经历过情绪剧烈的起伏之后，终于逐渐趋于平静。在日复一日中等待，她变得极具耐心，每天经营花店，闲暇时去街角的清吧坐一坐，虽然依旧沉默的时候居多，但偶然间也结识了几位新朋友：正在附近中学念高二的小黑，旁边书店的光头章，喜欢携女朋友一起来买花的计阳，四海为家的背包客陈二两。

她的生活也逐渐充实，而仅有的那一丁点寂寞和失落全部来源于一个人。有时靠在花架前打盹，忽然就发起呆来。

归期不定的人，她却一直在等。

春去秋来，时间过得比料想中还要快，今年冬天来得格外早。梧桐街落了满地梧桐叶，青桉傍晚关门的时间一天比一天提前，她窝进被窝当中，闲散地翻着书，不知不觉间窗外有大雪飞落。

又是一日，才出花店，准备将门上锁，身后传来调笑："老板，你是怎么做生意的？每天偷懒，赚的钱够你日常花销吗？"

她的目光依旧凝滞在铁锁上，良久，不敢回头。

唯有透明敞亮的玻璃门上淡淡映出身后的人影，修长，挺拔，高出她一个头。再细看，见他嘴角有弧度，万分熟悉的笑意，穿越风雪，终抵达她温热的眼眶。

"青桉，我回来了。"

## 就是爱八卦

1. 分享一件最近甜蜜、开心的小事。

**晏生**：睡了伞哥和琳达一晚（姜辜住在广寒宫，睡不到哎）。并且那天晚上看完电影、吃完夜宵之后，和琳达一起坐在地板上码字，然后眼睛就睁不开了……

2. 最喜欢的食物？最喜欢的明星？一直想去但没有去做的事？

**晏生**：最喜欢的食物：喜欢喝柳橙汁。以前听老师在讲台上讲课，会突然特别想喝橙汁（间歇性发病一样）然后就跑去超市买一大瓶抱回寝室。

最喜欢的明星：胡歌，从李逍遥开始。

一直想去但没有去做的事：回老家开洒水车浇花。

3. 主题书跟读者见面的时候，大鱼文化正好三周年了，想对大鱼和读者说点什么？

**晏生**：希望大鱼和小花愉快地一路走下去，路途遥远，要一直在一起啊。谢谢那些有爱的支持我们的读者，缘分就这样开始了，以后一块儿玩呀。

SHUIXIAN
MIANYUSHENHAI

# 水　仙
# 眠于深海

——文 / 阿 Q——

**/ 阿 Q/** ————————————————

90 后，江苏人，冲动派。在乡下小镇开了个家文艺的书坊，每天
做着赔本的买卖也乐在其中。没生意没关系，有人聊天就行。喜欢
听故事，更喜欢写故事，觉得每个人的人生都是一本值得抒写的书。
坚信生活没有过不去的坎，只有不愿沉寂的心，心态很重要。

**代表作品：**《你在微笑，我却哭了》《有一种爱情叫学霸》
**作者新浪微博：**@ 阿 QBeast

### 【1】无法逃离的羁绊

阿芜再次见到穆若水是在大一新生的军训上。

天很热，太阳很毒，灼得人血液都能沸腾起来。

润园草坪上的草被晒得奄奄一息，就连不远处小桥边垂挂的杨柳都无精打采地耷拉着枝条。

当大家感觉快要中暑的时候，小桥边拐过来三个身影，是穆若水和另外两个男生，作为学生会的干部代表来给军训的新生发酸梅汤。

铁皮的桶周身散发着银银的寒光，盖子被掀开的那一刻，临近的同学们能感到一阵冷风袭来，一股透心凉。

两位学长忙着将盛好的酸梅汤一杯杯递给场上的同学，留下穆若水蹲在铁桶旁盛汤，白得能透出绿色血管的手腕握着硕大的铁勺，另一只手托着腮帮子。

即使在做事，他的模样依旧慵懒得像只猫，跟场上狼狈的众人形成了鲜明的对比。

周围的女生都在偷看他，无视教官的威严，兴奋地窃窃私语，就因为他长得特别好看。

皮肤是雪色的，唇是粉的，眉眼是深邃的，眼神是带着魅的，漫不经心的一瞥，都是摄人心魄的。

阿芜瘦弱的身板混迹在清一色迷彩服装扮的女生堆里毫不起眼，但她还是紧张得浑身都在冒冷汗，手脚冰凉。她恨不得自己变成一条细缝，毫无痕迹地镶嵌在人与人之间的缝隙里，不被发觉。

那人不经意地朝她看了过来，四目相对的那一刻，阿芜整颗心都颤了起来，所幸穆若水的目光只是随意地扫过了她，没作任何停留。

她隐隐地松了口气，还好，他没有认出她。

军训了一整天，哨声结束，所有人都奔于食堂，又累又饿，急于饱餐一顿。

站在琳琅满目的菜谱下，阿芜吞了吞口水，捏着手里余额不多的饭卡转身去了无人问津的粥铺，买了碗最便宜的白粥。

她家里条件不好，父亲残疾在家，母亲白天在工地干苦力，晚上回来沿路捡垃圾卖钱，以此维持全家的生活。

跟同学相比，她的生活费少得可怜，只够她在食堂吃碗白粥，但她很满足，家里能送她继续上学，她已然很感恩。

真想时间过得快点，她能早点从大学毕业，找份工作，来填补家用。

她捉襟见肘的样子，在光鲜亮丽的大学生中显得那么格格不入。贫穷似乎写在了她清瘦的脸上，许是不想被人说跟穷同学做朋友，开学几天了，都没有人搭理过她。

而她也内向，不敢主动跟人说话。

所以，她总是形单影只一个人。

上完晚自习出来，同学们都跑去教育超市买东西吃，阿芜慢慢地收拾着书包，等人都走远后，才拿着个空纯水瓶跑去走廊尽头的饮水机里装水。

明天又是一天的军训，她需要水。

这边的水是免费供应的，能省就省点吧。

装完水，她满意地拧上瓶盖，转身要走，目光触及到不远处侧靠在墙壁上的那道身影，她心陡然一惊，手微颤了下，纯水瓶砸在了地上。

盖子未拧紧，里面的水流了一地，阿芜看着有些心疼。

她没有抬头，怕那个人在看他，更怕看到他眼里鄙夷的目光，所以她连瓶子都不敢捡，小手抓紧书包带，抿着唇低头跑开。

只有一条走廊，必定要经过他。

擦肩而过的瞬间，她闻到了他身上清淡的香水味，跟记忆中的一样，她忍不住失了神，眼前闪过零碎的画面，是他压在她身上生涩抽离的模样，还有那痛苦呻吟，被撕碎的自己。

胸口猛地袭来一阵钝痛，让她差点招架不住。

穆若水，穆若水，她以为这一生都不可能再见到那个人。

如果非要计算距离的话，那么他是天，她是地，他们直接隔了整个世界，本就不该有所交集。过去的羁绊也不过是那群纨绔子弟的恶作剧，却险些毁了她整个人生。

她以为她能就此逃离，他竟出声喊住了她。

"等一下。"

理智告诉她，她该跑的，但身体不受控制，她机械地停下脚步，僵硬地站在那里，听着他走进自己的脚步声，心脏紧张地狂跳着。

穆若水走到阿芜的身前，居高临下地打量了她一会儿，伸手挑开了她额前杂乱的刘海，然后沉默。

阿芜垂着眼，小心翼翼地呼着气，目光呆滞地望着他身侧微微攥紧的拳头，然后绝望地闭上了眼睛。

她知道，穆若水认出她了。

## 【2】盛夏与黑水仙

穆若水当然认出了阿芜。

在军训场上，他一眼就认出了她。她那么瘦小怯弱，平平无奇，混在人堆里根本不起眼，可他就是认出来了。

他跟她算不上熟，应该说只见过一面，都谈不上认识，但她却是他第一个女人。

一个男人永远不会忘记那个让自己从男孩成长为男人的女人。

穆若水自然也不会忘记阿芜。

高三毕业那个暑假，他们那群纨绔子弟喜欢扎堆玩，今天去这家开 Party，明天去那家开。穆若水算是那群人中最不合群的一个。

他生性孤僻，就算因为父辈的关系，他们几个孩子从小玩在一起，他也总是一副不爱搭理人的样子，没事总爱一个人待着，不会跟他们疯玩，所以那群人暗地里给他取了个绰号，叫"黑水仙"。

希腊神话里有个关于水仙的故事，讲有个少年长得无比俊美，很多女人爱慕他，他都无动于衷，他自负俊美，看不上任何女子，甚至拒绝了女神的爱恋。之后他遭到了诅咒，诅咒他有一天会爱上一个人，但永远也得不到这爱恋的人。后来，自恋的少年爱上了泉水中自己的倒影，却不知道那就是自己，最后他因为永远得不到所爱的人，憔悴而死。

他们把穆若水比作黑水仙，说是拿水仙比喻穆若水那同样好看的容貌，内心却是看不惯他那高冷的模样，嘲讽他太过端着。

从神话跳脱到现实，黑水仙依然是个诅咒。

最起码对穆若水来说是这样的。

一切都要从恩佐的那场生日聚会说起，他本来不想去的，若不是因为那个叫南安的女生。

南安是谁呢？

南安是个漂亮姑娘，热情大胆，美丽张扬，笑起来的时候，嘴角有两个深浅不一的酒窝，裹着蜜糖似的。

南安是穆若水爱慕的女孩。

第一次见南安，是在他们学校。

从外地转学过来的南安来找网友恩佐，在校门口等着。

穆若水骑着车经过，刚下过雨，地上囤积了好几个水坑，车轮碾过，泥水溅了南安一身。

那条白色的亚麻裙被弄脏了，南安冲上前来，扯过了他耳朵上的耳机，怒目而斥。

他理亏，愿意赔她一条裙子。

她说不用，蛮狠地将他的校服外套扯了下来，脱下自己的裙子就要换。

穆若水怔住了，旁边还有很多同学，他没时间去细想南安的大胆举动，手已经伸了过去，将裙子脱到一半的南安抱进怀里，用自己的身体挡住她裸露的春光。

他有些羞恼，她却在他的怀里笑出声来，仰着如花似玉的脸，自来熟地对他说：嗨，我叫南安。

穆若水是在那一瞬间爱上南安的。

不是因为她的张扬大胆，也不是因为她的特立独行，更不是因为她的美貌，而是她仰头看着他的目光，像有流光在那双黑色的眸里闪烁，温柔至极，就像他早逝的母亲未离开他时，看他的眼神。

为了陪南安，他去了一向不大喜欢的发小恩佐的生日会。

他去的时候南安还未到，其他人来了不少，他懒得寒暄，独自选了个角落待着。

恩佐不断地邀请他跟大家一起玩，他婉拒了，打电话给南安，没人接，他有点担心。

不耐烦之际，恩佐安抚他，说南安打电话过来，说是路上堵车了。

南安打给恩佐，没有打给他，这让他心里有些不舒服，但又无可奈何。

南安不是他的女朋友，虽然她说过她喜欢他，可是她并没有答应做自己的女朋友，他没权利对南安提要求。

是不是女生都喜欢暧昧，穆若水一直没看懂南安。

坐久了有些口渴，找恩佐。恩佐递了酒给他，他没喝，只想喝水。

恩佐笑，让他等着，去人拿水给他。

他没有多想，就喝了下去。

醒来的时候，他已经不在恩佐家，而是躺在酒店的大床上，旁边睡着个满脸泪痕的女生，他们都赤身未裹。

恩佐带着南安冲了进来。

他看到南安红了眼，骂他肮脏，伤心地跑了。

恩佐看了他一眼，眼里带着残忍的笑意，随后急切地去追南安。

来不及作何解释，他眼睁睁地看着南安消失，胃里一阵翻涌，他感到恶心地跑去洗手间吐了。

出来后，看到那女生醒了，她呆滞地坐在床上，胸前抱着床单，一副楚楚可怜的样子望着穆若水。

穆若水想，恩佐真是处心积虑，去哪儿找了这么一个小可怜，这无辜的眼神看得他心都要软了。

恩佐给了她多少钱，她愿意做这种不要脸的事。

没有任何抱歉，近乎发泄般的，他甩了她一笔钱，穿好衣服，摔门离去。

后来，从其他人的闲言碎语中，他才知道，那女生是恩佐妈给恩佐妹妹请的家教老师。

那年，阿芜也刚高中毕业，恩佐妈说阿芜爸在工地摔断了腿，又因为工程倒闭，老板跑路，没赔到一分钱。

本就不富裕的家庭一下子变得很困顿，阿芜妈妈打了好几份工，还时常在外捡垃圾。

阿芜高考完，就去外面找兼职，有户有钱人家孩子要上初三，在找家教老师，给的薪水很高，阿芜就来到了恩佐家。

看阿芜模样乖巧清秀，带来的成绩单也优异，念及她家境可怜，恩佐妈就请了她。

哪知道那女生没做多久，就偷了他们家的钱消失了，恩佐妈为此老念叨自己遇到了白眼狼。

穆若水想，那不过是恩佐的又一个谎言而已，偷家里钱的不是阿芜，是恩佐。

这是他亲眼看到，亲耳听到的。

恩佐拿着大笔钱跟朋友消遣，拿他的事当笑话说。

他穆若水再清高再骄傲又怎样，捡破烂人的女儿他都愿意睡。

这就是恩佐的目的——践踏他，羞辱他，只为了得到南安。

恩佐，他也喜欢南安。

## 【3】穷人与富人

"我们来做个交易吧。"穆若水轻轻地说道。

阿芜看着他一张一合的唇瓣，安静地听着他吐出来的话，听懂他的意思后，她垂着的双眼终于忍不住抬起来看他。

她的眼里满是受伤，穆若水看着有些不舒服，别开头去，继续道："这对你来说并不亏，你明显很缺钱，而我有的是钱，我买下你的时间，在我需要的时候你只要出现就行，不用做其他事。"

阿芜捏紧了书包带，眼眶泛红起来，她用力地咬了下嘴唇，声音微弱却坚定地说："我不卖。"

她永远记得那天醒来之后，穆若水看她的眼神，好像她是不要脸的妓女，他将钱甩在她的脸上，说了声脏。

那么好看，那么气质高贵的一个人，对她说脏，她好像觉得自己真的很脏，瞬间抬不起头来。

可是为什么是她的错呢？她也不知道发生了什么。

给恩雅补习，她有点口渴，出去找水喝。恩佐好心地递了她一杯水，她感激地喝了下去，然后不省人事。

等清醒过来，就是眼前那一幕，她被当成了妓女，被骂肮脏。

出事以后，她不敢把事情告诉父母，也不敢告诉人，怕别人觉得她是个不懂自爱的女孩。

她没法再在恩佐家当家教了，所以她去了恩佐家，想找恩佐妈妈说自己不做了，结果在别墅门口，听到保姆们在暗地讨论她，说她偷了钱。

一夜之间，她不仅被当成了卑贱的妓女，还成了无耻的小偷。

阿芜第一次觉得世界是灰色的，没有她想象的纯澈。

纸包不住火，妈妈也听到了风言风语，质问她。她被打了一顿，全盘托出。母亲抱着她绝望地哭着，残疾的父亲受了刺激，精神一蹶不振。

那之后她病了一场，家里一下子两个病人，生活变得更加窘迫。大学的学费一时凑不齐，病好后，她离家打工了一段时间，晚了一年才上的学。

"我不卖。"她再度坚定地对穆若水说，"我不是妓女。"说完，她红着眼跑了。

穆若水没有阻拦，他知道阿芜早晚会来找他。

因为她足够贫穷，而穷人的傲骨是最不值钱的东西。

他没有猜错，没几天，阿芜就过来找他了。

她很需要钱，很需要。

她妈打来电话，说她爸突然中风了，送医院做手术，急需要钱。那苍老的女人平时辛苦做工赚到的钱只够维持一家人日常的生活，哪还有多余的钱看病。

穷人是生不起病的。

所以，她只能去找了穆若水。

穆若水当即往她的校园卡里转了一笔钱，她没多要，只拿了一万转给了家里，谎称是学校发的助学金跟奖学金。

大一新生哪儿来什么奖学金，一听就是谎言，但没文化的母亲坚信不疑，还让她好好学习，不要辜负老师的期望。

穆若水要她做的事并不复杂，只是在他需要的时间出现，站在他的身边，刺激南安罢了。

想到南安，穆若水感到很是头疼，又很烦躁。

南安又跟他分手了，那件事之后，他找了南安解释，南安原谅了他，终于答应做他的女友。可他还是不懂南安，既然已经是他的女友，却还是跟其他男生暧昧着。他跟她吵过，她说是她没安全感，她一直忘不掉穆若水跟那个贫贱女孩的事。就算她知道那是被设计的，但她还是不甘心，不甘心她的东西被其他人玷污了。最让她不甘心的是，弄脏她东西的还是个卑贱的女孩。

那件事成了一根刺，扎在南安的心上，成了他们感情的绊脚石。

她的脾气变得忽好忽坏，不断跟他吵架，说分手，又和好，再说分手……

这已经是穆若水第十七次被甩了。

他是那么骄傲的一个人，实在受够了南安的情绪化。而最让他难以忍受的是，南安竟然跟恩佐在一起了。

南安就是仗着他喜欢她，所以一再地挑衅他的底线。他想要让南安知道，他并不是有耐心的人，他对她的耐心，只是因为他喜欢她。

他的喜欢，不代表她可以跟恩佐一起践踏他的自尊。

## 【4】灰姑娘与暗王子

协议达成之后，穆若水带着阿芜去见了南安。

他把阿芜盛装打扮了一番，她底子不差，没怎么被化妆品荼毒过的皮肤很是水灵。他让造型师给她化了个淡妆，出来效果很是不错。

小脸颊透着微微嫣红，唇瓣水润，蜜桃色的唇彩 Q 得很，墨绿色的短裙衬得她皮肤很白，纤细的小腿裹在高挑的高跟鞋里，看起来更为修长。

眼前突然地滑过那个闷热的夏夜，他与她交缠的模样，穆若水的心颤了下，他慌乱地移开了目光。

南安在堕落街开了个街舞俱乐部，钱都是恩佐出的。

穆若水带着阿芜去的那天，正好是俱乐部开张日。

去的路上，穆若水在花店买了一大束南安最喜欢的红玫瑰。

他捧着花进屋的时候，南安正坐在吧台无聊地玩弄着手指上新做的指甲，恩佐在一旁讨好地跟她说话。她一副心不在焉的样子，漂亮的丹凤眼时不时地扫向门口。

当看到穆若水出现的那一刻，南安的眼神明显地明媚起来，她快速地从椅子上跳下来，朝穆若水走了过去。

即使她的确在等他，可她还是骄傲地不想承认她在等他。

一直以为，南安只爱穆若水，恩佐不过是她用来假装自己没那么爱穆若水的借口。

看着她最爱的男人捧着她最爱的玫瑰花出现，南安的心都欢腾了起来，她恨不得立刻扑进他的怀里，不顾他怀里带刺的玫瑰，就这么凑上去拥吻他，任性而又撒娇地对他说，若水，我就知道你放不下我，你会带我走。

然就当她要将心中所想付诸行动的时候，穆若水将手中的花递给了她，看着笑靥如花的她，轻轻微笑，转过头去，捧起身后跟着的娇俏女生那小巧的脸颊，俯下身，吻了上去。

南安从来没有想过，穆若水有一天会当着那么多人的面这么羞辱自己，无视她的骄傲，就像她曾经对他所做过的一样，报复自己。

"南安，介绍一下，这是阿芜，我新女朋友。恭喜你开业，也恭喜你跟恩佐。"穆若水微笑地说着，脸上的表情完美至极。

南安有些站不住，她难以置信地看着穆若水，呵笑了几声，却找不到能说的话，只是紧紧地盯着瑟缩地依偎在若水怀里面色潮红的少女，慢慢地红了眼眶。

那个女生没她漂亮，可是她却突然好嫉妒她。

南安自然没有认出阿芜，那个曾在酒店匆匆一瞥过的卑贱少女，那个她都快忘记了相貌却还像刺一般深深扎在她心上的女孩，此刻如此鲜活明艳地站在她的面前，她却没有认出来。

同样的，恩佐也没有认出来。

谁也不曾料到，那个被穆若水带来的美丽少女就是他们那群人曾经嘲笑过的卑贱少女。

就连阿芜也没有想到，她还会见到恩佐，见到那群为了个恶作剧就可以随便毁了她的人。

在众人好奇与困惑的目光之下，穆若水看了眼失魂落魄的南安，然后不动声色地牵起阿芜冰冷的小手，离开了。

他们走后，南安哭了，哭得很伤心，仿佛她的世界都破碎了，她的烟熏妆都哭花了。

被穆若水带去江边吹风的阿芜也哭了，哭得很绝望，很痛心。

她哭着问那个人，为什么偏偏是她。

那么多人喜欢他，他想刺激南安，随便找个女孩都可以，为什么偏偏要选择她。为什么要让她看到自己有多贫穷，有多卑贱，才一次又一次成为他们那群公子哥恶作剧的对象。

穆若水没有回答她，只是用力地抱着她，下巴抵在她的秀发上，感到了心痛。

那时候他并不明白那痛是为何，也跟阿芜一样迷惘，自己为什么选择了她。

后来，他终于明白，有一种爱生于同情，生于愧疚，早已潜伏在心底，只是他从未懂得。

他在外面租了一套公寓，给了她一串钥匙，她如果不愿意住学校可以住那里。

那栋公寓，成了他送给她的城堡，有空的时候，她喜欢躲在那里做饭打扫，煲剧看书。偶尔，他也会过来吃她做的菜。有时候来得晚了，他就不走了，睡在客厅里，也不打扰她。

他们看起来像相处融洽的情侣，又像相敬如宾的小夫妻，但也只是做给南安看的。

因为在学校里，他们是完全没联系的两个人，即使在路上碰见，也是毫无交流的陌生人。

没有人会想到，那个被传得沸沸扬扬的穆若水的神秘新女友就是那个穷丫头阿芜。

## 【5】她差点以为他是世界上最好的人

因为救治得及时，阿芜爸爸的手术很成功，阿芜妈妈激动地在电话里说了这个消息。

阿芜用穆若水给自己的钱，给爸爸买了一堆营养品寄到了家里。

妈妈收到后，很是担心地问阿芜，哪里来的钱买这些东西。

阿芜知道，有些事是瞒不住的。

她只好告诉妈妈，是别人给的钱。

"别人是谁？谁会这么好心，给你这么多钱？阿芜，你是不是瞒着我干了什么事……"

面对母亲的追问，阿芜不知如何回答，倒是在旁听她打电话的穆若水帮了她，说："你就说我是你的男朋友。"

听说阿芜教了男朋友，阿芜妈妈真是喜忧参半：喜的是女儿长大了，都开始谈对象了，男孩子家境应该不错，对阿芜也大方，不然也不会给她这么多钱；忧的是，也不知道那男孩是不是只是一时兴起，玩阿芜的。

妈妈不放心，想看看阿芜的男朋友。

阿芜吞吞吐吐地跟穆若水说了这个事，没想到他很爽快地答应了，找了个假期跟阿芜一起回老家看她父母。

阿芜以为穆若水只是一时心情好，开玩笑的。谁知他真的买了车票，带着阿芜上了回家的火车。

阿芜一直不敢相信这是真的，就算坐在了火车上，望着靠在自己肩膀上睡着的少年，她都以为这是在做梦。直到她伸出手指，小心翼翼地戳了下高挺的鼻梁，感受到指尖温热的触感，她才有了点真实感。

这不是做梦，这是真的。

穆若水的确陪她回家了，以男友的身份。

阿芜晃了晃头，告诉自己，不要想多，那都是假的。

脸上有些微痒，穆若水突然伸手握住了阿芜乱动的小手，咕哝了一声："别闹，阿芜。"

他很少喊她的名字，难得喊起，声音软糯好听得很。

阿芜听得出了神，表情呆呆地望着酣睡的少年，一颗心扑通扑通地跳着，她还是忍不住失了心。

穆若水是一觉睡到的婺源，下车后，他对乡下的一切都充满了好奇，一路拉着阿芜问东问西。

阿芜颇有耐心地回他，脸上洋溢着灿烂的笑容。她从没有见过这样的穆若水，天真单纯得像个孩子。

确实，穆若水此刻就是个孩子。他之所以愿意陪阿芜过来，很大的原因是阿芜的家乡是婺源。

小时候母亲带他来过婺源，说那是她的家乡。母亲离开他时，他还很小，关于她的记忆，他留下的并不多，只是依稀记得，有一个地方叫婺源，那里有最美的油菜花，母亲在花田里曼舞，笑得像个孩子。

秋天的婺源，没有金黄的油菜花，却有火红的枫叶，黑瓦白墙的房子，在阳光照射下显得黄绿色的河流。

"婺源，真美。"陈旧的石桥上，穿着白色衬衣的清秀少年，双臂展开着，感慨道。

旁边红裙的少女看着他，痴痴地笑了。

她真想告诉他，风光十里，都不及你最美。

简陋的农宅里没有招待过这么好气质的客人，全家人都小心翼翼的。

吃晚饭的时候，阿芜战战兢兢地坐在一旁，怕穆若水嫌弃自己的家太过破败，又怕父母说错话惹人不快，也怕粗糙的农家菜不合他的口味。

哪知他吃得很香，跟二老交流得也很愉快，那快乐不像是装出来，阿芜渐渐放了心。

那一晚，两个人蜗居在阿芜狭窄的小床上，穆若水闻着阿芜发间散发出来的青草香，看着怀中少女羞红的脸颊，情不自禁地吻了她。

他给了她痛的记忆，也给了她爱的慰藉。

恍惚间，阿芜有种感觉，以为那个人或许也有点喜欢她的。

但很快，阿芜就意识到这不过是自己的错觉。

童话就是童话，再美的童话，在现实里都要醒来。

南安终于放下了自己的骄傲，跑来找穆若水。

她去他的学校找过他，同学说他不在，请假了好几天。她不知道他去了哪里，打电话也不通，她只能求恩佐，让他查穆若水的公寓，直接去那儿等他。

在那里，她不吃不喝足足等了两天两夜，终于等到了心爱的少年。

从出租车里出来，阿芜抱着母亲给的太多东西，不小心扭了脚，穆若水伸手去扶她，回头便看到了站在不远处脸色苍白憔悴的南安。

如果说之前南安没有认出阿芜，那么现在她认出了。

没有盛装打扮的阿芜，穿着朴素的阿芜，那个卑贱的阿芜。

几乎是一瞬间，南安冲了过来，狠狠地扇了阿芜一巴掌。

阿芜被打得一动不动。

穆若水上前握住了南安再度挥下的手，望着那张毫无血色的面容，有些心痛地喊了一声："南安！"

"为什么是她？为什么是她？为什么？"南安像个疯子，歇斯底里地朝他质问着。

穆若水用力地拽着她的手，将她揽进怀里，哄着。

南安用力地推开了他，绝望地离开，然没走几步，她就体力不支地倒下了。

阿芜眼睁睁地看着穆若水紧张地抱起南安去医院，她没有出声，只是安静地看着。

穆若水走了，从头到尾，他都没有再看过她一眼。

他的眼里只有南安。

阿芜感到嘴里有点涩，抿了抿唇，然后尝到了血的腥味。

穆若水陪着南安在医院吊完水回来已经很晚了，八点档的狗血剧也都播完了，阿芜一个人沉默地待在公寓里，慢慢收拾着冷掉的饭菜。

门开了，穆若水扶着虚弱的南安走了进来。

几乎是看到阿芜的第一秒，南安就尖叫了起来，哭着让穆若水赶阿芜走。

阿芜没说话，只是静静地看着沉默的穆若水，藏在背后的双手攥得有些紧。

穆若水看了她一眼，目光有些冰凉，他将怀中躁动的南安抱得更紧了些，然后侧过脸，说："你先走吧。"

虽然早就知道会是这样的答案，阿芜还是忍不住鼻酸了。

她没有哭，也没有闹，甚至脸上看不到任何情绪波动。闻言，她只是点了点头，沉默地走到玄关处，换好鞋子，走了。

这公寓里的一切东西都不是她的，她来的时候空无一人，走的时候，也是空无一人。

听到门关上的一刻，南安终于安静了下来，穆若水感到耳畔一阵清净，内心同时也空落了起来，一股细细的疼痛在悄无声息地滋长着。

他不想去探寻这原因，因为他要的目的达到了。

南安终于抛下了她的骄傲回到了他的身边。

而阿芜，她已经没有理由留下了。

已经临近午夜了，没有公交车回学校了，也看不到出租车的身影。

阿芜一个人在黑夜里走着，整条路是黑的，只有惨淡的月光照亮着她。

她的身影被拉得很长很长，孤寂也被拉得很长很长。

秋凉了，天冷了。

阿芜的心也冷了。

终于，她蹲了下来，难过地哭了。

她差点以为他是世界上最好的人。

### 【6】饮鸩止渴的爱情

穆若水跟南安又在一起了，那对金童玉女成了 G 大校园里最亮丽的风景线。

女生羡慕着南安，嫉妒着南安，却无法成为南安。

无能为力的她们开始同情起穆若水先前那个神秘女友来，那女生就像突然消失了一般，自南安重回穆若水身边之后，再也没有出现过。

有人猜测说那本来就是穆若水设的幌子，为了引南安嫉妒，让她回来。穆若水只爱南安，只爱她。

也有人说，那女生被南安赶走了，有人看到南安打了那个女生，说得绘声绘色，好像真的。

反正无论是什么，穆若水跟南安复合了。

这让恩佐气疯了。

他砸了送给南安的俱乐部，然后去找南安。

南安正在街角的咖啡店等穆若水放学。

没考上大学，也不想念专科的她，整天像个无业游民，但这并不影响她受欢迎的程度。

因为她是南安。

看到恩佐气势汹汹地推门朝她走来，南安不动声色地坐在沙发里，等恩佐走近，对他莞尔一笑，像满城烟火瞬间绽放，轻易地就扰乱了恩佐愤怒的心。

"好久不见，恩佐。"

恩佐愣愣地站在一旁，拳头攥得嘎吱作响，他双眼通红地看着巧笑倩兮地南安，咬牙切齿地说："是，好久不见，南安。"

他们的确是有一段时间没见了，因为南安一直在躲他。

"吃蛋糕吗，恩佐。"南安拿勺子舀了一口手边的芝士蛋糕，往恩佐的嘴边递去，笑着说。

她怎么还能这般戏弄他。

恩佐怒了，伸手打开南安美丽的手，双手用力地拍在咖啡座上，朝南安嘶吼着："你怎么能这样对我？"

咖啡杯倒了，咖啡流了一桌，弄脏了南安的白色长裙。

南安脸上的笑容没有了，看着恩佐的眼神变得有些冷。

恩佐一下子慌了，他知道她生气了。

他怕南安生气，因为他怕南安就此不再理他。

从网上认识她的第一天开始，他就疯狂地迷恋着这个神秘的女孩，他不想失去她。

"恩佐，你知道的，我从来不勉强你。"

南安的声音透着冷漠，他在心里点着头。

是的，她从来不勉强他，都是他自愿的。

自愿做她的备胎，自愿被她消遣，自愿犯贱般迷恋她。

恩佐认命般地闭上了眼睛，南安就像个魔咒，将他紧紧地束缚着，他逃脱不了，也不想逃脱。

"恩佐，不要要小孩子脾气，我不想失去你这个朋友。"

南安站起身来，手指温柔地抚摸着恩佐满是胡楂的脸庞，轻轻地吻了下他的脸颊。

红唇温润的触感击垮了恩佐最后的防线，如饮鸩止渴，他猛地拥南安入怀，发狠地啃噬着她柔软的唇。

南安没有拒绝，她只是低低地笑着，眼里却看不到丝毫感情。

穆若水没有去学校，他生病了，发烧躺在公寓里，没有告诉南安。

南安不会怜惜他病了，她只会更加怂恿他跟她出去疯狂，还会告诉他，感冒发烧就是出身汗，她有很多能让人出汗的方法。

他这会儿很虚弱，只想一个人待着，一个人躺着。

突然想吃粥，但也只是想想而已。要是阿芜在的话，他说不定还能吃到。

猛然想起阿芜，穆若水觉得胸口刺刺的。

他还记得那晚她离开时的样子，安静得很，也许太过安静，所以连她身上淡淡的忧伤都变得浓重起来，看着他心里很不是滋味。

一种愧疚的情绪在他的身体里蔓延。穆若水开始后悔不该去招惹阿芜。那样的姑娘，不该被拿来消遣。他不习惯道歉，所以就算愧疚，他也忍着没有找过她。

烧得迷迷糊糊中，穆若水感觉有人在他的公寓里走动，他累得不想起来，也没法起来看是谁。

小偷，强盗……还是南安都无所谓……

他只想睡觉。

穆若水是被食物的香味给勾醒的，醒来的时候，他看到床头柜上摆着一碗白粥，粥还暖着，说明煮粥的人走了没多久。粥旁放着厚厚的一沓钱，崭新的百元大钞上还有数十张零票。

他爬床而起，光着脚跑到了楼下，开门，眼前是白茫茫的一片，看不到任何人影，只有凌乱的几排脚印从铁门处一直蔓延到远方。

穆若水不知道哪排是阿芜的，就像他不知道冬天什么时候来的一般，他茫然地看着那些脚印，感到心口闷得很。

钱是他给阿芜的，在跟南安复合后，他又给她打过，当作补偿。没想到她全退了回来，包括她父亲的医药费。

虽然差了很多，但是能看得出来，她在还那笔钱。

那以后，他依旧往她的卡里打钱，然后开始等待，等着她把钱还回来。

穆若水也不知道自己为何这样做，也许他只是想再见下阿芜，但他又找不到想见的借口，所以他只能等着她来。

但阿芜再也没有来过，也再也没有还过钱。

穆若水有些失望，呵笑，原来，她只是做做样子的啊。

骄傲的他决定不再想那个虚伪的姑娘。


## 【7】她瘦得让他心疼

穆若水跟南安又一次分手，这次说分手是他。

南安的确回到他的身边，但她还是过去的南安，她没有变。即使在他身边，她依旧跟恩佐暧昧，依旧不拒绝其他人的求爱。

他突然发现，南安或许并不爱自己，她只是喜欢征服他的感觉。对南安来说，她爱的人只有她自己，他其实和恩佐一样，只是他比恩佐难驯服罢了，所以南安才会对他那么执着。

而他也不爱南安，他只是喜欢她那双酷似母亲的眸子。童年丧母，父亲另娶，缺爱的他只是渴望被温暖而已。

南安热情如火，却无法温暖他。

他只是燃烧南安的柴火，为了让她更加炫目。

他唯一能感受到的温暖不是来自南安，而是那个被他遗忘很久的身影。

穆若水突然很想阿芜。

犹豫了许久，他最终还是放下骄傲，去找她。

去学校找，他难堪地发现，自己连阿芜叫什么都不知道。

阿芜，阿芜，他一直这么呼唤她，却不知道她的全名，曾经也不曾想过问她。

他似乎太忽视她了，太不在乎她了。

这一点，让他的内心很是过意不去。

费了劲，终于找到了她的班级，他拐弯抹角地去找人。

她的同学告诉他，阿芜很久没来学校了，她请假回家了，说是父亲病重。

那个老人又病了？

他很是惊讶，恍惚明白了阿芜为什么没有退回他后来给的钱了。

他准备去她的老家找她，看看有什么能帮得上忙的。

刚有了打算，他在学校里又看到了阿芜。

她从院办楼里拐了出来，瘦小的身子裹在硕大的运动服里，风吹着，她走路像飘的。

再度看见她，穆若水才意识到自己已经有很长一段时间没见过阿芜了。

她比之前瘦了很多很多，本就不胖的她，这会儿瘦得像张纸片，让他害怕。

她从他的身旁经过，眼神空洞得没有焦距。像是没有看见他，又像是故意不理他，她走过去的时候，悄无声息的、没有灵魂的。

内心慌乱的感觉再也抑制不住，他追了上去。

头一次，在学校里，他不顾旁人的目光，当着许多路过同学的面，主动拽住了阿芜的手，喊住了她。

"阿芜。"

喊了几声，她都没有任何反应。

穆若水愣了，困惑地看着她憔悴消瘦的脸颊，将她的手攥得又紧了些，凑过去，小心翼翼地又喊了一声："阿芜？"

阿芜终于回过神来，眼神凝聚了些，看到眼前的穆若水，她脸上露出震惊的表情来，几乎是触电一般，将手从他的手心挣脱开来，往后退了几步，唯唯诺诺地站着。

穆若水有些尴尬，轻咳了下，窘迫地问了一声："你最近好吗？"

听到他询问，阿芜的眼神迷惘了起来，似乎很意外，但很快，那双清冷的眸里又只剩下黯淡一片。

她惨白的嘴角扬起一抹浅笑，点点头，声音轻细地回他："好。"

看着她笑，穆若水觉得别扭，可又说不出缘由。心里有些不舒服，他不是很喜欢跟她这样的相处模式，太僵硬，太疏离。

想起赶她走的那个晚上自己冷硬态度，他有点想开口道歉，但说不出口。

他不是那种擅长道歉的人。

气氛变得很是尴尬，如同他们之间一直尴尬的关系，他觉得该说些什么打破这僵局，想起刚她同学说她回家照顾生病的父亲，他脑海中浮现出她那对苍老可亲的父母来，又问："阿妩，你爸妈还好吗？"

她看了看他，眼睛漆黑一片，没有光。

"好。"她说，嘴角一直挂着淡淡的笑。

陡然，他不知道该说些什么，头一次像个愣头青般傻站在她面前，在沉静中捉摸着她的不对劲，可是找不到任何突破口。

他从不了解她，就连她的名字，他也是不久前才得知。

陈清芜……陈清芜……

可偏偏他们曾经又那么亲密过。

他踌躇着要不要放下身段，主动央求她回到他身边来，话徘徊在喉咙口，说不出来。

她却破天荒地没像以前那样等他把话说完就借故有事先离开了。

他站在原地，望着她瘦得都快能被风吹走的背影，心弦莫名地崩散开来，他慌了。

这种恐慌好像在他身体里潜伏好久了，终于爆发了。

他素来心思缜密，却不擅长处理慌乱。这样不受控制的感觉，让他内心再度烦躁起来。

他觉得阿芜这么对自己，一定是还在生他的气。

女孩子都需要哄的，阿芜也是女孩子。

他自我纾解地想着，可是心底的恐慌未曾减少。

他有种不好的预感，觉得阿芜这次回来，好像要离他越来越远了。

### 【8】他给了她最坏的童话，所以想赔她一个最好的城堡

那是穆若水最后一次见到阿芜。

那天她回学校是办退学手续的。

腊月的时候，她爸爸第二次中风，都没撑到去医院，就去世了。

为了办葬礼，阿芜妈妈去跟亲戚借钱。那些亲戚早就被借怕了，听说借钱，都把话题扯得远远的。

最后，阿芜妈妈的朋友借钱给了她们。

葬礼后，朋友要债，阿芜妈妈还不出。

朋友家看上了眉清目秀的阿芜，想让阿芜给自家不学无术的儿子做媳妇。

阿芜妈妈无奈，只能骗阿芜，让她陪她去阿姨家还钱，然后把阿芜留了下来，自己走了。

被蒙在鼓里的阿芜以为母亲只是出去买东西，所以乖乖地在阿姨家等着。等她意识到不对劲，想要逃的时候，门被锁了。那对夫妻像强盗般绑着她，将她跟那个笑得猥琐的男孩锁在了一个房间里。

她被自己的母亲给卖了。

痛苦的阿芜拼命地挣扎，反抗，最后不小心打伤了那个男孩的头，爬窗逃了出去。

庆幸的是，那家人住二楼，所以跳下来的时候，她只是摔伤了腿，没有死。

好不容易逃了出去，找到公用电话亭，她毫不犹豫地拨了那个人的电话。

她知道自己是在奢求，可是那个时候，绝望的她，所想得到的能救自己的人只有他了。

他是她灰白世界里唯一的色彩。

电话被接通了，只有男女暧昧的喘息声。

阿芜痛得说不出话来。

醒来的时候，她人在医院，是好心的路人看到她晕倒在电话亭里送她过来的。

医生说她腿骨折了。

她点点头。

医生又说，你流产了，让她节哀。

她又点点头，然后茫然地抬头，看着穿着白大褂，天使般圣洁的医生，慢慢地张开嘴，喉咙里嘶吼了几声，却说不出一句完整的话来。

原来童话都是骗人的。

都是骗人的。

妈妈满怀歉意地来接她出院，那个朋友家的儿子被她砸伤了头，那家人要她们赔钱，母亲对着他们下跪，求饶，不得原谅。

走投无路的阿芜放弃自己最后的自尊心，她拿了穆若水给的钱，填平了那家人的愤怒。

家里没钱再供她上学了，她未婚先孕，还打伤人，作风不好，也不能再在老家待下去了，母亲带着她搬走了。

离开前，她到学校办了退学手续，注销了学校发的校园卡。

她走了。

没有人会在意学校里少了个默默无闻的阿芜，她的离开，风云轻淡，掀不起一丝一毫的波澜。

等穆若水知道一切，阿芜已经从他的世界里彻底消失了。

他没有机会跟阿芜解释她打电话来的时候，是南安来找他挽回她的爱情。

他以为他是爱南安的，直到他推开了黏在身上的南安，他才惶然地发现，自己并不爱南安。

也许他并不懂得爱情，也许他并不会爱人，但他能确定一点，他内心最渴望的其实不是南安，是他缺失的温暖。

等他意识到自己想要什么时，他再也无法得到了。

阿芜不见了。

他的阿芜不见了。

黑水仙成了他的诅咒，他果真像神话里那个水仙少年一样，永远也得不到他所爱的人了。

他去了婺源，跑遍了整个小镇，踏遍了所有石桥，走过了她整个家乡，却再也找不到那个傻傻的阿芜。

婺源的油菜花谢了几重，婺源的枫叶红了几重，婺源碧水深潭绿了几重，时光流逝了几个年头，爱痛却还在心头，无畏白头。

满世界寻找，穆若水终于找到了阿芜。

她在垃圾堆里捡吃的，整个人痴痴呆呆的，独自待着。

在捡垃圾的路上，她们的三轮车被卡车撞了，她母亲死了，她脑子撞坏了。没有人接收她，也没有人过问她是谁，她是被遗忘的存在。

他终于找回了阿芜，可她不认识他了。

但没有关系，这次换他来温暖她。

阿芜，别怕，别怕，我带你回家。

他给了她最坏的童话，所以想赔她一个最好的城堡。

城堡是他们的家，家里有他，也有她。

从此以后，爱不会再缺失，也不会再被忽视。

水仙的诅咒将于年少的青春一起被掩埋深海。

白天他陪她做复健，晚上他抱着害怕抓狂的她讲故事。

他讲的故事很糟糕，漏洞百出，王子娶了小人鱼，变成泡沫消失的是女巫。小狐狸比玫瑰先遇到了小王子，小王子爱上了小狐狸，爱让整个星球的玫瑰永不凋谢。男姜饼完成了最美的告白，女姜饼等来了她的爱，柳树下的爱情不再只是个长眠不醒的美梦……

睡梦中，阿芜流下了眼泪。

也许，她梦见了什么。

也许，她什么也没忘记。

**就是**
**爱八卦**

1. 分享一件最近甜蜜、开心的小事。

**阿 Q：** 前天南通一起写书的朋友来我们这儿面基，开车带着她逛了小半个启东，吃了好多好吃的，虽然因为雷阵雨的缘故没能去海滩玩，但最后一起去了我的店，让她给我签书，还一起打了淮安掼蛋。从学校出来，进了社会，朋友能聚在一起的机会太少了，所以特别开心。

2. 最喜欢的食物？最喜欢的明星？一直想去但没有去做的事？

**阿 Q：** 芒果汤姆·希德勒斯顿；去澳门豪赌一场，但没钱啊，啊哈哈。

3. 主题书跟读者见面的时候，大鱼文化正好三周年了，想对大鱼和读者说点什么？

**阿 Q：** 不知不觉来大鱼三年了，时间过得真快，对我而言，大鱼就像个家，让我感到安定温暖，感谢大家一路以来的陪伴，祝大鱼的家人们越来越好，也祝愿所有读者天天快乐。

和风有信

HEFENGYOUXIN

她终于可以轻松地问他，

诺生，你好吗？

她有很多问题想要问他，

他正慢慢地走向她。

GULI ▼

# 孤 立

文 / 麦九

/ 麦九 /

青春作者, 鬼节出生, 处女座。

江湖夜雨点灯讲故事的人, 一叶轻舟一壶酒, 来者皆是客, 欢迎来听。

喜讲小情小爱小甜蜜小忧伤, 相信一切平凡皆有动人处。

目标: 专业发糖三百年!

**代表作品:** 《我终于失去了你 1、2》, 《我曾以为, 世界很美》

**即将出版:** 《我终于失去了你 3 他 睡在风里》

**作者新浪微博:** @ 麦九 MJ

你了解，当你走进一间教室，本来还在说笑打闹的同学突然间有三秒的安静，是什么感觉吗？

我知道，一种深刻清楚自己正在被人讨厌的感觉。

我正被所有人讨厌着。

**Chapter1 2009 年 6 月 6 日五点十五分，她最后一次见到他。**

五点十五分。

沈书盈从梦中醒来，又是这个时间，一分不少，一秒不差，准时得像调了闹钟，然而，她的闹钟是六点五十。

沈书盈坐了起来，怔怔地发呆。

她又做了同样的梦，梦到庄诺生病了，生命垂危。他患上尿毒症好多年了，但一直没能换肾，如今肾源太紧缺了，所有的医院，所有的尿毒症患者都等着换肾，庄诺生只不过是排队等着的其中一个。

可他等不了多久了，沈书盈在梦中清楚地看到，庄诺生躺在透析室的病床上，苍白的脸没有一丝血色，鲜红的血从他身上流出来经过机器又流进去，皮肤无光，精神萎靡，他虚弱得像随时会被风吹散。

梦太真实了，连他在哪家医院哪栋楼甚至哪个床位，沈书盈都看得清清楚楚，她就像亲身走到他面前，看着他生命力一点点流逝，但每当她要说点什么，就醒了，然后，又是该死的五点十五分。

五点十五分，沈书盈永远记得这个时间，她不知道为什么会在多年后，梦到已经长大成人的庄诺生，但是她一直没敢忘。

2009 年 6 月 6 日五点十五分，她最后一次见到他。

庄诺生，她初中的同桌，她曾经最好的朋友。

**Chapter2 沈书盈发现，没人跟她说话了。**

2009，沈书盈跟着做教师的妈妈转到五中，上初二。

那是所很普通甚至称得上差的学校，一点都比不上沈书盈之前读的重点中学，但没办法，她是单亲家庭，妈妈一个人带着她，必须把她带到身边照顾，况且沈老师也有自信，女儿的成绩不会落下。

沈书盈本也没在意，没想到，转学不到一个月，她的生活开始变成一场噩梦。

她被孤立了，被全班同学孤立了。

其实这也不怪她，甚至跟她毫无关系。

沈老师也就是沈书盈的妈妈，除了教物理之外，还兼年级主任，主抓校风校纪。

她是从重点中学调过来的，当然看不惯五中这歪歪斜斜松松垮垮的校风，学生染发化妆手拉手走在学校，竟随处可见。

没等校长开口，沈老师就开始改革了。

不到三天，她就把重点中学那一套搬过来，在校必须穿校服，学生不可染发化妆早恋，自习课不可喧哗吵闹。她还成立了纪风队，一天三次早中晚检查，三天一次突击检查，不抓到还好，被抓到了，罚站写检讨叫家长，谁也逃不了。

可想而知，一向懒散的五中学生哪受得了，哭天喊地大为不满，都叫沈老师"铁娘子"，但铁娘子手腕强硬，他们无可奈何，就想到了她的女儿沈书盈。


沈书盈在入学第二十三天被孤立了。

那天，她照常去上学，走进教室的刹那，本来还沸腾得像一锅粥的教室瞬间安静了，然后，大家像谁也没看到她，又继续玩闹。

沈书盈发现，没人跟她说话了，她也找不到愿意和她说话的人。

在被当作一天的透明人之后，沈书盈知道，她被孤立了。

她不傻，马上想到可能是因为妈妈，但这和她有什么关系？她做错了什么？

沈书盈觉得愤怒委屈，但无能为力，她被排斥在外。

她就像一个病毒体，只要走近在说话的同学，大家就闭口不言，她一走，又马上闹起来；她跟人打招呼，他们都装作不认识从她身边经过；上课只要她站起来回答问题，同学就会发出"吁"的嘘声，搞得老师都莫名其妙。

"你们在起什么哄？"

"安静！"

别的同学就不会，所有这些只针对沈书盈。

其实，三班的老师或多或少了解她被孤立了，可没人做点什么，就班主任开班会，轻描淡写说了句"同学们要友爱互助，上学的友情是很珍贵的"，但也就这样，没了。

沈书盈在被孤立一星期后，放弃了。

她不想再一张笑脸，却被所有人无视，这让她觉得自己很可怜，她又没错。

独来独往也挺好的，反正也都是些虚伪的友谊，沈书盈这样安慰自己。

她没跟沈老师讲班级的事，妈妈平时又要上班又要照顾自己，已经够辛苦了，她不想烦妈妈。况且，沈书盈觉得，妈妈也没错，或许太严格了，但也是想把五中带上去。

### Chapter3 沈半米和庄娘娘腔。

就这样过了半个月，班级换座位。

那阵子，流行《网球王子》，里面的手冢国光有一个技能叫手冢领域，无论对方的球怎么打，球都会飞到他可支控的地方，再把球打回去。

同学给沈书盈取了个外号，叫"沈半米"，她的半米之内，荒无人烟，一片死寂，没人愿意和她坐一起。

班长把她换到庄诺生的旁边，靠近卫生角的地方，再过去就是垃圾桶。

沈书盈没说什么，收拾书包去新座位，刚坐下，有个纸球扔过来，砸中她。

扔纸的人坐在课桌上，喊着："抱歉，没看清，我要扔垃圾筒的。中学生守则第七章第八条，要爱护学校环境，不可随地吐痰，不可乱扔垃圾。麻烦那边的同学帮忙捡一下。"

"哈哈哈……"

同学们哄笑成一团，沈书盈看着纸球，没有动。

有谁站起来，捡起它扔到垃圾筒。

那就是庄诺生，她的新同桌，一个同样被孤立的人，但是另一种孤立，欺凌。

沈书盈在被孤立前，对庄诺生也有所耳闻。

她刚转学过来，也不是很了解，只知道同学都叫他"庄娘娘腔"。

庄诺生长得并不高，比同龄人还矮点，很瘦，会穿校服，坐在垃圾桶旁边，但很干净。和打了球一身臭汗的男生比，他显得太干净了，衣服干净，面庞也白净，不爱说话，会剪纸，总摆弄一些小女生才会喜欢的玩意儿。

男生都不喜欢这样的，太娘，他不可避免成了同学们的嘲笑对象。班里谁都可以欺负他，对他呼来喝去、推推搡搡，谁要渴了懒得跑小卖部，就让他跑腿，不想做值日，也叫他，作业没做，直接拿他的作业写上名字，交上去……

这些都是常态，以前沈书盈就看过，庄诺生不让他们抄作业，被推到墙角，作业被抢走了，课本也被撕成两半，扔在地上。

沈书盈帮他捡起课本，庄诺生接过，一句话也没说，安静地坐回在位置上，把书粘回去，神色平静，要不是他身上还有脚印，刚才的事好像没发生。

这人也太没骨气了，难怪被叫娘娘腔。那时候沈书盈这样想，有点瞧不起他，为什么不反抗。

现在她明白了，反抗是没用的，一个人根本敌不过一堆人。

"哟，娘娘腔还会英雄救美！"

"沈半米还有人搭理。"

有人怪叫起来，同学们又开始起哄，然后，三三两两的纸球飞过来，砸在他们身上。

沈书盈坐在座位上，神色平静，她偷偷看了眼身边的男孩，他也一脸平静，低头看书。

那时，她看到他被欺负，沈书盈怎么也料不到，有一天，她会和庄诺生成为同桌，坐在垃圾桶旁，任纸球像下冰雹一样落在身上。

真可笑啊，沈书盈心中升起一股同病相怜的无力感。

**Chapter4 只有这一刻，他们才感觉是自由的。**

他们谁也没有跟谁说话，安静地坐着，忍受着同学的嘲笑和无视。

直到有次上课，庄诺生偷偷递过来一张字条，沈书盈看了，手在后背摸索，果然摸到一张条子，也不知贴在背后多久了，上面写着——沈半米，沈垃圾，和铁娘子一起滚出五中。

沈书盈看了，眼泪几乎要涌出来，又生生忍住。

她不会在他们面前哭的，她越伤心难过，他们就越得意，她不会给他们提供乐子。

沈书盈忍着眼泪把条子扔进垃圾桶，好半天缓过来，给庄诺生写了张字条：谢谢。

她并不敢明目张胆和他说话，大家在孤立她，他却和她说话，这会害他被欺负得更惨的。

被孤立了这么久，沈书盈也无师自通学了些生存法则。

第一，不要反抗，反抗只会变本加厉地被欺负，她一个人斗不过整个班级。第二，不要报告老师，报告老师也没用，老师只会口头批评一下，顺带让她反省是不是她不合群，有什么做不对的地方。第三，忍，忍，忍。

沈书盈已经学会像只鸵鸟，把头埋进土里，假装看不到无视，听不到嘲笑。

就算她总是不明白，大概都十五六岁，为什么他们能这么理所当然地憎恨自己？

庄诺生没回字条，但他冲她笑了下，很浅，很快，看完就马上望向别处。

昙花一现，不过沈书盈却很感动，这是她孤立后，第一次有同学冲她笑。

这之后，他们关系渐渐好起来了，还是不敢当着同学的面说话，但是会趁人没注意传字条，冲彼此偷偷笑一下。

天气越来越热，他们也和其他同桌一样，变得很要好。

当然，这仅限于地下，他们像地下党接头，偷偷约在学校的小树林，在那儿做作业、聊天，一起骂同学太可恶、老师不作为。

接头信号很简单，沈书盈在桌面敲三下，碰一下他的手肘。她走到前面，过一会儿，庄诺生也出来，两人隔着长长的距离，但都在笑。

只有这一刻，他们才感觉是自由的，没被关在那巨大的牢笼里。

**Chapter5 反孤立阵线联盟。**

沈书盈也知道庄诺生喜欢剪纸的原因。

他是奶奶带大的，爸妈在外地打工，奶奶为了补贴家用，她手巧，会剪纸，做小玩偶，绣鞋，做了就拿去摆摊卖。

庄诺生很懂事，不想让奶奶快八十了，还每晚在灯下戴着老花镜剪纸。

他跟着学了不少，有时会带到学校，有时间就做一两个。被胡泉看到后，带头叫他娘娘腔，同学们也跟着叫。这名字就这样跟了他，起码还只是嘲笑，后来就变本加厉，不高兴还会打他。

"胡泉该下地狱！"沈书盈恶声恶气地说。

胡泉是他们班班长，就是他，把她调到卫生角。胡泉成绩并不好，但个子高，家境似乎不错，在三班挺有威望的，能制得住后面那些调皮的男生，班主任就安排他做了班长。

"这样的人竟然能当班长。"

"就是！"

他们爬得高高的，坐在树干上。

庄诺生手把手教她剪纸，三下二下，一只活灵活现的小兔子就出现了。

"哇，你真厉害！"

"都是我奶奶教的。"

庄诺生不好意思地说，他很容易害羞，皮肤白，脸皮也薄，一夸，整张脸就红了。

沈书盈看他，才现她的同桌还蛮帅的，五官特别的秀气，笑起来，眉眼弯弯，眼神柔和，真像漫画书的美少年。

沈书盈脸有些热，转开话题："我不想上学了，咱们一起去摆地摊算了。"

"我也不想上学，读书有什么用，在学校被欺负，出来还是被欺负。城管连我奶奶的摊都收，那么小的位置，哪会占什么路。"

他们唉声叹气，沈书盈又说："可还是要上学的，咱们不能这样被打败！"

"嗯。"庄诺生点头，他们可是"反孤立阵线联盟"，是要战斗到底的。

虽然他们的斗争方式也就当作什么事都没发生，自欺欺人地说些"我才不在意，你们伤害不了我"的话。

### Chapter6 只有不在学校，他们才能像这个年纪的少男少女开朗地笑

周末，沈书盈会去帮庄诺生摆摊。

美名其曰，先学点生存技能，免得以后在学校忍不了，没有一技之能。

庄诺生的奶奶是位慈祥的老人，以为孙子在学校很好。你看，还有个漂亮小丫头跟着。

庄诺生很小心，没让老人发现，偶尔奶奶看到他身上有淤青，他也说是上体育课不小心摔的。

老人并没有多想，看着蹲在一起的孩子，还叮嘱："你们要好好学习，别分心，

知道吗？"

一下午，重复好几遍呢。

沈书盈起初没在意，后面就明白了，笑嘻嘻问："诺生，奶奶是不是怕咱们早恋？"

庄诺生愣了，反应过来也笑了，特严肃地说："奶奶，你放心，我们俩都很爱学习的。"

老人满意了，终于不唠叨了。

两人乐成一团，只有不在学校，他们才能像这个年纪的少男少女开朗地笑。

摊子再过去有家婚纱摄影店。

没客人，沈书盈经常跑去看店里的婚纱，看得目不转睛。

"你在看什么？"

"你看，好漂亮的娃娃！"沈书盈指着放在橱窗上展示的芭比娃娃。

那是个穿着婚纱的芭比娃娃，做得很真，比普通娃娃大多了，也漂亮多了，有蓬松宽大的裙摆，婚纱上镶着珍珠，娃娃金色的头发上优雅地盘起来，戴着个精致的小王冠。

"太美了。"沈书盈忍不住感叹。

"你喜欢这个啊？"

"哪个女生不喜欢？谁没有个公主梦呢！"

可惜，这是放在展示的，是非卖品，再说她也买不起。

沈书盈曾在精品店看过类似的娃娃，卖得可贵了，她可不敢跟妈妈开这个口，妈妈一个月工资才多少，准会一本《五年高考三年模拟》砸她个脑震荡。

沈书盈依依不舍地把视线移开，又说："要是我能有一个就好了。"

"我看，你就是喜欢那套婚纱。"庄诺生开玩笑笑她，"书盈，你才几岁，就想着嫁人。"

沈书盈脸一红，竟不知怎么反驳，还是奶奶帮她解围。

"乖孙，可不能这么说，谁不喜欢这些，奶奶都快八十岁了，都很喜欢呢。"

"听到没有？"沈书盈得意地哼了一声，又说，"我将来肯定会有一套比它还美的婚纱。"

"哈哈哈……"这次连奶奶都被逗得合不拢嘴。

沈书盈蹲下来，把玩着奶奶做的虎头鞋，绣得很好，栩栩如生，可现在没人穿这些了。

她有些心酸，其实那个娃娃也就那样，做工很简单的，可卖得那么贵，奶奶的鞋这么好，却只卖几块钱，还要吆喝半天，真不公平。

她摆手，说："哎，多看几眼，也就不好看。"

话虽如此，下次经过那里，沈书盈还是会看一眼。

### Chapter7 沈书盈觉得自己很可耻，可她有什么方法？

沈书盈以为他们会一直这样。

直到五一放假回来，她走到校门口，碰到纪风队在突击检查。

学生排成一行等着，沈书盈走在队伍中，衣角被拉了下，她回头，看到胡泉站在身后，手插在口袋上，胸前空空的。

学校是要求大家戴校牌的，他没戴校牌。

那一刻，也不知道怎么了，没等胡泉开口，沈书盈飞快解开校牌，递给他。

胡泉愣了，大概没想到她这么识相，但还是接过校牌。

最后可想而知，沈书盈被罚站了，和一堆违反校风校纪的同学被叫到国旗下。

沈老师经过她，恨铁不成钢："你可真给我长脸！"

沈书盈低着头，没说话。

罚站结束，她回教室，教室又有瞬间的安静，沈书盈早已麻木，走回座位。

胡泉走过来，很礼貌地说："还给你，谢谢。"

"没什么。"沈书盈把校牌别上，没看他。

胡泉没有马上走，又看了她一会儿，才回座位。

沈书盈没想到，因为这样一件事，她被解禁了。

胡泉主动跟她说话，如同一个破冰信号，同学们像集体失忆，忘了之前的冷漠孤立，又春风拂面起来了，开始有人跟她说话了，会和她打招呼了，亲切得让她都有些战战兢兢，这是不是新的孤立方式。

但他们真的正儿八经又跟她做同学，沈书盈受宠若惊，觉得是因为胡泉，他是班里的老大。

沈书盈对这突如其来的"友爱"嗤之以鼻，又有些高兴，就算是虚假的友谊，她也不想再被孤立。

胡泉也对她热忱起来了，课间经常跑来和她说话。

沈书盈小心翼翼地和他相处，她对他并无好感，但也意识到，这人是把保护伞。

依附，她心里冒出这两字。

沈书盈觉得自己很可耻，可她有什么方法？

她受够了，她只想过正常的生活，不想让别人觉得她是病毒、垃圾，不想上课站起来有嘘声，不想每天上学，黑板课桌写着恶毒的话，不想晚上躲在被窝里哭，问自己，是不是真的做错了什么……

胡泉每次过来，都会不客气地说："娘娘腔，让开。"

这时候，庄诺生就得让出座位，不让也会被他的跟班"请走"。

"没看到吗，老大要和沈书盈说话！"

沈书盈低着头，假装没看到。

和胡泉说话时，她抬头，看到庄诺生趴在玻璃窗前，很紧张地注视着这里。

没事的。上课了，沈书盈传字条给庄诺生。

他们对视了一眼，眼里都有些悲伤。

**Chapter8 诺生，我们很快就能毕业吧？**

因为胡泉的接近，他们不能常在树林见面。

好不容易见一面，庄诺生犹豫了下，说："书盈，我听说胡泉在追你。"

他在男生厕所无意间听到，有人问胡泉，和沈书盈走这么近，是不是在追她。

胡泉说是，又说："你们想，她可是铁娘子的女儿，要是铁娘子的女儿被抓到早恋，不是很丢脸？"

男生们笑成一团，提供各种追人的方法，夹杂着几个龌龊的玩笑。

沈书盈沉默了半天，看到庄诺生嘴角的淤青，问："你和他们打架了？"

庄诺生不说话，沈书盈眼圈红了，看着他突然哭了，边哭边吼："傻瓜，你和他们打什么架，你打得过他们吗？庄诺生，你为什么要自不量力？"

她想象出那画面，他们几个打一个，拳打脚踢，他单方面挨打。

她生气地打了他好几下，蹲在地上哭。庄诺生看着她，紧紧地攥紧拳头。

沈书盈好一会儿才平静下来，她问："诺生，我们很快就能毕业吧？"

毕业了，就能离开这里。

庄诺生点头，沈书盈又问："以后我们报同一所学校，还做同桌，好不好？"

庄诺生又点头，沈书盈接着说："所以，我们还是要好好学习，不要受他们影响，他们是不对的。"

"嗯！"庄诺生看着她，重重地点头，"书盈，毕业了就好了，离开五中就好了。"

### Chapter9 你还记得庄诺生吗？

对，离开那里就好了。

那时候，沈书盈每一天都祈祷着能离开五中，祈祷时间过得快一点，但最后，他们还是没等到那一天。

沈书盈看着镜中的女子，如今她早已不是那个惶恐不安的小女孩，她已长大成人，有一份体面的工作，穿着高跟鞋也能健步如风，同事都称她果断聪慧比男人有魄力，可她想起那段岁月，还是会发抖。

那是她年少的阴影，已过去多年，但仍像一场消散不了的阴霾，想起，就遮住了日月光辉。

沈书盈快速地梳洗，随便穿了件外套就出门了。

这梦太古怪了，也太真实了，她从来不会反复做同样的梦，她要去看看，去梦里的那家医院看看，庄诺生是不是真的生病了。

她来得很早，医院还很安静。

这是沈书盈第一次来这家医院，但每走一步，她心中的恐惧就放大一分，太古怪了，和她梦里的一模一样，四楼果然也是泌尿科，406房17号床就是庄诺生的床位。

沈书盈慢慢地走过去，手要碰到门把又缩回来。

她突然间又怕了，要是里面的人真的是庄诺生，那该怎么办？怎么办？

她有什么资格站在他面前？关心他吗？不，所有人都可以，她不行！

沈书盈猛地转身，逃也似的快走几步，靠着墙壁喘气，脸色苍白如纸。

"沈书盈小姐，"身边不知何时出现一个穿着黑西装的男人，长得颇为英俊，姿态优雅，微笑地望着她，"你还记得当年的事吗？"

"你，你是谁？"沈书盈颤声问。

"不，沈小姐，我是谁并不重要，重要的是——"男子停下来，微微倾身，在她耳边问，"你还记得庄诺生吗？那个被你们投票成为小偷的庄诺生。"

### Chapter 10 不，我不是小偷。

沈书盈心头一震，仿佛有人拿刀把她的心瞬间劈成两半。

她当然记得，记得庄诺生，记得 2009 年 6 月 6 日的下午，他们最后一次见面。

那天，都已经放学了，胡泉的跟班突然把教室的门都反锁了，说："谁都不准走！"

胡泉的钱包丢了，他今天没有出过教室，怀疑是班里的同学偷的。

同学坐在在下面语议论纷纷。

胡泉走到讲台，示意同学安静下来："今天下午，我只去了两个地方，一个我自己的座位，还有就是庄诺生的座位，我的座位找不到钱包，所以我有充分的理由怀疑庄诺生。"

话音刚落，所有同学都望向庄诺生，一瞬间，庄诺生的脸也变得毫无血色。

沈书盈坐在座位上，暗暗紧张，这肯定是胡泉陷害他的，他才不是这样的人。

胡泉走到庄诺生面前，说："不好意思，娘娘腔，我要检查下你的书包。"

"搜他的书包！"同学又开始起哄，也不知道在看热闹，还是真的义愤填膺。

庄诺生低着头，好一会儿，才抬头，说："不。"

"什么？"

"我没拿你的钱包，你不能搜我的书包。如果你的钱包丢了，你可以去报告老师，搜全班同学的书包，为什么单单搜我一个？"

庄诺生不亢不卑。他一向寡言，很少说这么长一段话，却有理有据。

胡泉的跟班不满地推了他一把："因为你嫌疑最大，你不是做贼心虚，为什么不让我们搜？"

"反正我没拿，我也不会让你们搜我的书包。"

说着，庄诺生把书包紧紧地抱在怀里。

他护得很紧，任他们怎么拉扯，连书包肩带都扯断了，就是不松手。

胡泉在一旁看着，让跟班住手，看了庄诺生一眼，回到讲台。

他不会轻易放过庄诺生的。

果然，胡泉又说："娘娘腔说的也有道理，但就一个钱包就不用辛苦老师来了。我们来民主投票，要是全票通过，他就得交出书包，但只要有一票反对，这件事就算了，怎么样，很公平吧？"

沈书盈脸一白，哪有什么公平，整个班级谁敢不听胡泉的话。

她咬咬牙，忍不住说："诺生，把书包给他吧，清者自清。"

庄诺生没说话，转头看她，眼睛清澈明亮："不，我不是小偷。"

他从没有这么固执过，沈书盈不知道他在坚持什么。

就这一会儿，同学们三三两两举起手。

就算没举手，看别人举了也跟着举起来，况且胡泉的跟班还在说："愣着做什么，老大平时怎么对你们的？"

渐渐地，全班除了沈书盈，竟都举手了，只差她一票。

沈书盈脑中一片空白，这绝对是一场阴谋。

胡泉的跟班走过来，不客气地说："沈书盈，你为什么不举手？你是不是老大的朋友，亏老大对你那么好，要不是他，其他班有多少人想打你！"

沈书盈白着脸没说话，胡泉看过来，笑着问："书盈，全班同学都举手了，就你没有，你是不是对我有意见，有什么不满？"

沈书盈没说话，颤着唇，喉咙干得厉害，只能本能地摇头。

胡泉又问："既然不是，为什么不举手？是不是觉得我冤枉娘娘腔了，就算是冤枉了，等会儿检查书包，要没有，不就证明了他的清白？"

不是的，不是这样的，这不是证明清白，这是陷害。

沈书盈点头又摇头，她被吓傻了，头皮都在发麻，偏偏胡泉还在问，一直问，一直说，追着她，像个恶魔，就是不放过她。

"你这么不合群，难怪同学都不喜欢你……"

沈书盈心一震，她已经很久没被孤立了，她不要，她不想再被孤立。

那个下午，沈书盈一次也不敢想起，反正最后，她还是颤抖地举起手。

她别过脸，没敢看庄诺生，一点也不敢看他。

她不知道发生了什么，她只知道，庄诺生的书包被抢过去，所有的东西都被倒在地上，书、笔，还有些细碎的小东西，白色的绸布、珍珠、水钻，蹦跳着撒了一地。

同学们"啊"的一声，发出哄笑声。

里面没有胡泉的钱包，但正常男生的书包也不会有这些女孩玩的玩意儿。

胡泉把书包扔到庄诺生身上，还拍了拍手，仿若那个书包有会传染的细菌。

"不是你偷的。"他轻描淡写，仿佛兴师动众的根本不是他。

他很嫌恶地问："庄诺生，你好恶心，书包竟藏了这些东西，你是不是变态？"

"变态！太变态了！"胡泉的跟班接话，同学们看他的眼神也充满嫌恶。

庄诺生没说话，脸苍白如纸。

他蹲下来收拾书包，以前他总能一脸平静装作不在乎，这次他的手控制不住发抖，他收拾好，背起书包往外走，只留下一个颓废失败的背影。

沈书盈泪眼模糊地看着他离开，看到教室时钟挂着，分针指向。

五点十五分。

2009 年 6 月 6 日五点十五分。

全班四十六个人，四十五个投票搜他的书包。

虽然最后证实了他没偷，但这无疑也说明了，在他们眼里，他就是个小偷，没人愿意相信他，为他反抗辩解一下，包括他的盟友沈书盈。

沈书盈看着一地的水钻珍珠，不断地发抖。

别人不懂那是什么，她却清楚得很，那是做娃娃婚纱的装饰物。

她终于知道，他为什么要这么固执地守着书包了。

**Chapter11 可她背叛他，和他们一样，一起孤立他，欺凌他。**

那个下午之后，沈书盈没再看到庄诺生。

有人说他退学了，有人说他被他爸妈接走了，反正等沈书盈终于鼓足勇气去找他，再也找不到他了，小树林、摆摊的地方都找不到了。

所有人也像忘了有这么一个人，连沈书盈也假装忘了他。

直到她生日，收到一件快递，是个穿婚纱的芭比娃娃，有大大摆裙也有王冠，比婚纱店的还漂亮。

肯定是他亲手做的。沈书盈看着芭比娃娃，嗓子堵得连哭都哭不出来。

她把快递的包装前前后后里里外外检查了不下十遍，没有寄件人，没有地址，没有号码，连只字片语都没有。

她想，庄诺生一定很怨他，连一个字也不跟她说。

她背叛了他，所有人都可以举手，唯独她不可以，因为她是他唯一的朋友。

他们是他们黑暗岁月唯一的曙光，可她背叛他，和他们一样，一起孤立他，欺凌他。

沈书盈把娃娃收好，路过胡泉，听到他在嚷嚷着"庄诺生那个娘娘腔真恶心"。

那一刻，她积压的所有怨恨爆发了，她冲到教室后面拿起那个垫垃圾桶的砖，用力地砸在胡泉的课桌上，大声问："你骂谁娘娘腔？你他妈的骂谁娘娘腔？"

胡泉傻了，三班的同学都傻了。

沈书盈又举起已经断了一半的砖，眼睛赤红，恶狠狠地说："你们听着，以后再让我听到谁骂庄诺生，我不会放过你们的！"

她重重地把砖砸到地上，发出好大的声响，她背着书包头也不回地走了。

沈书盈后悔极了，她早该这么做，早该在胡泉逼她举手投票时就这样做了。

她从来没逃过学，那天，妈妈回来，问她为什么逃学。

沈书盈反问："你现在知道关心我了，早之前你做什么去了，你知道我过的是什么生活？"

她讲她被孤立，没人跟她说话，被贴字条，课桌还经常被塞满垃圾，有人在黑板写恶毒诅咒的话，全在骂她。

沈老师怔了："你为什么不早点告诉我？"

"告诉你有用吗？你能做什么？求他们和我做朋友？批评教育一顿，然后我被欺负得更惨？"沈书盈大吼，她流着泪问，"妈，你为什么还要管他们，他们烂透了，他们根本不稀罕你，反正已经烂了，就让他们一直烂下去！"

沈老师没说话，就算说了她也听不进去。她不能轻易放弃，五中再差，也有像他们这样想学习的孩子。

沈书盈回房间，趴在床上哭，她竟因为怕再被孤立，失去了唯一的朋友。

她就是个叛徒。

**Chapter12 年少无知的恶最可恶，伤人又不自知。**

那天之后，没人敢再欺负沈书盈，也不会有人在她面前骂庄诺生。

原来，要制止施暴者，最后也只能把自己变成一个暴力者，才能得到解救。

沈书盈觉得可笑，但她找不到第二个方法，求他们，讲道理吗？

沈老师依旧死抓五中的校风校纪，但后来沈书盈考上高中，她也转到别的学校。

母女俩谁也没提五中的事，生活平静地继续下去。

一年又一年过去，沈书盈渐渐也忘了庄诺生，淡化了心中的愧疚和不安，直到她反复做到庄诺生要死了的梦。

男人还在问："沈小姐，你还记得庄诺生吗？"

沈书盈苍白着脸没回答，眼泪涌了出来，她还记得庄诺生，但也把他忘了好多年。

他送她的芭比娃娃，她一直珍藏着，走到哪儿带到哪儿，但庄诺生，她没找到他，后来也没再找他，她心安理得地忘了他，忘了那个在那段黑暗岁月唯一给过她陪伴和温暖的少年，忘了他曾被众人逼到绝境，身立悬崖，她推了最后一把。

谁说青春年少最可爱，年少无知的恶最可恶，伤人又不自知。

好一会儿，沈书盈才平静下来，她说："我想去看看他。"

男人没拦她，沈书盈走过去，推开门，光线很暗，庄诺生果然在17床，他还在睡，睡得很安稳。

沈书盈悄声地走过去，看庄诺生。

他和她一样已长大成人，但依旧可以找到年少的痕迹，以前他就是个美少年，现在他也是个俊秀的青年，虽然他病了，面色很差，看起来很虚弱。

沈书盈静静地看着他，看了好久，才又悄声离去。

那个男人还在外面，正无聊地站在窗户前，数树上的叶子。

沈书盈走过去，问："他怎么了？"

"他要死了。"男人笑了，露出个很天真很无邪的笑容。

他潇洒地打了个响指，沈书盈在眼瞳里看到庄诺生日复一日的透析，身体一天天虚弱下去，但始终等不到肾，最后因为尿毒症并发症离世，白布蒙身，手软软地垂下，和很多世人一样，只不过他太年轻。

"他是什么时候患上尿毒症，从五中离开后，他去哪里？"沈书盈有一大堆问题。

"这些你可以自己去问他，我很忙的。"男人耸肩。

沈书盈不说话了，沉默了半天，抬起头，眼神坚定："我不知道你是谁，为什么会突然出现，但是我告诉你——"

她顿了下，铿锵有声："我不会让庄诺生死的，我不会让他死的，他会活很久的。"

因为我欠他一句话。沈书盈转身离开，她已经做错一次，悔了很多年，这一次，她不会再做错，再让自己后悔。

庄诺生，原谅我，这么多年，现在才想起你，找到你。

**Chapter13 对不起，庄诺生，对不起。**

沈书盈去匿名捐肾，指名要捐给庄诺生。

配对结果很快出来了，很合适，点数也很高。

沈书盈让医生尽快安排手术，医生又问了一次："沈小姐，你考虑清楚了吗？"

"我想得很清楚，医生，请你一定要救他。"

移植手术很成功，沈书盈偷偷去看过庄诺生。

他恢复得很好，精神也不错，身边有亲人围绕，大家都说他运气好，好人还是有好报的。

沈书盈看着，开心地回病房，她真高兴，他活下来了，不会死了，又见到他笑了。

医生说可以出院，沈书盈也就准备出院了。

她不准备去找庄诺生，她还不想这样出现在他面前，她不想让他知道肾是她捐的，她不想让他觉得有所亏欠。

沈书盈会来找庄诺生，但不是现在。

他们会在一个晴朗，阳光灿烂的日子重逢。

出院那天，沈书盈在医院门口又遇见那个穿黑西装的男人。

沈书盈问："他会活很久，以后都会健健康康，长命百岁吧？"

"这我可不能告诉你，不过，"男人微微一笑，彬彬有礼道，"我祝你们好运。"

说完，他就消失不见了。

沈书盈四处张望，没找到他，好像除了自己也没人看到他。

真是个奇怪的人，不过她很感激他的出现。

车来了，沈书盈就要离开，听到后面传来熟悉又陌生的叫声。

"书盈？"

"沈书盈？"

沈书盈回头，看到晨曦中，一个男人慢慢向她走来。

金色的阳光洒在他身上，甚至有些看不清他的面庞，可她看得很清清楚楚，她仿佛看到年少的庄诺生走过来，他们一起约定考同一所高中，还做同桌。

"书盈，毕业了就好了，离开五中就好了。"

沈书盈视线有些模糊，眼泪花了她的眼。

不过，她终于可以把那句欠了他很多年的话说出来，对不起，庄诺生，对不起。

她终于可以轻松地问他，诺生，你好吗？

她有很多问题想要问他，他正慢慢地走向她。

阳光照在他们身上，天气如此晴朗。

**就是
爱八卦**

1. 分享一件最近甜蜜、开心的小事。

**麦九：**开心的事，就是把我情有独钟的赵亦树故事写出来了。我真不是在打广告，我是这么乌烟瘴气不要脸的人吗？！好吧……我就是！我就是太喜欢他，此生不负赵亦树！大家记得《我终于失去了你3·他睡在风里》已经写完了，等着你们哈！

2. 最喜欢的食物？最喜欢的明星？一直想去但没有去做的事？

**麦九：**目前最喜欢的食物就是我妈做的酱脆瓜，甜脆可口，夏天必备！做法很简单，就是买青瓜，切成两半，把籽掏掉，洗干净，用粗盐腌制，用石头压住，腌制一天左右，然后，洗干净，切片装盘，加点酱油拌一拌，味道好极了。

最喜欢的明星，没有，因为身为颜狗，老公经常换，不过李易峰好帅，哈哈哈！

一直想去但没有去做的事，走遍天下，吃遍天下，方能证我真吃货！

3. 主题书跟读者见面的时候，大鱼文化正好三周年了，想对大鱼和读者说点什么？

**麦九：**时值大鱼三周年，《我终于失去了你3·他睡在风里》也正好上市了。只要是情之所钟，就不会是姗姗来迟。希望大家喜欢，感谢陪伴。 更祝大鱼文化发展越来越好，天空任鸟飞，海阔凭鱼跃！

QUANSHIJIEWEIYIDE
NAGENI

# 全世界唯一的
# 那个你

——文 / 打伞的蘑菇——

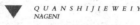

**/ 小花阅读·打伞的蘑菇 /** —————————————

我。

打伞的蘑菇。

是一个喜欢一些莫名其妙的东西并且致力于带偏周围所有朋友的
审美，擅长一本正经地胡说八道。梦想有一天能考到蘑菇鉴定资格
证，做世界的蘑菇 king 的人。

**作者新浪微博：**@ 小花阅读打伞的蘑菇

### Chapter1 宁愿去撞旁边劳斯莱斯，也不要擦到博物馆的车子

电话的声音响了一声又一声。

乔岚从床上爬起来，眯着眼睛够过来听筒放在耳边，宋以冬清润的声音便传过来："还在睡？"

"嗯。"乔岚应了声，脑袋比声音要清醒许多，"出什么问题了吗？"

恍然间还记得前几天被一架宋代的檀木柜折磨得死去活来，三天的不眠不休，终于受不住被宋以冬强行送了回来。

倒头睡到现在，也不知道今夕何夕。甚至宋以冬的声音，都觉得是很遥远的事情了。

宋以冬在那边笑起来："我只能让你想起来工作上的事？"

乔岚没说话，走到窗边拉开窗帘，正午的阳光亮的晃眼，热气隔着落地窗扑面而来，若有若无的蝉鸣在耳边聒噪。

"不然呢，你除了工作还会干别的事？"

宋以冬也没否认，语气有些无奈："怕你饿死在梦里了，给你做了吃的放在了冰箱，记得热热再吃。"

"你什么时候来过我家？"乔岚瞬间惊醒，

"刚走。"

乔岚叹了口气，挑眉："无事献殷勤，非奸即盗？"

她似乎能想象宋以冬在电话那边低头一笑的样子，不管别人眼里的他有多么温文尔雅，可这个时候她眼里的奸诈，乔岚总能一眼看出来。

果然，宋以冬顿了片刻，说道："辽金时期的黄花梨屏风，百分之三十的受损，现在雕刻组也只有你了。"

"哪里……"

乔岚想问宋以冬哪里又弄来的文物，可那边已经挂了电话。宋以冬最近弄了太多来历不明的东西，每次问到也只是一笑带过。

不过乔岚也从来不会多问。

听筒里传来冰冷的嘟嘟声，她这才注意到楼下停着辆灰白色的集装车，穿着搬家公司工作服的人正小心翼翼地从车上抬下一个柜子，紫檀龙纹，边框竹丝贴嵌。

远远看一眼的确是价值不菲。

只是，她住的也不算什么好地方，五环外的老楼，还等着过了两年被拆迁，现在还有人带着这么贵重的家具往里搬，也是有些奇怪了。

乔岚也没有多想，肚子传来一阵尴尬的声音，这才想起来冰箱里还有宋以冬献的"殷勤"，所以不管被奸被盗，对她来说，殷勤还是很重要的。

她揉着迷迷蒙蒙的眼睛转了身。

明明是准备走的，乔岚也记不起来当时为什么又回了头。

仿佛眼角里融进了一道光，却想把它放进瞳孔中央。

所以她恰好看见了随后而至的那辆黑色的车子，稳稳地停在路边，西装革履的男人从车上下来，身材匀称挺拔，远远望去，精致得仿佛一件艺术品。

乔岚打量着他，撑着胳膊漫不经心地揉搓着落在自己胸前的一缕头发，那人却忽然抬起头，被墨镜遮住的眼睛有一种与她视线交汇的错觉。

但也只是错觉而已，如果没猜错的话，他家大概就是她楼上，这两天的睡梦中不断传来的电钻声音。

那就对了。

外人经常说，做文物修复的人，耐性好。可对于她乔岚来说，忍得了山崩地裂，扛得住风吹雨打，可谁要坏了她的睡眠，那就只有死在她手里了。

这是董冬冬说的话，也是她那张喋喋不休的嘴里吐出来的乔岚唯一赞成的几个字。

董冬冬是乔岚的师姐，也是没毕业就跟着宋以冬进了博物院做文物修复。第二年引荐乔岚也去了宋以冬那里，在博物院一待就是五年。

后来大概是觉得自己技不如人，自愿退居二线，整天跟在乔岚身后师姐师姐地叫，乔岚向来不在意这些古朴的辈分，所以也没当回事。

只是偶尔觉得有些烦。

一阵雷打般敲门的声音响起："师姐！小师姐！"

果然，想到她就是个错误。

乔岚忽然有些头疼，慢悠悠地从冰箱里拿出宋以冬准备的食物。

"嘭"的一声关上冰箱门。

"师姐！我知道你在里面，快给我开门，不然我就翻进来了！"

"乔岚！"

乔岚打开门，积攒的怒气在刚准备开口时瞬间偃旗息鼓，宋以冬说得没错，董冬冬这样的名字，大概没有谁能在直呼她的全名之后还能发得出来脾气。

她瞥了眼忽然打开又关上的电梯门："什么事？"

董冬冬嬉笑着挤进来："师姐，这两天睡得爽吗？"

乔岚跟在她身后："宋以冬派你催我来了？"

"哪有。"董冬冬甩着手，"就是顺路路过这里，指望着你的顺风车待会儿带我过去师傅那儿。"

乔岚没有搭理她，从微波炉里拿出热好的排骨，摆好盘后慢条斯理地吃了起来。

董冬冬也不客气，径直拿了筷子坐到她对面，夹了块肉多的放进嘴里，一边嚼着一边含混不清地说着："师姐你倒爽，被师傅送回来就睡到现在，还有师傅亲自给你做吃的。最关键的是，有我免费陪吃。"

乔岚脸上没有什么表情，自然也不会接她的话，眼都没抬，问道："宋以冬刚说的屏风是怎么回事？"

"你知道城北有个私人收藏馆吗？"董冬冬吐出一根骨头，说话清楚了点，"就是那个姓季还是姓什么的来着，反正就有很多私人收藏的文物，跟故宫文物库一样，之前也送好几次文物来修了，最重要的是每一个都价值连城，比咱们院的强多了。"

乔岚握着汤匙的手抖了一下，眼里有什么一淌而过，转眼又眉眼淡然地开了口："不知道。"

董冬冬翻过来一个白眼，楼下忽然传来一阵嘈杂的声音，打断了董冬冬要说的话，她抬眼，两人对视，乔岚无辜地摇摇头，董冬冬立马放下筷子爬着窗口去看热闹。

"好像是哪家的车撞到那辆卡车了。"

乔岚收拾着桌子，听着董冬冬在那边自言自语着："就是说嘛，宁愿去撞旁边劳斯莱斯，也不要擦到博物馆的车子！"

"博物馆？"

不是搬家公司吗？乔岚有些疑惑。

董冬冬回过头，摩挲着下巴故作深沉："那车子一看就是装着文物的嘛，而且我刚刚上来的时候瞥了眼他们般的东西，粗略估计，最起码也是个唐代的柜子。"

"说不定只是个赝品而已。"乔岚也不是真想泼冷水，末了又补充，"粗略估计，如果是真的，这栋楼也比不上那个柜子。"

董冬冬"喊"了一声，忽然又想起什么，目光泛着光："其实你们这栋楼也挺了不起的，刚刚上来电梯里还碰见了一个男人，一个帅字足以概括他的一生的那种。"

乔岚没接话，忽然想起刚刚楼下看到的那个男人，不过精致和帅是不一样的，精致是无可挑剔，而帅只是人言可畏而已。

### Chapter2 我出钱，你得把她完整地还给我

其实不用董冬冬看半天热闹，还解释了一路发生了什么事。

毕竟刚下楼，两人便被堵在了楼栋门口。

十四楼的张哥，乔岚还记得他，此时正满脸张皇失措地看着面前穿工作服的人："对不起啊，我真的不是故意的，你看旁边那么好一辆车，我自然是偏了这边，可哪知道你们这里面装的文物啊！"

"这……"毕竟只是个工作人员，表情也有些为难。

总归是住一栋楼的人，乔岚走上前去。

张哥似乎也注意到她，像是看见救星搬跑过来拉住她的胳膊："小乔啊，我怎么就没想到你呢！"

乔岚有些莫名其妙，却听他继续说着："我这开车不小心，撞到这卡车了，哪知道里面是什么唐三彩什么的，反正大概是碎了，你不是搞文物修复的吗，你能帮帮我？"

"唐三彩？"董冬冬两眼放光，转眼已经爬上了那集装车。

"我真的……小乔，虽然我是个粗人，但也知道唐三彩是个什么东西，可是……"张哥忽然想到什么，话锋一转，"那个不会假的吧，这车子也陌生，小乔你看他们是不是过来讹人的！"

乔岚看了他一眼，没说话，跟着董冬冬走到货车边，一手抓住旁边的扶手，利落地跳上了车子。

董冬冬在里面已经摆起架势，抱着看了一圈，喃喃自语："还真的是哎，而且看起来不像赝品啊……"

乔岚戴上手套，接过来，的确不像，但也不经过专业鉴定也没办法肯定。

"现在怎么办？"董冬冬问道，"要带回去吗？"

乔岚将东西放回原处，眼里闪过一丝异样，过了好久才缓缓说道："别人的东西，我们管不着。况且，我也不会修瓷器。"

不会吗？

董冬冬有些疑惑地看着她跳下车子，略带遗憾地看了眼那断尾巴的马。

"怎么样，怎么样？"张哥见乔岚下来，急急忙忙地走过来，"是不是假的？"

"不是。"

"自然不是。"一道低沉冷漠的声音插进来。乔岚抬眼看过去，果然是他。

在她说长不长的职业生涯里，所要追求的大概只是最初的精致，可眼前的这个人，却还是让她对这两个字有了更深的认知。

仿佛一瞬间的风动云起，破碎的光重新凝聚在一起。

在她的专业里，这叫作凝回，她以前老做不好，宋以冬说她缺少一种感觉，能完美地填补那个缺口。

所以她进不了最喜欢的瓷器组。

却没想到，第一次有了这种感觉，竟然还是在他身上。

董冬冬忽然跑过来，在她耳边低声吐吸："我刚刚说的就是他，帅吧！"

乔岚轻笑了一声，没有接话。

张哥的声音在一旁颤颤巍巍，甚至有些语无伦次："对不起对不起，你要我怎么赔你，我真的不是故意的。这个多少钱，我尽力……"

"你觉得我缺钱？"清冷的声音，跟他的人别无二致。

"那……"

　　"我出钱，你得把她完整地还给我。"

　　张哥有些听不明白："哈？"

　　他没有接着说下去，小区里的风清清凉凉的，他看着前面走了好些步子的背影，声音比风更快到达，

　　"乔岚。"

　　停下的脚步，愣住的背影，过了好一会儿，她才缓缓回过头，只有简短的气音——

　　"嗯？"

　　凉风有信，扑面而来。

　　董冬冬不知道在这阵风吹过来的这一小段时间里，乔岚的心里究竟过了几个春秋。只是微微张着嘴，诧异着这个人为什么会知道乔岚的名字，为什么乔岚还会乖乖地停下来。

　　她看着那人两步走到乔岚面前，摘了墨镜在手里玩弄，瞳孔是渐变的虹色，倒映着乔岚的样子。

　　"博物院的修复师？"

　　"算不上，打杂的而已。"乔岚低着头，却不敢去看他的眼睛。

　　"给宋以冬打杂？"

　　乔岚没说话，他轻笑了一声，微微挑眉，却换了话题："乔岚，如果我没记错的话，你们修复师要修好一件瓷器，首先就能做出一件完美的仿品，足以以假乱真。"

　　乔岚心里一沉。

　　董冬冬却忽然走上前来："你这话什么意思，这个本来就是我们的基础课程，可是我们也不会靠这个做什么。"

　　"只是前些天去你们博物院，看一些文物高仿周边卖得挺不错的。"

　　"那是……"

　　董冬冬刚想反驳什么，却被乔岚打断了话："我可以帮你修那件瓷器。"

　　那人抿着唇，侧着头盯着乔岚的眼睛，意味深长的样子："乔师傅这么说我就放心了。"

　　他朝着乔岚身后站着的人看了眼，便有人递过来名片，

乔岚接过来，"季至巡"三个字，熟悉又晃眼。

"你知道的，虽然不是世间稀物，但那是我唯一的珍宝，所以我不可能让你带走它的。"季至巡说这话的时候，虹色瞳仁在阳光下有晶亮的光。

乔岚看着季至巡的眼睛，美得像是小时候爷爷那幅绢画上的一粒宝石。

"我不一定会来。"

季至巡笑了笑，没说话，像是逃离般转身上了车，忍不住不去看她，直到后视镜里的身影渐渐变成一个点，他才长长地松了口气。

握着方向盘的手松了又紧。

嘴角勾起一抹嘲讽似的笑，他季至巡这一生，大概没有什么时候比此刻还要紧张吧。

可是乔岚，我有没有告诉你，可我一定会等。

董冬冬依旧愣在原地，好像有太多的讯息蕴藏在里面，她一时有些消化不过来。

她戳了戳同样呆在一旁的乔岚。

"唉，乔岚，他这是明目张胆地挖墙脚吗？"

"挖墙脚估计还不屑。"乔岚笑了笑，往着他走的方向看了一眼，他不是挥锄头的人，我也不是什么墙脚。

况且，谁挖谁也说不定。

两人赶到宋以冬那里的时候，已经下午两点了。

董冬冬迫不及待地跑进去，一脸大新闻的惊悚："师傅，你的关门弟子可能要被挖走了。"

乔岚跟在后面走进来，空荡的房子，些许阳光透过侧面的窗子照进来，落在布满灰尘的角落里，宋以冬一身白色的工作服，修长的手指握着微型铁铲，指尖沾了些木漆。面前是一个巨大的积满灰尘和破损痕迹的黄花梨木屏风。

"来了？"宋以冬放下刻刀，侧头看过来。

董冬冬显然对他的置若罔闻有些生气，刚准备开口又被宋以冬打断："这块屏风我已经尽力了，剩下的只有你了。"

乔岚绕着屏风转了一圈："季至巡的东西？"

宋以冬也并不诧异，依旧一脸的云淡风轻，却是看向董冬冬的。

"所以，你说的是季至巡？"

董冬冬莫名其妙地点点头，换上白色的清洁衣："师傅你看起来一点都不急。"

宋以冬笑起来："只是看起来而已，心里怕得要死。"

董冬冬又好好看了眼宋以冬的脸，"喊"了一声，提着水壶去打开水了。

乔岚戴上面罩，接过宋以冬手里的刻刀，轻轻刮擦着屏风上的被磨坏的痕迹。

"超细纤维有吗？"

"真的要去？"宋以冬递过来。

乔岚也不抬头："你早就知道，所以一直从他那里接单子？"

长久的沉默，空气里只剩木屑簌簌掉落的声音，乔岚忽然直起身子，看着宋以冬的眼睛："宋以冬，我觉得没有再遇到季至巡也就这样了。"

"可是现在你让我又碰见了他，那些事我就不能算了。"

乔岚眼里有前所未有的冰冷，宋以冬笑起来："你觉得是我？"

"总不会是命吧。"

宋以冬没再说话，刀子刮刻木头的声音又响起来，可是乔岚，我要怎么让你知道，你遇见他不是偶然，而是必然。

**Chapter3 那么今天我说了算，一起活到死。**

去季至巡那里，已经是一个月之后。屏风的修复足足花了她一个月的时间。宋以冬明明说过不急的。

可是她向来不喜欢拖沓，能三十天完成的事情，绝对不会拖到第三十一天。

乔岚将车子停在文物馆门口。

董冬冬跟在后面眼睛瞪到极致："季家也太大家业了吧，这地方看起来比我们国家博物馆厉害多了。"

乔岚叹了口气，不明白为什么董冬冬就莫名其妙地跟了过来。

她站在铁门外，看着巨大厚重的铁门在她面前缓缓拉开，恰好季至巡正从里面出来，穿着一身休闲衣，正低头挽着袖口。

不复那日的稳重，一身清爽显得少年感十足。

忽然抬起头的时候，乔岚又看见了他那双眼睛，融进了一丝清晨的光，不小心碎了满眼，他缓缓走过来，乔岚这才看清他满身的疲惫。

"乔师傅，早上好。"大概是一夜没睡的原因，季至巡的声音有一丝喑哑。

乔岚忍住心里的异样情绪，纠正道："乔岚。"

"董冬冬！"董冬冬也热情地伸出手，可是很显然，季至巡并不认为她在介绍自己，侧头看了她两秒，"我认为现在不需要伴奏来活跃气氛。"

活跃气氛？

Excuse me？

董冬冬忍着心里的不爽："我的意思是，我的名字，董冬冬。"

季至巡思索了片刻，又说道："十分抱歉，我还是没办法一本正经地叫你的名字。"

董冬冬自己也明白，于是泄了气。乔岚明明早就习惯了董冬冬这个名字，此刻却还是忍不住笑了起来。季至巡挑着眉，将目光移回她的身上，对于她忽然笑起来似乎有些说不清楚的愉悦。

乔岚才意识到他的目光，尴尬地收了笑，清了声嗓子提醒道："东西在哪里，我们直接过去？"

季至巡并不急："吃饭了吗？"

"不用了。"乔岚拒绝道，董冬冬却不干了："没吃呢，我没吃早饭不行的！会摔碎瓶子。"

季至巡点点头："那你就自己先回去吃个饭，我这里没什么是可以摔着玩的。"

董冬冬的笑僵在脸上，乔岚安抚着，眼睛却看着季至巡："我们平时就是摔了瓶子拼着玩的。这点事还真不算什么事。"

季至巡刚想说什么，电话却响了起来。

乔岚看着他背过身去接电话的背影，一时出了神。

所以季至巡回过头的时候，她也没来得及移开自己的目光，交错的一瞬间，还是乔岚先投了降，低下头自嘲似的笑了笑，怎么会好像什么事都没有发生过呢。

季至巡忽然心情变得极好，藏不住嘴角的一丝笑意，缓缓走过来，声音也出奇的温柔："我有事先出去一下，让他们带你过去。有时间的话晚上回来接你。"

　　乔岚好半天也没有从这几句话里回过神，她看着他扬长而去不留一丝余地的背影，季至巡，你也太会息事宁人了。

　　董冬冬跟着前面的工作人员，想了想还是忍不住问出来："这里的这些文物，都是真的吗？"

　　工作人员笑着没答话，指着前面的屋子："就在那里了，有什么需要可以随时叫我们。"

　　乔岚点点头，继续往前面走去。

　　董冬冬刚想跟过去，却被工作人员拦住了。

　　"哎，我们是一起的，为什么不让我过去啊？"董冬冬又不乐意了。

　　工作人员依旧笑容满面："馆长是高成本请你们过来，肯定是需要分工合作，乔小姐擅瓷器，你擅书画，自然是要分开来做的。"

　　乔岚看着董冬冬，耸耸肩："宋以冬大概把你也卖了。"

　　"分开了，我这么娇弱，要是出什么事怎么办，你们不会是什么地下组织吧？"董冬冬尖叫道。

　　乔岚看着面部表情逐渐僵硬的工作人员，想了一会儿，说道："没事，有什么事摔了这里所有文物，死之前还能爽一把。"

　　董冬冬觉得乔岚说得没错。

　　宋以冬一直将乔岚往雕刻组带，可是她最擅长的，的确是瓷器修复。将零散的碎片又重新拼在一起，仿佛从来没有裂开过。

　　你看，世界上还真有这么好的事。

　　宋以冬电话打过来的时候，太阳已经落山了，桌子上搁着已经冷掉的豆浆油条，还有蔡和记的生煎。

　　"怎么样？"温沉的声音透着一丝疲惫，"那边还习惯？"

　　"没什么不习惯的。"乔岚看着窗外夕阳，残阳如血，她忽然想起什么，原来是这个颜色。调了一天都不对劲的颜色，原来就是最普通的红。

　　"嗯。"宋以冬沉沉应道，"本来打算晚点接你们回来的，现在有些事情耽搁了。

自己回来注意安全。"

　　乔岚点点头，挂了电话才看见董冬冬三点多发过来的短信，说是发现这里并不能容下她，已经收拾行李卷铺盖走人了。

　　她叹了口气，看了看墙上的钟，已经快六点了。窗外的椿树摇摇晃晃的声音惹得人心痒，乔岚仿佛又看见了那年高大的椿树。

　　眉眼澄澈的男孩子从树上跳下来，脸颊红扑扑的，张开手拦住她的去路："你路过我的树，就是我的人了。"

　　因为是他的人，所以他给了她一份生煎包，松松软软的面皮儿，咬下去的时候浓郁的肉香味在嘴里弥漫开来，嘴角沾着油渍。

　　那曾是她最喜欢的食物，可是现在，那一次之后，太油腻的东西她已经吃不下去了。

　　乔岚回到家的时候天已经全黑了。

　　小区路口的路灯一闪一闪的，大概是前些天下了一场大雨。

　　她将车停好，下了车往里走。清冷的月光照下来透着一股寒气。乔岚加快了步子。却在路过第一道路口的时候忽然慢了下来。

　　男人粗哑狰狞的声音，还有尖锐难听的词句。她不想去理解字里的意思，却忽视不了那嘈杂中的一道粗重的喘息声。

　　乔岚不知道自己怎么会走过去，明明心里的恐惧都要漫出喉咙。

　　可意识到的时候，她已经站在了小路口，那是月光照不进的一处阴暗的地方，她刚好站在阴影之中。

　　一群衣着颜色暗沉的男人，身上或多或少带着些伤，却不及躺在地上的男人，似乎整个人都因为剧痛蜷缩起来了。

　　"别以为我们不敢弄死你，就算赔上我全部的身家性命，我也要报这个仇！"

　　乔岚轻笑了一声，眼里看不出任何情绪。她扬起声音："嗯，我就在快到小区门口的地方，你过来就看见我了，嗯，和宋以冬在一起呢，他一分钟后下来。"

四周忽然静得诡异，接着是一阵尖锐的声音。

乔岚往后退了几步，直到看见那些人落荒而逃，她才走出来，捡起地上的报警器。

然后缓缓走向巷子口，月光将她的影子拉得很长，刚好附在他身上。

季至巡曲着一只腿躺在地上，脸色惨白得可怕，一手捂着腹部，似乎有伤口不断地渗出血。

他挣扎地抬起上半身，看见面前的人时，才又长长地呼了口气，又躺倒地上。他双手摊在地上，看着似乎近在咫尺的月亮。

"季至巡。"

乔岚的声音比自己想的要镇静得多。

"嗯？"季至巡淡淡地应了声。

乔岚没说话，想走过去，却被季至巡打断，他的声音有些力不从心："你别过来，等宋以冬下来帮我就好。"

哪里有什么宋以冬，可乔岚还是停下步子。但她的确没有办法过去，所以现在只能打电话报警。

可翻遍了整个包她才记起来，手机好像被扔到车上了。

"季至巡。"佯装的镇定再也没有办法支撑，乔岚的声音有些急，"季至巡。"

没有回应。

乔岚看着地上一动不动的人，心里有什么崩断的声音，她顾不了那么多了，迈开有些沉重的腿扑过去，轻轻拍打着季至巡的脸。

"季至巡！季至巡！"

浓烈的血腥味让她有些窒息。

季至巡有些艰难地睁开眼睛，话语间已经是上下不接的气音："别喊了，再把那群人喊回来，你就要给我陪葬了。"

乔岚咬着牙，眼角氤氲着湿气。

"你觉得我还会这样死在你身边吗？"

季至巡扯着嘴角笑起来："乔岚，你到底是来救我的，还是来陪我一起死的？"

她从包里拿出报警器，扔了出去。再看自己的手时，鲜红的一片，腥甜的味道刺激着全身上下每个感官，眩晕铺天盖地地袭来。

"季至巡……"

乔岚也不知道为什么喊了他的名字，仿佛只有不断地念出这三个字才会变得安心，像是咒语一般，萦绕在每一个夜不能寐的夜色中。

晕倒的前一刻，她确实是听到了的，他低沉喑哑的嗓音，轻轻触动着声带。

"嗯？"

我可能不会陪你活下去，也不会陪你死。

季至巡抚着怀里的人，那么今天我说了算，一起活到死。

**Chapter4 我说乔岚，你也太弱鸡了吧，居然还会晕血！**

乔岚做了很长的一个梦，梦里有她好久不见的爷爷。

躺在血泊之中，而她站在一边，看着爷爷的血慢慢流到脚边，沁湿了鞋底，染红了她的全身，直到自己也变得湿腻腥甜，挣扎，尖叫，却什么也做不了。

她猛地睁开眼，宋以冬坐在一边，声音犹如二月春风般温柔，带着安抚人心的魔力："醒了？"

乔岚眼睛直勾勾地盯着天花板，似乎还没有从刚刚的梦里缓过来。

昨天晚上的记忆如潮涌般而来，却在某一个地方戛然而止。

或许不是想不起来，只是不想再想下去而已。

"又做噩梦了？"宋以冬转身去倒水。

乔岚似乎还处在失神之中，双目无光，像是喃喃自语般："我梦到爷爷了。"

宋以冬倒水的手忽然一顿，眼底闪过一丝慌乱，转过身来的时候已经看不出丝毫痕迹："乔岚，那些事都已经过去了。"

乔岚低头笑了一声，尽是苦涩："过不去了。"

"昨天季至巡躺在那里的时候，我甚至想过，就这样看着，看他们是怎么杀死他的。"

宋以冬将水杯递到她的手里，从来没有在她脸上看过这样的表情，迷惘无助，就像他第一次见到她的时候。

像一个迷路的小孩，眼底的惊慌失措一览无遗，只是现在，他越来越没办法看懂她了。

内心漫过一丝苦涩，原来这么多年，他还是没有能在她的生命里留下过任何东西。

宋以冬没有再说下去，门口响起一阵细微的响动。董冬冬推开门，手里拿着早餐，瞪着圆圆的眼睛左右看来看去，哼哧了半天才支支吾吾地说道："对不起啊，我不是故意听见的……"

宋以冬无奈地看了乔岚一眼，仿佛在对董冬冬说，我也没办法，找她去。

董冬冬会意，怯怯地走到乔岚身边，一屁股坐到她的床上，目光虔诚地举着两根手指发誓道："我保证，一定不会说出去！一定誓死效忠乔岚师姐！"

乔岚无力地看了她一眼，接过她手里的东西。

董冬冬明白，乔岚一般不说话的时候肯定是原谅她了，只是刚准备告诉她季至巡的情况的，现在看来，估计也不用说了。

她只能笑着打趣道："我说乔岚，你也太弱鸡了吧，居然还会晕血！"

乔岚无声地瞪了董冬冬一眼，鬼知道她怎么会有这么奇特的生理结构，简直是人生的一大败笔。

宋以冬自然也为这样轻松的气氛感到开心，说话的语调都不复刚才的低沉："你们组长没让你回去修图？"

董冬冬一惊，才记起来："天啊，我还在煮着糨糊！"说完便拎起包往外跑。

她们书画组的流程乔岚不是很懂，只是总听董冬冬说，他们那煮个糨糊都要十年的经验。

宋以冬忍不住笑了起来，乔岚掀开被子下了床，叫住了董冬冬："我跟你一起走。"

宋以冬不禁皱眉："没问题了？"

乔岚白了他一眼，实在没好意思说，不就晕个血而已，在医院躺了一晚上就已经够让她无地自容了。

董冬冬打开门，便看见了穿着病服双手环胸靠在门口的季至巡，她面露难色地回头看了眼乔岚。

乔岚却一脸平静地走出来，似乎早就料到他在这里一样，看着季至巡。

"没事了？"

"你在意？"季至巡笑起来，眼底却是一片怆然，"也是，大概也没谁比你更关心我了，总想着我怎么还没有死。"

乔岚没说话，宋以冬却走了出来。

季至巡转眼去看他，眼神忽然变得凌厉起来，声音却带着伪装的笑意："宋师傅，好久不见了。"

宋以冬也依旧笑的温沉："上一次见你，你还在你父亲身后，转眼已经独当一面了。"

季至巡撑着胳膊轻轻揉搓着指腹，嘴角勾着一抹意味不明的笑："宋师傅也是，转眼已经带出两个这么出色的徒弟，不久就可以退休了吧。"

"我们师傅年轻着呢！"董冬冬在一旁嘟哝着，又去看乔岚，"师姐，我们走吗？"

乔岚点头，刚迈出步子却被季至巡拦住了，他的声音里似乎透着一丝淡漠："你要去哪里？你在我这边的工作还没有完，大概一时半会儿还走不了。"

"我知道。"她朝着董冬冬说，"你和宋以冬先走吧。"

"乔岚……"董冬冬有些不放心得看着她。

宋以冬却走过来，站定在季至巡的面前："乔岚身体不如从前了，不能吃大油或者辛辣的东西，早上一定要喝牛奶，经常忘了晚上睡觉前要吃药。这些天麻烦你照顾她了。"

季至巡没有说话。

宋以冬笑了笑，看着董冬冬："我们先回去吧，等乔岚回来。"

回来，回哪儿来呢？

季至巡靠在墙上，腹部的伤口隐隐作痛，很明显，宋以冬此时正在以她的家人自居，来交代他这个外人。

他的每一句话，都在告诉他，横亘在他和乔岚之间的那道线，是没有办法跨过去的。

走廊渐渐变得空荡，季至巡抬起头，看着眼前的乔岚。

他忽然拉住她的手腕，似乎是不甘心般："我们回去。"

我和你，我们，一起回去。

乔岚没有挣扎，她单手插着兜乖乖跟在他身后，看着他握着自己的手，骨骼修长，指腹微微粗糙的茧轻轻轻摩挲着她腕上的皮肤。

有些痒。

季至巡拿起电话，声音不似之前的插科打诨，而是少有的严肃："把车开过来。"

乔岚也不想去理解季至巡在想什么，两人下了楼，车子刚好停在乔岚的面前。

"馆长。"司机位的人下来，递给他一件外套。

季至巡就这样披在了外面，可是乔岚也不得不承认，即使是这么奇怪的搭配，在他身上也难掩他天生的气质斐然。

季至巡意识到他的目光，侧头紧盯着她。

乔岚笑起来："我可以等你换完衣服。"

季至巡却开了车门，径直把她塞进副驾驶位。

乔岚乖乖地系好安全带，季至巡从另一边进来，熟悉的气息瞬间充盈着这狭小的空间。

她侧偏着头："你的伤没关系？"

"害怕一起死吗？"

车子如离弦的箭般冲了出去，乔岚笑了出来，明媚流转："季至巡，我们已经一起死过了吧。"

季至巡的确是想和乔岚好好谈谈，可是他没想到，乔岚居然会主动提起以前的事。路两旁的建筑迅速地朝后退去。

她轻轻念他的名字："季至巡。"

她喜欢听他淡淡的气音，总能想到他微微颤动的喉结，把手放在上面的时候，仿佛触摸到了整个世界的温柔。

事实上她真的忍不住这么做了。

车子猛地停在路边。

季至巡双手紧紧握着方向盘，胳膊上隆起青筋。他侧过头，目光透着几分隐忍："乔岚，你知不知道你在做什么。"

"季至巡。"乔岚直视着他的眼睛，"我想过了，昨天我以为你不会醒过来的时候，是害怕的，就像当年看着我爷爷在我面前死去一样害怕。"

季至巡等着她说下去。

"所以,我不想否认,我还喜欢你,"

我不知道我有多恨你,可我还是想爱你。

季至巡轻笑了一声,这个世界上,能轻易撩拨他的心的人,看来也只有她了。

很好,季至巡握住她的手,反反复复揉搓着她的掌心,声音醇厚而低沉:"乔岚,这个世界上,没有人能像你了。"

所以你一定不知道,你的一句话对我来说意味着什么。

就算前面是万劫不复的深渊,我也会毫不犹豫地跳下去。

### Chapter5 一碗清汤,两只小勺

季至巡带着乔岚回到了文物馆。

他经常会就在那里过夜,所以在整个展览管的后面有一处小别墅,那是他一直小心珍藏被叫作"家"的地方,只是很少回来而已。

乔岚站在门口,季至巡拉着她进来:"这几天你就住在这里吧。"

"不是以后都住这儿?"乔岚挑眉。

可季至巡显然比她老练得多:"嗯,我以为你会比较喜欢你五环外的老房子。"

说起这个乔岚才意识到——"你是什么时候搬过去的?"

季至巡笑笑:"你觉得呢?"

不就是那几天她躺在家里补眠的时候,说实话,那个装修声音,她甚至还想过去淘宝上买一个吊挂式发动机,就挂在屋顶上,每天晚上打开震他个二三十分钟。

她转过身想说这事的时候,季至巡似乎是进了厨房,她跟着过去:"季至巡。"

季至巡愣了一下,手里的东西已经来不及被倒进了垃圾桶。

是他今天早上才叫人送过来的生煎包,他没有亲自去排两个小时的队,他已经不年轻了。

乔岚笑了起来:"你早就决定了把我拐回来?"

季至巡已经换上了简单地家居服,长手长腿站在厨房里,没有一点违和的感觉。他转过身:"早就猜到你会跟我回来。"

"是吗?"

乔岚就这样靠在厨房门口，看他一手拿着菜谱，一手拿着汤勺，轻轻地搅动着锅里的鸡汤。

大概也没有人会像他一样，昨晚被人捅了刀子，今天却能气定神闲地站在这里炖鸡汤。而且能把炖鸡汤这件茶米油盐的事情干得像是雕刻艺术品一样。

乔岚忍不住心口的暖意，忽然记起来，季至巡自小跟着他爷爷在故宫边上长大，很多故宫秀文物的老师傅都带过他，所以，她以为他也会是修复师的。

"季至巡。"

"嗯？"

她其实没什么想说的，就是忽然想叫叫他的名字。

季至巡侧头看她，盛好了汤端出来："你把我文轩外面的椿树给砍了？"

乔岚想了一下，文轩大概是她修唐三彩的那间屋子，那个时候是觉得外面一棵大树太影响光照和湿气了，对文物不好，便自己找了锄头砍了半边。

"大概是的。"她应了一声，跟着坐过来，准备等着季至巡将鸡汤送到她面前，可季至巡却端着汤自己喝了起来："你倒是从来都知道我不会拿你怎么样。"

乔岚笑着，眼角有得意的神情。

季至巡将汤摊温了递过来："下午我有事出去一下，等我回来？"

乔岚点点头，忽然觉得一切没那么重要了，像现在这样，一碗清汤，两只小勺。好像就可以是一辈子的事情。


窗外已经看不到摇摇晃晃的椿树了，乔岚看着眼前残破的瓷器，调着盘里的颜色，创造性修复，她已经很久没有试过了。

毕竟爷爷过世后，很长一段时间内她都不再碰瓷器类了。

电话响起来，是董冬冬。

乔岚想了一下才记起来自己好像有说过托她送东西过来的话。

还没接起电话，董冬冬的声音就从窗外传进来："小师姐！"

乔岚看过去，董冬冬从来就不是什么走寻常路的人。

她走到窗子边，董冬冬气喘吁吁地站在她面前。

董冬冬一脸神秘的样子："小师姐我看这里安保措施并不怎么样，我可是偷着跑进来的！"

乔岚扔过去一个白眼："东西带来了吗？"

董冬冬从包里掏出一个信封，又递过来一个纸袋，印着老城楼的糖炒栗子。

"喏，师傅排了好几个小时的队给你买的呢。"

乔岚接过来，皮笑肉不笑："辛苦你了。"

董冬冬犹豫了半天，还是开了口："乔岚。"

她很少这样喊她的名字，乔岚听着。

董冬冬却泄了气，低着头有些有气无力："我和师傅都等着你呢，你什么时候回我们大部队啊？"

"快了吧。"乔岚看着那棵只有半边的椿树，想了想才说道，"很快了。"

董冬冬刚走，宋以冬的电话便打了进来。

"谢谢你的糖炒栗子。"

宋以冬的声音透着笑意："你难得喜欢，也难得适合你，吃了不会对身体不好。"

"嗯。"乔岚轻声应着，

"修补得怎么样了，"宋以冬又问道。

乔岚想了想："一个星期吧。"

一个星期而已。乔岚放下手里的毛刷，拿着电话。

"宋以冬。"

"怎么了？"

"我已经想好了。"

电话那头是长久的沉默，似乎连呼吸声都听不到，乔岚靠着墙壁，似乎只有冰冷的刺激才可以让她镇定下来。

过了好久，直道她以为宋以冬不会在回答的时候，他却说了四个字："那我陪你。"

"可以拒绝吗？"

"那是你的事情。"

**Chapter6 她只是在这一刻分外笃定，自己想要的，除了他，没有别的。**

季至巡回来的时候，文苑的灯还亮着在，他走进去，乔岚似乎劲头正大。

"一定要这么赶吗？"

乔岚眼睛都没离开文物一下："这点不做完，明天就衔接不上了。"

季至巡笑了声，目光停在桌子上的一堆栗子壳上："你还挺有闲情逸致的。"

乔岚看过去，才知道他指的是什么。

"总不能饿着自己吧。"

"没吃晚饭？"

"不然呢？"

"我也没吃。"

乔岚以为他至少会关心一下自己，却没想到就这样没了下文。她瞪过去，刚准备纠缠两句，忽然周围一片黑暗。

乔岚愣在原地，这是停电了？

季至巡肯定了她的疑问："嗯，最近这片电压挺不稳定的。"

乔岚有些惊讶："你这边可是文物收藏馆哎，随随便便没电真的好吗？"

"看得见过来我这里吗？"季至巡的声音在漆黑的夜里更显得醇厚，似乎有一种蛊惑人心的力量。

乔岚也没有再在停电这件事上计较下去，试着往他那边过去，却不小心绊倒什么，再站稳的时候，已经搭上了季至巡的手，他微微用力，她便跌进他的怀里。

一瞬间的僵硬，乔岚想推开，却被箍得越来越紧，她似乎已经察觉到季至巡的不对劲。

"季至巡。"

"嘘，不要说话。"季至巡的呼吸喷打在她耳边，每一个字都敲打在她心上，"我很想你。"

我很想你，是在心里百转千回，辗转过无数次夜不能寐的深夜后，才化成嘴边的四个字，说出来的时候，已经不仅仅是很想你了。

乔岚渐渐地软在他的怀里，直到眼睛渐渐适应黑暗，窗外的星光点点的洒进来，季至巡才微微松开她。

"要跟我去一个地方吗？"

乔岚没来得及点头，便被季至巡牵着走。

她没有问去哪里，反正去哪里，都走不开他身边。

只是乔岚没想到，季至巡竟然这么有闲情逸致，居然带她来了门口放烟花。

她站在原地看着季至巡不知道从哪里拿出的一盒小线香花火，还是忍不住说道："你这边可都是文物古董，你知道你这燃放钱花炮竹的有害气体会伤害它们的吗？"

"怕什么，我们这里环保系统做得好。"

"那也禁不住你这样玩啊。"

季至巡没说话，拉着她蹲了下来。其实是很小的烟花，一端捏在手里，另一端刺啦刺啦地冒出银白色的火花，像是从指间冒出的星光。

乔岚笑了起来："你哪儿来的这个？"

"今天回来的时候一个小姑娘送给我的。"季至巡看着手里渐渐燃尽的烟火，袅袅青烟悠然而上。

乔岚冷笑："你还挺招人喜欢的。"

"那你呢？"

烟花燃成灰，周围又陷入一片黑暗。乔岚一时愣住了，季至巡的声音却越来越近："乔岚，那你呢？"

乔岚有些莫名其妙，就着地上坐下来，抬起头看着头顶从云彩里露出一角的月亮："我也挺招人喜欢的啊。"

季至巡笑了一声："还需要多久。"

乔岚心下一乱："什么？"

"那匹丑马。"

明明是唐三彩好不好，乔岚想了想："三四天吧。"

"那三四天后呢？"

乔岚愣住了，三四天后，她站起来："那个时候我就失业了，然后等你养我啊。"

她转身欲走，却忽然被季至巡拉住了手。

乔岚回过头，季至巡站了起来，一手扶着她的腰，一手握着她的手腕背到身后，紧紧地将她压向自己。

"乔岚……"

乔岚借着月光看见他的脸，那样精致的一张脸，她没有多余的反应，微微仰起头，吻上了他的唇。

她不想去听他要说的话，只是在这一刻分外笃定，她想要的除了他，没有别的。

季至巡显然没有想到乔岚的主动，他缓缓退开一丝距离："乔岚，你真的想好了吗？"

"季至巡，我今天等了你一天。"

"嗯，以后不会了。"

他附身吻上她的唇，温柔缱绻。

他弄丢了这么多年的小姑娘，此刻正在她的怀里，柔软得像是那一年的风。

### Chapter7

那一晚的夜光格外的亮眼，乔岚窝在季至巡的怀里，长长的睫毛在脸颊投下一处阴影，瓷白的肩膀裸露在外。上面还有青紫的痕迹。

也只有这个时候，她才会乖得像一只猫。

手机响了一声，季至巡小心翼翼地拿过来。

"馆长，现在可以开始供电了吗？"

他回了一个字，便删了短信。

手机又响了起来，他拿起来，刚好看见屏幕上一行文字。

外面大大小小的灯渐渐亮了起来。

乔岚缓缓睁开眼，带着些小女人的娇羞，迷迷糊糊地叫着他的名字："季至巡……"

"嗯？"暗哑而性感的声音。可乔岚似乎是又睡着了，季至巡笑了声，将头埋在她的肩窝，"乔岚，我要拿你怎么办呢？"

乔岚醒过来的时候，季至巡已经不在了。

她拿起手机，上面有宋以冬发过来的短信，他说："已经将季承德的作案证据交给警方了。"

季承德是季至巡的爸爸。

也是当年亲手将他爷爷推向死亡的罪魁祸首。

当年故宫失窃案，季承德暗度陈仓，靠着在故宫修文物的季至巡爷爷的关系倒卖文物，最后被发现时，却将所有的事情推给乔岚的爷爷。

乔岚爷爷一身正派，自然受不了这个冤枉，因此一病不起。那个时候的乔岚就连治病的钱都没有，更别说高昂的赔偿费，可是想找季至巡却没有他的消息。

全世界仿佛一下子只剩她一个人，尽管后来弄到了钱，可是已经来不及了。

爷爷去世了，季承德依然逍遥法外。

如今宋以冬告诉她，季承德已经伏法。

可是乔岚一点都感觉不到释然，反而被季至巡三个字压得喘不过气来。

季至巡，想到他就会疼，绝望如同藤蔓一般蔓延至全身的各个角落。

她光着脚走出来，桌子上是还冒着热气的早餐，杯子下面压着字条："乖，等我回来。"

那一刻却再也忍不住，瘫软在地。

季至巡，我可能等不到你回来了，当年那笔钱来得不干净，我没办法用这样的自己跟你一起走下去。

季至巡是在博物院附近的咖啡馆里找到董冬冬的，一向单纯懵懂的女孩子此刻脸上却有些故作狰狞。

她将手机放在桌子上，乔岚的声音从播放器里飘出来，她说："昨天季至巡躺在那里的时候，我甚至想过，就这样看着，看他们是怎么杀死他的。"

那是那一天在医院的时候，她说过的话。

董冬冬的脸上扬起一丝得意的笑："季至巡，你大概不知道她有多恨你！"

"你的爸爸害死了她的爷爷，她最无助的时候你却不在，你凭什么要她爱你？"董冬冬有些愤怒地嘶吼着。

季至巡抿着唇，虹色的瞳孔里氤氲起白茫茫的雾气。他忽然想起那一天，他其实哪里都没有去，本来是有工作的，却在路过监控室的时候瞥见屏幕上她的身影。

便就那样坐了一天，他看见她小心翼翼接过栗子的样子，看见她努力想要修好瓷器的样子，甚至看见她说，修好了就回去了。

所以从始至终，她都没有想过要留下来吧。

可是尽管知道那是谎言，却还是忍不住想要试着去相信。

可是没想到，她居然这么恨他。

董冬冬见他没有反应，更加咬牙切齿的样子："你知道当年她给爷爷治病和赔偿文物的那笔钱哪里来的吗？你们家放古董的地方，当年是她放火烧的，本来是想偷古董拿去卖的，可是后来她害怕了，卖的全是赝品。"

董冬冬的声音沾了一点哭腔："所以她要去自首了你知不知道，她亲手把你有罪的父亲送到监狱，可是她也要承认自己的罪行你知不知道？"

季至巡抬起头，光影打在他脸上，一半明一半暗，他站起身，从始至终只说了这一句话："放心吧，不会的。"

董冬冬看着他的离开的背影，差点吓软在地上，她颤颤巍巍地拨通电话："小师姐，我已经跟他说了。"

### Chapter8 喜欢上了，就一直喜欢，多少更好的都千金不换。

乔岚并没有等到季至巡回来，反而等到了宋以冬来接她的车子。

她看着宋以冬，声音有些喑哑："我还能等到他回来吗？"

"他大概不会回来。"

乔岚心底一阵强烈的不安，张了张嘴却发现说不出话来。

宋以冬的声音平静得不带一丝波澜："乔岚，季至巡……自首了。"

"自……首？"

"嗯，纵火罪，贩卖假文物罪……"

"假文物……"乔岚有些不可置信，那些明明都是她做的事情。

"季至巡的整个收藏馆，怕是除了你正在修复的那件唐三彩，其余的全是赝品。当年你从他那里拿去卖的，都是被他换过的真品。而现在留的，才是你们当初做的仿文物。"

乔岚低着头说不出话来，她以前和季至巡跟着爷爷在故宫的时候，经常会学做一些瓷器，爷爷说，要修复一件东西，就要能完整地把它还原。

那个时候她和季至巡唯一的乐趣，便是看谁做得像。

"所以，你没有贩卖假文物罪。"

"那贩卖真的文物……"

"算是私人收藏家之间的古董交易而已。"宋以冬有些不忍心说下去，"那场火，也算是季至巡救了你。你晕在里面的时候，是他进去救了你，他的手，在那个时候受过伤，所以再也没有办法做文物修复了……"

乔岚只觉得自己的脑袋里有一万种声音在争先恐后地嘶鸣，她听不明白，也不懂，为什么是他去自首，为什么不管是她的错，还是季承德的错，到最后全落在了他一个人身上。

宋以冬轻轻地拍着她的头："乔岚，我其实不想告诉你这些，明明可以让你继续恨他一辈子的，可是，他却是你唯一的季至巡。"

那又怎么样呢，她说了那样的话想让他恨她，至少她可以心安理得地去自首，可是现在，季至巡却大概让她一生难安了。

乔岚又花了三个星期才修好那件唐三彩，离开的那一天是她的生日，宋以冬带着她和董冬冬去海边放烟花。

可是自始至终，只有董冬冬一个人玩得开心而已。

宋以冬站在乔岚旁边，海风鼓起了他的衬衫，他看着一望无际的海平线，有些自嘲地笑了起来："没想到我三十二岁的时候，还在学习怎么追一个女人。"

乔岚侧过头看他："董冬冬是个好女孩。"

宋以冬低头笑了声："乔岚，没想到我还是太老了。"

董冬冬跑过来，不明白他们在说什么，紧紧挨着乔岚坐下来："为什么是季至巡，不会是师傅？"

乔岚看着远处的海鸥，笑着揉了揉董冬冬的脑袋，董冬冬，宋以冬是在那段时间里唯一陪在我身边的人，可是，喜欢上了，就一直喜欢，多少更好的都千金不换。

"他可能不回来呢？"

"没关系我一定等。"

乔岚是被装修的声音吵醒的。

她猛地睁开眼，眼睛直勾勾地盯着楼上。几乎时一瞬间的事，她从床上跳下来，光着脚跑到了楼上。

穿着一身黑色休闲衣的男人靠在门框上，除了剪短的头发，其他的一切与刚刚梦里的人完全重合。

她觉得自己有些走不过去了，只能站在原地，声音却难得的平静："季至巡。"

"嗯？"

有句话我一直没有来得及跟你说——

"全世界唯一的那个人，我选择的是你。"

**就是爱八卦**

1. 分享一件最近甜蜜、开心的小事。

**打伞的蘑菇：**字好像没有以前那么丑了哎！也许是错觉吧。可是那又怎么样，我爱学习啊，学习让我感到开心又甜蜜。一个耿直的微笑。

2. 最喜欢的食物？最喜欢的明星？一直想去但没有去做的事？

**打伞的蘑菇：**（1）鱼，没错不是蘑菇！我怎么会吃自己的族人！天真！

（2）喜欢的明星最后都会变成别人的老公。所以我决定，喜欢自己的老公，虽然我没有，但是，你也没有啊。微笑。

什么？你有？哦。

（3）再读一年高三，考上清华（给我一个坚定的眼神.jpg）。

不擦防晒霜去海钓二十四小时！

很多啦，开飞机开坦克去外太空看看还有什么。

3. 主题书跟读者见面的时候，大鱼文化正好三周年了，想对大鱼和读者说点什么？

**打伞的蘑菇：**大鱼三岁了，你们一定爱它很多年了吧，好巧我也是。那么我们就带着这份同样的爱，向天再借两百年，一百年用来相爱，一百年用来相遇。然后在晴朗的日子里问问它，Hi~ 亲爱的大鱼，生日快乐！今天的你真好看，那么，我可以咬你一口吗？嘻！

ZENMEQUYONGYOU
YIDAOCAIHONG ▼

# 怎么去拥有
# 一道彩虹

———— 文 / 狸子小姐 ————

———————————— **/ 小花阅读·狸子小姐 /**

选择恐惧症重症患者，路痴，无方向感，迷糊，死宅、吃货，
间歇性休眠。

最高纪录是一个月清醒时间不到四分之一。

唯一的解药就是帅哥美女和美食，

当然，看小说好像效果也不错。

**代表作品：小花阅读一生一遇系列《有时甜》**

**作者新浪微博：@小花阅读狸子小姐**

以前我以为，是因为我喜欢一个人，所以不管到哪儿我都能第一时间看到她，后来我才知道，我能看见她，只是因为，喜欢着另一个人的她，就是一道最好看的风景线。

**Chapter 1 我只是在爱一个人的时候，学会了这点本领**

双脚再次踏上洛川市的地面的时候，我才正真的放下心来，就在我从瑞士回来的路上，飞机遇上了一点强气流，当时的我正在密切地安排着回国后的行程，所以，飞机忽然颠簸的时候，让我慌张得有些不知所措。

因为才刚刚安排到给我哥和我现在应该叫嫂子的女人的婚纱照拍摄的事情上，这一颠簸，连我手中的笔都掉到了地上。

我虽然不迷信，可不知是不是因为恰逢是她的婚礼，我的不安在空乘小姐已经说明飞机安全后的很长一段时间都没有平息。

同行的化妆师都觉得我方才的反应有些过激了，小声关切地问道："李牧之，你没事吧？"

我摇了摇头，否定的同时甩掉我内心那个不安的想法，她这样一个善良的女孩，要是我在她婚礼之前有个万一，她恐怕会哭上好长一段时间吧，到时候李随州还不把我的尸骨挖出来好好地鞭笞一顿，才能解恨。

何况，我还答应过要给她拍婚纱照，这是在早前就许诺过她的。

坐在回家的出租车上，一路的红灯，让前面的司机看上去比我还要着急，一直烦躁地拍着方向盘，或者踩几下脚。我真怕他一个不小心踩在油门上，让大家最先是在洛川市的晨报晚报上看见我。

我也不知道为什么今天我总是会胡思乱想，害怕自己在这种很重要的时候没能去到现场，紧张得像一个未经世事的孩子。

趁着红灯的空隙，我望向窗外，路旁的香樟已经长到两个人才能够抱住了，就连绿荫都已经遮住了一半的车道。

看着路边形形色色的人，在红灯快要结束的最后三秒钟，我举起胸前的相机，按下了快门键。

前面的司机忍不住问道："小伙子，你是摄影师吗？"

摄影师，好像称不上吧，仅仅只是因为我在爱着一个人的时候，学会了这么一点本领，所以没办法，只能来从事这项工作罢了。可是我每次这么说的时候，大家都不相信，但我还是坚持这样解释，这次也是一样。

所以当那司机满是怀疑地看我的时候，我并不觉得奇怪，只听他评价道："小伙子还真是谦虚。"

我笑了笑，没有解释。

我只是说了一句实话，在我长达十几年名为暗恋的初恋里，我真的就只学会了这点本领，那种比别人更会感知这个世界的本领。

记得我毕业时带我的老师是这样评价我的专业的，技术一般，却有着别人学都学不来技术，悟性。

可我从不曾提起，那个悟性其实是后天学来的，从她那里学来的，因为我必须捕捉任何一个她的画面，才能保证自己将那段艰难的暗恋能够维持更长的时间。

现在想起来，那好像已经是很久远的事情，久远到要不是因为一个契机被提起来，我都细想不来里面的细节。

所以，当那些事情真被拿起来的时候，所有的记忆如潮水般，蜂拥而至，甚至冲毁了我原以为已经固在心里再也不被提起的一些东西。

比如，那时候的我，还是一个默默无闻的男生，放在人堆里就会瞬间消失的那种；比如，和我截然相反的李随州，不管站在哪里都是一道靓丽的风景线，哪怕每天只是打架闹事都能成功地吸引很多人；再比如，那个时候的曲静，犟得像一头驴子，明明胆小得要死，却硬是想要待在李随州旁边，哪怕天天挨骂。

**Chapter2 她如三月春风般拂过我心头的不安**

我仍然记得，第一次遇见李随州的时候，他穿着一件洗到变形的 T 恤，长得拖到了大腿，一条陈旧的牛仔裤上布满了泥土，脸颊上挂着的青紫向我们展示了他先前的英勇战绩。

　　我站在父亲旁边，胆怯地想要伸过手去，最终却在他凛冽的眼神中怯怯地收了回来，欲言又止。

　　算起来我们也是堂兄弟，在早年的时候，父亲因为出去经商，又恰逢正是好时候，赚了些钱，便带着母亲在洛川安了家，而大伯说自己没有文化，硬是不肯离开，后来便一直留在了老家。

　　渐渐地，两家除了过年的时候，会见上面，其他时候，大多都是断了联系的。

　　而我之所以没有见过李随州，大抵是因为小时候去的时候，被大伯家的大鹅吓得哭了三天三夜，到后来，只要父亲一说起让我回老家，我母亲都会生上好久的气。

　　所以，当我再次来到老家的时候，这个对于我来说陌生的地方，在不知所措的同时，又让我充满好奇。

　　父亲拍了拍我的头，示意我过去和李随州打个招呼，大概是想到自己和他的年龄差距，所以才叫上我的吧。

　　即便父亲对我们总是温文尔雅，但是那高大的身躯，加上不笑时的国字脸，不熟悉的人倒可能真的会被吓到。

　　我下意识地咽了咽口水，在父亲准备自己开口之前，对李随州说道："那个，我们是来……"

　　还不等将后面那半句接他去我家说完，只见李随州不屑地冷哼一声，转身就走。

　　我显然不明白为什么一个这么小的小男孩非要对我充满敌意，有些手足无措看像父亲，只见他微微勾起嘴角，由衷地赞扬道："他倒是比你像我。"

　　这一点我也承认，我生性温和、无欲无求，和做事果断的父亲确实有些悬殊。

　　我就在老家睡了一个晚上，和李随州一起。和在洛川的时候不同，这还是我第一次在叫骂声中醒过来，不知道为什么明明才十来岁小孩的嘴里，竟然能够说出那么多恶毒的话。

　　我谨慎地转过头去看向李随州，只看见他已经穿好衣服准备出去干上一架的架势。

　　可是他没走几步却又顿住，我往外面一看，只见那些小孩不知为何竟然全都四散逃走，我起身一看，发现父亲居然站在门口，只见他对李随州说道："要不要跟我去洛川？"

父亲说话的技巧远远强过我，明明所有的事情都已经处理好了，却还是将主动权交到了李随州手上。

我好奇地盯着李随州，眼里的期待一闪而过，只见他看了眼屋外，最后，漫不经心地点了点头。

那个时候的李随州大概并不是那么愿意离开老家吧，但是父亲也已经将所有的事情都已经办妥了，他就算是不愿意也不会有改变的。

父亲之所以会接李随州离开，是因为大伯杀人被迫入狱，而大娘竟然怕这种事情连累到自己，连夜收拾东西就逃走了，留下李随州一个人在这儿。父亲听到消息已经是一个星期后，听说后，立即带着我来老家接李随州去洛川。

先不说他是大伯唯一的儿子，何况我们还是一家人，总不能在这种时候，像外面那些人一样，对他恶语相向，何况，从父母亲的只言片语中，我并不相信一向勤勤恳恳的大伯会成为杀人犯。

第一次见到曲静的时候，是在我的家门口，那已经是李随州来到洛川后的很长一段时间了。

我放学回家，看见她站在门口一直往里面探着头，却又有些不确定，也便不敢上前敲门。

一向羞涩的我，呆愣愣地站在后边看了她足足十分钟有余，就在我打算上前打招呼的时候，李随州开门出来，烦躁地看了一眼她，冷漠地说道："明知道我不会做，拿过来干什么？"

若是换作以前，我一定会觉得李随州这个样子很酷，但是这一刻，不知为何，我竟然有些心疼这个小姐姐，李随州的性子先前是什么样子的我不知道，但是从大伯出事后，他对谁都是这副样子，凶巴巴像是下一秒就会冲上来把你撕碎的样子。

我偷偷看过李随州之前的试卷，全是满分，但是自从来了洛川之后，他每次交上去的试卷居然全是空白。

只见李随州不管不顾，直接猛地把门甩上，我能看见她在那一刻惊吓到抖动肩膀的样子，让人心疼。

就在我打算上前帮她将作业交给李随州的时候，门忽然又打开了，李随州一把抢过她手中的作业，"啪"的一声又将门重重地关上，期间连一句话都没有说。

但她似乎对于李随州的这个表现很满意，就像现在我也意外，一直不做作业的李随州为什么会突然愿意拿她手上的作业。

后来很长的一段时间，她只是站在那儿一直盯着门，脸上泛起淡淡的喜悦，我竟有些不忍心打扰。

所以当我忍不住走上前去的时候，我不敢多说一句话，将头埋得很低，就连呼吸都尽量小心翼翼，侧身越过她，从包里掏出钥匙去开门。

就在我的钥匙已经插在锁孔里的时候，她忽然开口："你也住在这里？"

她声音原来是这样的动听，那种在大多数女生应该咋咋呼呼的年纪，少有的温婉柔和。就像是三月的春风四月的暖阳，拂过嫩绿的柳枝，照着娇妍的花朵，而此刻它正拂过我那颗本就不安的内心，照在我平凡且不自信的生命里。

我像个呆子一样，愣愣地看向她，然后点了点头。

那是她第一次向我打听李随州的情况。她问，李随州现在是不是住在这里，因为他填在资料上的地址并不是这里。

我点了点头，我大概能够猜到李随州填了哪里，于是替他解释道："那是乡下老家的地址。"

"那他以后会不会一直住在这里？"她又问。

会吗？我也不知道，但是当我看到她满怀希望的眼神时，竟然认真地点头保证："会的，他以后都会一直住在这里。"

随后她向我打听了很多关于李随州的情况，我都诚实地回答了，让我意外的是，她竟然没有问，李随州为什么会忽然住在我家，这是很多人，包括楼下阿姨都忍不住会问的问题，单单只有她没有问。也没有问，李随州为什么请假在家。

我回去的时候，已经是两个小时后了，连我自己都不相信，平时和班上女生说不上几句话的我，竟然会和一个刚见过面、连名字都没有互通的人，说了整整两个小时，哪怕多数时候是她在问，我在答。

我一开门，看见李随州坐在沙发上，居然在做作业，见我回来，迅速地将作业收起来，递给我："拿去明天交给她。"

我接过他手中的作业，忍不住问道："哥，那个……"

"以后和女的说完话就不会送回去吗，不然就别说这么晚。"还不等我说完，李随州就板着脸打断道。

看着他一瘸一拐走回房间的样子，我忍不住想，明明就不是什么铁石心肠的人，为什么一定要这样装出一副凶神恶煞样子呢?

他之所以会在家休息，只是因为三天前，被一群小混混拦住打了一顿罢了。我不是在贬低李随州打架不厉害，而是因为太厉害了，所以他们才会有备而来地叫来了十多个人。而这一切的原因是因为，头一天放学回去，李随州因见不得我被人欺负，出手打了对方一顿，才惹怒了对方。

其实在那之前，我已经不是第一次被欺负了。像我这样，家里拿得出一点点钱出来，性子又温温吞吞，成绩不拔尖，个子不高，打架也不厉害的人，当然会是欺负的最佳目标。

只是，从来没有人会想到，半路上会突然窜出一个李随州，把他们打了一顿还不算，甚至抢走了他们身上的钱。

看着李随州干净利落、毫不手软的动作，那是我第一次亲眼看见李随州打架，在此之前我不过是从旁人口中听闻过一些罢了，原来真的有人会把打架变得比表演还要好看的。

那一刻，我不知有多么羡慕他，从小身体不好的我，和打架完全是没有关系的，甚至被欺负都只能受着。

可是，事后，跟在李随州屁股后面的我心里开始打着鼓，毕竟不过是拿些钱出去的事情，现在被李随州这样一闹，还不知道后面还会发生什么呢。

果然第二天，李随州就被打了，我们知道的时候，李随州已经躺在医院的病床上了，全身上下大大小小的伤口不计其数，就光是脸上的都让我倒吸了一口凉气，虽然已经上了药，但看上去还是很狰狞。

就连一向对他冷淡的母亲，都忍不住去外面买了好多好吃的给他，甚至还亲自下厨给他炖了一碗鸡汤。

父亲板着脸问这是怎么回事，李随州依旧像以前一样，冷漠地哼哼唧唧应了几声之后，就将脸转向一边，不想回答了。

我以为父亲会发火的，就像以前我考得很差，父亲会对我发火一样，但是没想到，父亲只是打了个电话给他的班主任，帮他请了两个星期的假便没了下文。

一直到后来很久，我才知道，那天傍晚送他去医院的人就是曲静，这也是为什么李随州明明不愿意，却还是接下她手中作业的原因。

### Chapter3 暗恋就是你明知道她是喜是忧都不是为你，心却还是跟着牵动

当我去把作业交给她的时候，她礼貌地说了句谢谢便转身进了教室，看着她背过身就开始翻李随州作业，高兴得连走路都开始一踮一踮的样子，那种喜悦连站在一米开外的我都能真切地感受到。

但是那个时候，我并没有意识到我已经喜欢上了这个喜欢着李随州的女孩，甚至只是忍不住在心里有些心疼这个必须要来给李随州送作业的她。

渐渐地，李随州对她已经不再是那么有敌意，有时候，还会装作冷漠地在接过本子的时候，递给她牛奶或者苹果。

即便再不聪明的我，还是能够看出来，李随州是喜欢曲静的，就像我也喜欢她一样。

后来的一段时间，每次和她见面，我都不过是微微点头，即便心里早已翻江倒海，却还是没有多说一句话，绕过她掏出钥匙开门。

"替我转告李随州，老师今天上课的时候夸他了。"

这是她第二次主动和我说话，和上次有些区别，这次她是直截了当地向我提起李随州的事情。

我疑惑她为什么不自己去说，可我还来不及问出口，就听见她低着头说："每次我还没有说话，他就把门关上了。"声音里带着不易察觉，但在我这里却带着异常明显的失落。

见我点头答应之后，那种失落立马变成了喜悦，笑着说了声谢谢，就转身下楼。我不自知地站在门口，一直等到她的脚步声消失在了楼梯间，我才回过神来。

很快，李随州回到了学校，而她也不需要过来家里送作业了。不知为何，我竟然

有些小小的失落，就连原本期待的放学，都变得乏味可陈。

我开始在学校里寻找她的身影，但是大多时候，她都是站在李随州旁边的。

比如，明明力气很小，却硬要去跟着李随州去搬东西，会在被李随州斥责的时候，装得很委屈，可我知道，她其实早在心里偷着乐了；比如，会在李随州受罚的时候，偷偷地塞一些东西给他，有时候是饮料，有时候是面包，看着李随州不情愿地接受之后，欢快地离开；比如有时候会故意跟在李随州后边，等他转身的时候，故意吓他一跳。

好像不管我费不费心去注意，她好像都会出现一样，后来我才意识到，原来不知道从什么时候开始，她已经满满地占据了我的视线。

所以，在学校后面不常有人去的草坪上见到她时，并不是意外，反到像是受到了指引一般。

她一副心事重重的样子，坐在那里，让我觉得头顶上的太阳，都像是蒙上了一层雾一样。

我忍不住想要走过去安慰一两句，却在只是离她的不远处站定，因为我不知该用一个什么样的理由过去。

和李随州那种对全世界都有敌意的样子不一样，我唯唯诺诺的样子，从不让人感兴趣的同时，也让我的胆子变得越发小了起来。

就像现在，我明明可以上前安慰这个让我心疼的女孩，可最后，还是忍不住往后倒退，甚至，当作自己从来没有遇见过。

因为我看见了一旁路过的李随州。

原来暗恋就是，明知道她开心还是不开心都不是因为你，她笑时，你还是会在一旁替她高兴，她难过时，你的心也会跟着揪在一起，却又胆怯地不敢靠近。

如果当时我不那么胆小，不是慌张地转身逃走，我想我应该能够看到李随州来时脸上的怒气。

知道她受伤的消息是在第二天上学的路上，看到李随州脸上一闪而过的慌张时，我内心忽然泛起一种很不祥的预感。

我并不相信李随州会做这样的事情，先不说他不会欺负女生，单单是他帮过我，我就不相信她的伤和李随州有关。

于是，终于鼓起勇气去找她，不仅仅是因为想找个理由去看看她，更多的是想知道这一切是不是真的和李随州有关。

即便我内心的天平早就已经偏向了李随州，但是我还是需要一个肯定的答案，肯定到我可以鼓起勇气为他辩解的那种。

可是，当我赶到医院的时候见到的却是李随州冷漠地对她说："你和你爸爸一样虚伪。"

若不是亲眼看见，我一定不会相信，我明明感觉到李随州对她是不一样的，可为什么会……

后来我才知道，李随州之所以去找她，是因为，知道了她的父亲就是大伯那场官司的法官，而明明知道过错方不是大伯的他，竟然连同其他法官一起，害得大伯入狱。

其实一开始我就知道她的父亲是一个法官，但是我并不知道，原来她和李随州还有这样的渊源。

我看着李随州毫不犹豫地离开，在撞见我的时候，有一点点迟疑，像是想说什么，但是最后还是走了，毫不犹豫。

我看见曲静费力地一瘸一拐地走回病房，内疚胜过委屈，担心胜过难过。

很久之后，我才小心翼翼走进病房的，在她还来不及向我打听李随州的时候，开口问道："你还好吧？"

这是我第一次鼓起勇气这么明白关心她，可是她只是摇了摇头，说道："替我告诉李随州，不是我说的。"

看吧，即便我已经那么费力地将话题迁离李随州，她还是会将话题引到他身上去。

"嗯。"在我答应下来的那一刻我看到她脸上露出从我进来后的第一个微笑。

接下来的很长一段时间，她都在和我解释她不是故意接近李随州的，她也并没有想过伤害他。当她在最后一句话停住的时候，我知道她想说什么，她甚至没有想过会喜欢上他。

原来李随州昨天气势汹汹地去找她，就是因为得知她就是那个人的女儿，所以觉得她就是在故意接近他。

本以为世界还会保留一点爱，忽然意识到这一切可能都只是谎言的时候，原来李随州也是会害怕的。虽然在这里，他没有和谁成为好朋友，至少也不会像在老家一样每天被人骂是小杀人犯了。

所以他第一次威胁别人说，不要将那件事情说出去。

也是，现在的李随州，已经不是刚刚来洛川的那个可能老师一提起来就会头疼的他的，现在他甚至有时候还会被老师拿出来作为表扬，而这一切又和她有着密不可分的关系。

可是，没有想到，这件事情，竟然被他们班的另一个女孩子听到了，另一个不是那么喜欢曲静的女孩。

一向温婉可人的曲静，见求那个女孩无用，于是第一次和人争得面红耳赤，也是第一次和人动手，身上的伤也是那个时候来的。

当然，这一切并不是她告诉我的，而是后来我打听到的。

### Chapter4 原来我爱她早就不是一件隐秘的事情

在那之后，大伯是杀人犯的事情，迅速在学校传开，就连和我同一届的女生男生，都知道原来那个最近常常受夸奖的李随州，居然是个杀人犯的孩子。

那时候的我们，并不知道流言对人的伤害有多大，只知道，当一个人和我们有区别的时候，不管是好的还是坏的，都是闲暇时很好的讨论对象。

那段时间，我经常能够看到李随州对人龇牙咧嘴地大吼着，说他爸爸不是杀人犯。

即便我也相信这个事实，但是一向胆小怕事，中规中矩的我，并没有勇气和李随州站在一起，坚定地维护着大伯，或者说，仅仅只是维护李随州。

当老师告诉父亲说让李随州转一个学校的时候，我才意识到原来事情已经夸张到了这种地步。

曲静去找李随州的那个下午，我刚好也去找李随州，因为父亲希望他能够在这段时间回家休养一会儿。

我看见她站在李随州面前，似是用了很大的勇气，才鼓起勇气说："对不起，我不知道……"

还不等她说完，就听见李随州决绝地说："你滚！"

站在转角的我，都能够感受到她的难过，所以当李随州离开的时候，只是轻轻撞了一下她，她就像一只断了线的风筝一般，滚下了楼梯。

我以为李随州应该会停下脚步，至少会不计前嫌先将她送去医务室，但是他就连脚上的动作都只是慢了半拍，继续离开，哪怕我明明看见他离开时眼里闪过的慌张和担心。

我过去扶起她，看见她眼里有泪光闪过，最终却还是没有掉下来。在我抱着她去医务室的时候，她只是将那句没有和李随州说完的话，对我说了一遍："我不知道事情会变成这样。"

谁又料得到事情的最终呢，就像我送她去医务室，里面的医生直接让我送到外面大医院去一样，就像我们谁都没有料到，李随州只是轻轻一碰，却让她在医院待了好长一段时间，长到只能再读一年初二。

我去找李随州的时候，是在她受伤的三个月后，那时候，李随州已经顺利地回到学校了。

在去看她的时候，意外地听说她的腿可能接下来的很长一段时间都只能拄着拐杖，让我更加愤怒的是她可能以后走路都会有一点点跛脚。

她那样一个温暖的女孩，就算受了再大的委屈也不会说出来的，所以在我看着她练习走路跌跌撞撞摔了很多次之后，忍不住冲到学校，就朝李随州挥了一拳。

我想当时的我一定是疯了，不然一向胆小的我怎么会在上课的时候，冲到李随州教室打他呢，还是在老师在的情况下。

在李随州还在迟疑的时候，我再次举起了拳头，大概是因为他看见我眼神里的疯狂和不管不顾，所以才会对我还手。

接下来的大概发生了什么，我都不是记得很清楚，只记得我像是一个莽撞的鲁夫，用着毫无章法的拳头，和李随州对打着，直到后来老师拉开我们。

当我和李随州被站在国旗底下的时候，李随州才看着我不满地问道："你刚刚发什么神经啊？"

"你知道曲学姐有可能以后走路都会跛吗？何况，那件事情本来就和她没有任何关系，她是那个人的女儿又怎么样，她有什么错，她又没有将那些事情说出来。"这些话几乎都是脱口而出的。

我说完之后，李随州没有立即反驳，甚至停顿了很久，才平静地说道："你怎么不直接说是你喜欢曲静，所以才觉得我那样做很过分呢？"

听到这句话的时候，我只觉得耳朵"嗡"的一声，陷入了漫长的耳鸣。

我埋了那么久的心思，居然被他这么轻易地说了出来，而且我竟然无法辩驳，也不能辩驳。

原来我喜欢她这件事情，早就已经不是属于我一个人的秘密了，所以才会在回答李随州的时候，都在为她解释而不自知。

被李随州点破的我，只觉得羞愧难当，同时也开始害怕，害怕别人会把她和我联系到一起，害怕自己的平凡，玷污了她的优秀。

可就在我害怕的同时，我内心早就根植的感情，也像是在那个时候破开了泥土一般，哪怕没有春雨的滋润，也汹涌地长着。

最终，我决定去找她，如果说我这辈子只能疯狂两次，那么这两次都已经发生了。

我在她快要摔倒的时候，扶住她。我能感觉到因为我的到来，她变得明朗的笑容，但我也清楚，这个笑容完全不是因为我，只是我能够带来李随州的消息。

她问我："听说你打了李随州，老师没有批评他吧？"

她说："你回去的时候，帮他带点药吧，一青一紫的不好看。"

她说："李随州其实很喜欢你，不然你现在肯定趴在医院起不来了。"

我本来已经决定将那个不再是秘密的心思说出来，可是她眼里只有李随州，要让我如何将心里的欢喜说出来。

面对她这样毫不隐藏的喜欢，我胆怯了，在她每句话都会谈到李随州的时候，我不得不将那份喜欢埋得更深，深到连我自己都可以骗过。

**Chapter5 即便我再不想知道她的消息，她还是会出现**

后来的很长一段时间，我都没有和李随州说话，也没有去找她。

我开始努力地学习到深夜而不自知，只是因为从她那里听说李随州是一个多么优秀的人。

她说：这个题目明明就没有那么多种方法啊，李随州到底是怎么想出来的啊。

她说：李随州这次一定会是第一名。

她说：李随州回去考哪个学校呢，重点中学，还是市一中？

那个时候的她，已经到了我隔壁班，和我只有一墙之隔，一墙之隔的距离就是，即便我不想听见她的声音都觉得困难，何况她的声音还是那么特别，特别到她只说一个字，我都能听出来是她。

听到那些话的时候，我甚至能够感觉到，她是在埋头苦想，还是在喃喃自语，手是在握笔，还是在抓头发。

终于，在没有人知道的晚上经过了那么多天的努力之后，我的名字终于站在了她的后面，她是年级第一，而我，是年级第二。

那天我被叫到办公室，甚至连我父亲都一块被叫了来。班主任板着一张比父亲还要吓人的脸，开口就直接说："你这次到底是怎么抄到答案的？"

没有问我是怎么考到了这个成绩，甚至连问我有没有抄，而是直接问我是怎么抄到的。

我胆怯地看向父亲，甚至可以想象他下一刻会不会直接朝我抽一耳刮子。

可是他并没有，他甚至是用有些戏谑的语气说："老师以后这种事情就不要随便叫家长，上次的事情难道没有得到教训？"说完父亲将我带出去，留下一脸愤愤的班主任。

原来李随州第一次考第一的时候，父亲也来过，只是和我不同的是，当时李随州被人误会的时候，还有人一直站在面前跟别人据理力争，说李随州是多么努力。

而我却只能任由流言传遍整个学校，大家终于都记住了我，只是他们说得全是"小偷李牧之"。

我终于感受到了之前李随州被当成嘲笑谩骂时的心情，但是我却没有他那样的魄力。

虽然我已经能够有傲人的成绩，让老师和同学也能够一眼就记住我，但是这并不表示我就能够像李随州一样，直接一板脸就让大家望而却步。

或者像她一样，只是平淡地说一句话，就让大家哑口无言。

她来找我的时候，我桌前正围着一堆人，七嘴八舌地问着我是怎么在一个环境并不怎么好的考场，抄到第二的。

我艰难地解释着，我没有抄，说我真的考了那么多分，但结果不过是让大家唏嘘一下，然后继续追问，或者直接翻脸说我不够意思，哪怕极少数人同意我是自己考的，嘴里的语气也差不多都是嘲笑。

直到她笑着说："没想到，你成绩居然这么好，看来下次可不能掉以轻心，免得被你超过了。"

她一说完，大家只觉得没有意思，纷纷失散离开。

只见她坐在我前面那个人的位置上，然后笑着问道："你知道李随州考哪里吗？"

如果说，我前一秒还在欢呼雀跃，那么现在我又跌到了谷底，即便在我这么艰难的时候，即便她已经帮我说过话，但是她心里记挂的还是李随州，只有李随州。

"重点中学。"虽然我已经很努力地不去为了她关注李随州，但是，从喜欢她开始养成的习惯，即便现在我和李随州已经很少交流了，我还是能够在第一时间答出她想知道的。

得到答案后的她，几乎是跳着离开的，如果那只脚没有跛的话，应该可以像一只意外闯进花田的蝴蝶，美丽非凡，即便现在的她看上去也很美。

**Chapter6 我终于将我喜欢的女孩，送到了她本就该去的那个地方**

忽然，司机的呼唤让我从过去惊醒过来，我才猛地注意到，原来车子原来早就驶过了那些我异常熟悉的街道，停在了我家楼下。至于李随州早就已经站在楼下等我了，而他旁边站着的正是曲静。

今天她穿了一件小碎花的长裙，朝我走过来的时候，裙摆飞扬，还真像是一只花蝴蝶。

我笑着迎上他们，李随州接过我手中的行李，然后拍着我的肩膀说："这次回来住久一点。"

我们的关系是什么时候变得这么亲密的，或许说，他们又是什么时候在一起的？

大概是在她拼命地追着李随州，最终高考落榜，只能去他旁边学校的时候，或者是她为了能够漂漂亮亮地出现在李随州面前，费力地练习穿高跟鞋的时候。

其实那些年里，李随州一直在内疚，内疚因为自己的一个情绪激动，导致她的未来可能会永远有个缺陷。

只是那个时候我太自私，所以即便我将李随州的方方面面都告诉了她，却唯独留下了这一个。

我一直以为，我们应该会一直保持这样的关系走很长一段时间，长到她能够忘记李随州，然后看见身边的我。

直到忽然有一天，我室友将我拍她的一张照片用来参加了我们学校的摄影比赛，等我发现的时候，东西已经全部交上去了。

我其实偷偷拍过她的很多照片，跟在李随州后面时的小心翼翼，康复时的隐忍不语，成功时的欢呼雀跃，包括刚穿高跟鞋时的滑稽模样。

每一个瞬间，我都偷偷地用照片定格过，只是我从不敢和大家说，要不是意外被室友发现，我想这份秘密，应该会一直保存吧。

本来不抱什么希望的我竟然一路过关斩将，打败了一干专业选手，杀到最后，拿到了亚军。

拿着为数不多，但是却能够让大家好好吃上一顿的奖金的同时，学校摄影专业的老师也找到了我，开门见山地说我愿不愿意转专业。

就在我犹豫的时候，她来找我了，脸上的表情不是喜悦，不是平静，反而是浓浓的纠结。犹豫了半天，我才听见她幽幽地说："李牧之，哪怕我没有说出来过，你也应该是知道的，我喜欢李随州。"

我终于听见她亲口说这句话了，但是不知道为什么，这一刻的我并没有想象中的那么难受，反而伴随着沉重叹息之后，是平静的释怀。

她喜欢李随州喜欢得这么明目张胆，难道我还会看不出来？只是我忽然难过，不知道从什么时候开始我就已经不再喜欢她了，即便我还是会假装不经意地在很多地方遇见她，替她了解李随州，感受她的喜悦与难过。

可是，这好像变成了一种使命，让我关注她，让我靠近她，只是却并非再是喜欢。

所以当她穿着高跟鞋跌跌撞撞地出现在李随州面前，对着李随州班上的全部同学，大声地说道"李随州，你把我的脚变成这样，你一定要用一辈子来补偿"时候，我明显地感到她的脚因为紧张的原因，而晃动得厉害，好像随时都有可能摔倒一样。

而我看见李随州，诧异地抬起头，盯着她看了很久很久之后，久到她就快撑不到的时候，才闷闷地应了一声。

她知道，那是李随州在害羞，就像我能够清楚地感受到她的情绪一样，她也能够清楚地感受到李随州的情绪。

只是在她欢呼奔向李随州的时候，却因为教室的一个阶梯，直接摔在了地上。

这一次，李随州没有视而不见地冷漠离开，我甚至觉得他用了此生最快的速度，就连自己撞在了桌角也顾不得停顿，抱起她就直接往医务室跑。

他离开的时候，刚好撞见我。我不过是恰好路过，看到她，然后忍不住跟过来罢了。

那天晚上，李随州到我宿舍将我喊了出去，对我说的第一句话就是，谢谢。

他说，谢谢我这些年对曲静的照顾；他说，谢谢我在当年将他打醒，也谢谢我让他知道，原来她也爱他。

我觉得我自己应该冲上前去，揍他一拳，才能够一解自己内心的烦闷，但是到了他面前之后，我只是轻轻地拍了拍他的肩膀，然后语重心长地嘱咐："好好照顾曲学姐。"

所以，当她穿着李随州为她精心挑选的婚纱，出现在我相机里的时候，我仍然会觉得心跳加速，但却早就不再是最初的那种冲动了。

现在的她已经能够熟稔地穿着高跟鞋走着稳健步子，就连当初轻易就能看出来的跛脚，现在就算是盯着她看也未必看得出来了。

跑步时的样子，依旧像一只会跳舞的花蝴蝶，只是不再是在我的心上跳动。

她的那些学生会大胆地叫她女神，会在教师节的时候，送她一束又一束的玫瑰花，会在上她课的时候，端正地坐着，认真地听课。

而李随州，已经不再是那个见谁都充满敌意的少年，现在的他穿着一套得体的西装，样子比之前帅气了不知道多少。即便整天都板着一张脸，像是谁欠了他几百上千万一样，却还是会贴心地送她上下班，甚至会在忽然变天的时候，给她送去衣服。

而我，也已经从那个胆小平凡的小男孩，开始变得灿烂耀眼，走出去甚至还会有一些小女生用害羞的眼神偷偷地打量我，甚至居然有了为数不多的一些粉丝，每个月的约片，让我必须将时间严格地安排好，才不至于忙得慌慌张张。

至于大伯早就因为李随州的努力而无罪释放了，甚至跟着李随州在洛川住了下来，每天除了在阳台上种种花草，就是过来和父亲喝上两杯茶。

婚礼现场,作为李随州唯一的弟弟,我并不是伴郎,反而只是一个摄影师,那种明明可以交代其他同事做的事情,我还是想要亲自来完成。

像我喜欢一个人一样,必须做到有始有终。

我跟着李随州的脚步,一步步的走向她,看着她接下他手中的捧花,脸上是藏匿不住的喜悦。

那一刻,我的内心还是会因为她的喜悦而变得快乐,因为我终于将我喜欢的女孩,送到了她本就该去的那个地方,交到了一个我最放心的人手里。

以前我以为,是因为我喜欢一个人,所以不管到哪儿我都能第一时间看到她,后来我才知道,我能看见她,只是因为,喜欢着另一个人的她,就是一道最好看的风景线。

就像后来有同学告诉我,原来从我开始朝着她努力的时候,我就已经不再像泯然众生,而是一颗正在闪闪发光的星星,耀眼到让旁边的星光黯然。

## 就是爱八卦

1. 分享一件最近甜蜜、开心的小事。

**狸子小姐:**我在微博上中奖了,终于中奖了,兴奋到不知所措,感谢大家关注我的官博,感谢伞哥给我拍照给我 P 图,这一切的成功离不开大家对我的爱。

2. 最喜欢的食物?最喜欢的明星?一直想去但没有去做的事?

**狸子小姐:**(1)大白兔奶糖,因为不吃写不出甜文。

(2)莫峻(ps: 在我眼里,爸爸就是一个明星)。

(3)去喜欢的人的城市,装作偶遇他。

3. 主题书跟读者见面的时候,大鱼文化正好三周年了,想对大鱼和读者说点什么?

**狸子小姐:**有人说:念念不忘,必有回想,于是期待许久的读者节,我来了。虽然身份不仅仅只是读者,却任然欣喜雀跃,期待紧张,热泪盈眶……在晴朗的日子里,我们会遇见所想,也会阳光。

CHANGJI
XITINGRIMU ▼

# 常　记
# 溪亭日暮

文 / 莫峻

**/ 莫峻 /**

出版人，策划人，作家，间歇性沉默患者，职业经理人。
出版作品《蜗牛小镇》《在很久很久以前》等。
不恋过去，不畏未来。
想成为一棵阳光下沉默安详的大树。

**作者新浪微博：**@ 莫峻 leo

常记溪亭日暮，
沉醉不知归路。
兴尽晚回舟，
误入藕花深处。
争渡，争渡，
惊起一滩鸥鹭。

## 1. 掉落的时光

我们掉落的时光，不多不少。

天上的云和月光，温度刚刚好。

原也睁着眼睛躺在床上，耳机里传来他最近反复回放的那首歌，窗外微微亮起来的天光预示着一个全新的早晨即将到来，而他却赖着不想起床。

有什么东西跃上了米白色的干净薄被，还发出一声傲娇的"喵呜"。

是他养的猫。

这家伙又重了一点。他腹诽。

原也想，我是不是又失眠了？

他有点不确定自己昨晚到底有没有真正睡着，其实他困得不行，今天有一个重要的通告，他好不容易争取到的某矿泉水代言的广告拍摄，他应该保持最佳状态的，但是越焦虑越睡不着。

作家说，人不是慢慢老去的，是一瞬间老去的。

现在，他还发现了一个真理，天也不是慢慢亮起来的，明明是一瞬间亮起来的。

他知道该起床了，咖啡机转起来，碾碎的咖啡豆散发着浓烈而醇厚的香，全麦吐司上鲜艳的果蔬色彩，柠檬味的漱口水让人清爽冷静。

还有石子路，他永远像一枚饱满的炮弹一样发射进来，发出气壮山河的破坏声响。

石子路是他的私人助理，而他，原也，是一个小明星。

曾有闪亮远大志向的学霸青年，而今也不过在各个片场间流窜，万年男二，好不容易争取到了一个尚算简洁大方的产品代言，简直喜得想要烧香。

有时候真心羡慕石子路，脑子里没那么多纠纠结结弯弯绕绕，简直就像一片金黄的麦田，神气活现地散发着"今天我高兴明天我高兴后天我也很高兴"的那种讯号。

比如现在，他就用他足以掀翻屋顶的嗓门大喊大叫着："原也哥！快快快！我们七点要出发八点要赶到片场！"

以及——

"原也哥！你插朵花在头上做什么？！"

原也用很嫌弃的表情扫了石子路一眼，很多时候，他都不想搭理这个人，觉得有点丢脸。

什么叫头上插朵花？

他难道会像石子路那个傻姐姐石溪亭一样，是个花痴吗？

石子路把刚才在桌上偷偷顺来的一片吐司叼在嘴里，绕过桌子走过来，很突兀地伸手去碰原也头上的硕大玫瑰。

单纯的好青年石子路觉得原也哥昨天晚上可能发生了点什么不可说的秘密事。

不然，那个假清高的、小别扭的、最傲娇的原也哥，怎么会做出在头上插朵花这样自毁形象的傻事？

他一伸手，就抓到了花枝。

"哎哟！"原也吃痛地大叫一声。

他不知道石子路神经兮兮地冲过来伸手往他头上一捞做什么，但是突然发生的真实痛感让他无名火起。

他莫名其妙地想起了前些天在片场配戏时，那个大牌的男一号走过来，突然无礼地拉扯了一下他的发套，然后扭头对化妆师说："这个人脸太白了，给他上点黑粉吧。"

对方明明知道他的名字，之前也合作过一次，却处处表现着自己的高人一等。

化妆师默默地走过来。

他默默地把脸献上去。

把肤色上深一点，抢戏出风头的机会就小一点。这一行总是多一些套路少一些真诚，彼此都懂。

白是他的错吗？配角就该有配角的样子对吗？

但是石子路，你小子光着屁股的年纪就跟在我后面叫我老大，你为什么也来我头上动土？！

他打定主意要发作一次，好让石子路这成天阳光灿烂的小子知道天要下雨娘要嫁人的心酸，但还没等他情绪酝酿到位，他就被石子路足以塞下一个完整鸡蛋的口型惊到了。

也许他俩该换个位置，让石子路出道做演员，说不定以这小子的演艺天赋能红。

石子路比他矮半个头，此时，他快速从身边拖来了一张餐椅，姿态很不雅地蹿了上去……】

他嘴里含着的那片吐司，在他丰富的口水浸润下，显示出了摇摇欲坠的状态。

原也没来由地担心起自己光洁干净的地板。

他不知道那片吐司到底什么时候会掉，他很强迫症地开始专注于这件事，内心纠结要不要伸手去石子路的下巴下接着。

就好像那个著名的故事。

两个人分别住在一楼和二楼。

住二楼的人，每天晚上回家后，都会脱下自己的两只靴子，用力地扔在地上。可是有一天，他扔完其中一只，突然发现自己这样可能不太好，会吵到楼下的人，于是他便把另一只轻轻放在了地板上。

半夜，他的门被砰砰砰地敲响了，一楼的人满眼通红地站在他的门口，怒吼道："妈的，我一直在等，你的第二只靴子什么时候才扔下来！不等你扔完我根本没法安心睡觉！"

石子路痴痴地盯着原也的头顶。

他一张嘴……

好了，第二只靴子落下来了。

哦，不，是那片吐司落下来了，砸在地板上，口水与碎屑都在意料之中。

原也长抽了一口冷气。

"哥……那朵花，是从你头上，长出来的。"

## 2. 春天的玫瑰

原也承认，自己这辈子也没有这样失态过。

从小，他就被严肃的父亲教育，要做一个淡定的男人。

所以，无论是曾经以专业成绩第一名考上那所著名大学表演系时的风光时刻，还是毕业后接什么戏什么戏糊掉，以至于现在只能在二线勉强维持的尴尬时光，他都努力做到了面不改色。

至少外人表面看来是这样。

但此时，他却像个小姑娘一样脸色苍白，大汗淋漓，颤抖着手指试图去拔头上那株玫瑰。

他照过镜子了。那无疑是一朵玫瑰，而且品相颇佳，花朵硕大，色红如缎——唯一不妥的是，它好像是从他的头皮里长出来的。

而它的根扎在哪里？

那画面太美他根本不敢多想。

虽然他在惊骇之下数次丧心病狂地想拔它，但每次都被头皮的剧痛感和大脑的眩晕感打倒在地。

他终于知道为什么猫一早就开始用那种嫌弃的眼神看着他。

石子路一直在狂笑，他拍着桌子笑，躺在地上笑，捂着肚子笑，觉得这是他这辈子见过的最好笑的事情。

他看着他平日里高冷体面的原也哥全身颤抖着，气急败坏着，头上那朵大花随着他的身体动作而悠然地抖动不停。

哦，春天来了，哥头顶开花了。


"石子路。"

再这样笑下去，叔可忍婶不可忍。

"对不起……哈……哥……哈哈哈……太好笑了……哈哈哈……"

石子路用力捏住自己的嘴，都捏成了鸭嘴兽形，笑声还是像止不住的沙漏往外撒。

"哥……哈……要不，我送你去医院看看……"

原也觉得，石子路脑袋里装的水，大概可以养金鱼。

"石子路，谢谢你这么多年，终于替我想出了一个让我红透半边天的方案。"原也嘴角一弯，微微冷笑。

"马上我就能上头条了。"

意识到自己这个方案的不妥，石子路也终于正经了起来。

"原也哥，我觉得，为今之际，不能找医生，只有去找我姐了！"

"你姐？石溪亭？"

"是的。你记得吧，我姐留学归来后捣鼓的专业方向，就是你头上那个玩意儿……玫瑰花。"


头上顶着奇怪花苗的英俊男人，突然间表情沉静下来。

原也慢慢在餐桌边坐下来，咖啡好像有一点凉了，他顺手把玩起一枚土星造型的闪亮胸针，虽然努力用镇定保持了尊严感，但仍然免不了流露出一丝垂头丧气。

"我不相信，石溪亭能解决这个问题。"

好像赌气一般，他下了这个结论。

一瞬间松了一口气，但转眼又似乎更加沮丧了起来。


**3. 夜晚无事发生**

小学的时候，石家姐弟住在他家隔壁。

石子路对他这个邻家哥哥的崇拜之情便毫不掩饰溢于言表。

原也读书，他就搬个小凳子坐在边上听，原也打架，他就拖着小木剑冲上去砍"敌人"的腿，原也泡妞……他就哭号得好像失恋。

他像一只长满彩色绒毛的小狗，让人满眼刺目却无法回避。

他让原也在还没有成为明星以前，就深刻地明白了脑残粉这个词的含义。

在每一个时刻，每一个角落，每一秒呼吸里……给你比心。

所以，无法回避便不再回避。

进入演艺行业后，原也就把大学毕业后在街上发保险传单的石子路收做了私人助理。

何况，这小子有时也会具有和他相类似的审美情趣。

比如——

"原也哥，不如你收了我姐，做我姐夫？这样我们就永远不会分开了。"

好恶心的台词，原也想。

比手里的三流偶像剧台词还能让人产生生理反胃。

好在石子路及时刹车。

"唉，可是，我姐那傻乎乎的样子，原也哥你肯定瞧不上。"

对了，这就是石子路与他审美一致的点。

原也满意地合上台词本想。

石溪亭那傻乎乎的样子，他怎么瞧得上？

高中的时候，石子路的亲姐姐石溪亭和他成了同班同学。

那时候，原也已经是远近闻名的一枚学霸校草。

而石溪亭，她也是学霸。

成绩榜上的前两名，永远是他俩的名字，时上时下，看似紧紧追逐，其实漫不经心。

原也觉得，他和石溪亭，是完全不同的。

和多数同学一样，他并不是太看得上石溪亭那种学习方式，所以压根也没有从心里把她当成过对手。

原也完全是那种偶像剧型的学霸，形象俊朗，阳光大方，热衷于参加体育活动和社团活动且表现得十项全能，还能同时兼任点学生会干部。

至于刻苦读书，那基本是凭着上课的专注和暗地里的夜车开起来实现的，当然这一点他不会说。

他喜欢表现他的优秀是轻松的碾压式的，毫无悬念。

而石溪亭，则完全是一个书呆子。

她很刻苦，很努力，非常用力，在学校的每一分钟，她好像都在刷题，除了学习，其他的事情，都不在她的眼里。

她不参加任何热闹的活动或者讨论，偶尔一开口说话就有点犯结巴，听不懂大家聊的流行词汇与八卦热点，也没有关系特别亲近的朋友。

戴着老气的眼镜，梳着头盔一样的发型，穿着肥大的运动服。

除了听课和刷题，她的学校生活真是单调刻板如白水。

如果不是因为她有一个飞天蜈蚣一样的弟弟石子路在保护她，石溪亭这样的性格，在学校里应该是免不了要吃些暗亏的。

原也和石溪亭，原本也没什么交集。

虽然成了邻居又成了同班，而且石子路几乎每天跨越千山万水来强势插入他的生活，但石溪亭的性格实在是太不具备存在感。

所以两人几乎话都没有说过两句。

直到社区大停电的那个夜晚。

那个夜晚，大概是奇妙的。

原也的父母出门访友未归，石家父母双双夜班，石子路还在上他的围棋课，而原也好死不死地忘了带自家钥匙。

当然，当他猛敲石家的门时，他是不知道上述情况的。

于是，他就在命运的安排下，和从未有过私交的石溪亭，尴尬地处在了同一空间里。

后来原也想，当时，他应该看到家里只有石溪亭一个人，就马上退出去的。

但是他竟然没有。

石溪亭结结巴巴地说："下大雨了……你……你先进来……"

他就真的进屋坐下了。

那天的雨，确实有点大。

那天晚上的石溪亭，也和平时看到的有点不一样。

大概是因为才洗过澡，她披散了头发，飘近的香气是潮湿而清淡的，取掉了眼镜的脸庞，显得清秀而柔软。

宽大的校服换成了淡粉的家居服，脚上穿的竟然是小熊拖鞋。

这样的石溪亭，是原也所陌生的，这种陌生令他有些不安。

"你……要不要看看我种的花？"

居然是木讷的石溪亭，打破了尴尬。

看花？哦，对，石子路说过，他姐喜欢在家里的阳台上种花。

简直是个花痴！那小子这样评价。

行，那就看花，总比傻乎乎地互看强。

石溪亭的花园，像是从来没有关上过门的秘境，向他轻易打开。

"这是芬兰美人。"

"这是小桃红。"

"这是钻石之海。"

……

石溪亭蹲在地上，手指灵活地抚摸过一个一个的花盆，流利轻快地向他介绍，根本停不下来。

原也有些魔怔地看着那些整齐地摆放在木架上的花盆，一层一层，一盆挨着一盆，盆里那些枝繁叶茂的植物，有的顶着妖娆的花朵，有的没有。

他突然鬼使神差地走神，想到自己平时在家里开着夜车复习时，时常在昏昏欲睡中，感觉到空气里似乎飘来一阵若隐若现的清香，无数次让他的精神为之一振。

从他家的角度，是看不见邻家这个神奇的阳台的，但是，也许花香可以漂洋过海。

是幻觉？不是幻觉？

他一低头，突然看到蹲在地上的石溪亭，喜滋滋地向他仰起的脸。

他从来没有这样近的距离清楚地看见她的面孔，竟然如此生动清新。

她抱着一盆开了红色花朵的花盆，在向他炫耀什么，但他听不清楚，他觉得耳朵里有些嗡嗡的声响，他猜想自己大概是感冒了。

"你这么喜欢摆弄这些花？"他想掩饰自己的口干舌燥，没话找话。

"我想一辈子和它们在一起。"好像从刚才进入这个阳台开始，石溪亭就不结巴了。

"花痴。"不知道为什么，原也脱口而出，声音却是自己都未曾料想的轻柔。

他吓了一跳，又神经病一样突然曲起食指轻轻弹了一下石溪亭的额头。

大概是错觉，石溪亭的脸好像比她抱着的花更红了。

那天以后，石溪亭还是那个石溪亭，而原也却很不争气地开始起了异心。

他当然不是喜欢上了那么傻的姑娘，只是，那么傻的姑娘，竟然对他毫无感觉？

仍然是沉默地上学放学，依然是按部就班地刷题考试，他在她附近笑得再张扬也不见她抬头望一眼，石子路每天蹿过来骚扰也一句未提他姐。

好像那个夜晚，从未有事发生。

本来就无事发生！

但为什么从那以后，他看到他和她的名字一起出现在光荣榜上，几个汉字自然亲密地靠在一起时，会比从前多几分兴奋甜蜜？

都是花痴病毒的错。

他好生气。

这一气，就气到了毕业。

他按着从小的志愿考了最好的电影学院，最后如愿成为了一名演员。而石溪亭，听说她一路研读学问，毕业后又去了国外深造，在很牛的生物实验室做教授助手，去年又突然回国。

人生依然如时钟般行走，然而不知道什么时候起，你的人生是这个钟，我的人生是那个钟。

即使仍然挂在同一面墙上，却再也没有了关联。

石溪亭回来后，原也没有见到过她，他知道石溪亭过来敲过几次门，也许是长大了，懂得了礼貌地与邻居寒暄？

反正他基本不在，回来后也不回访。


那一年莫名的气，原来生了这么多年。


### 4. 沉醉不知归路

石溪亭回国后，没有跟随父母搬去新居，依然选择了住回老宅，顺便把老宅改成了自己的工作室。

周围的邻居基本都搬走了，新来的租户也多不认识，石溪亭觉得自己深居简出就算了，她一直没想通原也这个大明星怎么也留恋这破旧之地。

宁愿进出都戴着帽子墨镜垂着脸不让人看见，也时常要回来住几天。


"那你又窝在家里做什么？"石子路鄙视地戳戳老姐那满桌子的瓶瓶罐罐，"修仙？"

"对，修个玫瑰仙。"石溪亭笑微微地回答弟弟。

她在从不同品种的玫瑰里提纯不同功效和香调的精油。

她特别痴迷这种花儿。

当然也没少被石子路奚落，索性不解释。


石溪亭把漆成了清新绿色的木窗推开一点，好让早晨的阳光更多地落进屋中，窗下也是她的玫瑰们，它们在晨光里轻轻摇摆。

石溪亭突然噫了一声，惊讶地探过身去，随手将耳边一缕碎发别住，试图看得更清楚。

她看到了什么？

她一直心心念念多年却从来没有培育成功的一个完美新品种！

颜色华美温润，形状精致骄傲，她甚至肯定已经自己千百次在梦里见过它，她甚至给它取过名字，叫"沉醉"。

所以……

她伸出手去。

"原也！"

花丛中蓦然出现的脸，让石溪亭的手顿在半空中，她有些不敢置信地眨了眨眼。

回来半年了，这好像，还是第一次和他面对面。

只是，这些年来，他演的每一部片子她都有反复地看，石子路发来的路透里也时不时会有原也的身影，她对他，竟也没有感觉陌生。

"你在这里做什么？！"

原也一口闷气卡在喉咙里。

怎么就这么不巧被她看到了这么狼狈猥琐的样子？所以到底自己是多么想不开才会爬阳台？

他索性站起来。

冷口冷面，恶声恶气。

"让我进去。"

话一出口才发现，自己对她的口气，竟丝毫不似多年未见理应客气寒暄的普通朋友。

可是，石溪亭不是普通朋友，能是什么？

石溪亭倒是立刻让开了，她没有注意到原也的态度，倒是目光被她的"沉醉"牢牢吸引锁定了。

她的"沉醉"……

凌空跃起……姿态优美……飘进窗子……摇摇摆摆……

等等，摇摆？怎么摇摆？在哪儿摇摆？

石溪亭突然倒吸了一口凉气。

她迟疑地开口：

"原也……你头上……开花了？"

原也闭嘴不言，往沙发上一摊，头顶的玫瑰乐呵呵地摇摆。

宝宝心里苦，宝宝不想说话并向对方扔了一个白眼。

这一瞬间他想起了很多他这一生都没有想到和用到过的句子。

比如破罐子破摔。

比如死猪不怕开水烫。

……

好吧，他的矿泉水代言大概是保不住了吧，虽然石子路这小子已经只身冲去片场说想办法替他圆场以改变这个悲惨的可能。

只是，他并不怎么相信石子路的能力和运气。

那他又为什么冒险来找石溪亭？

难道他相信她的能力和运气？

"原也？"

石溪亭又一次唤他。

多年不见，石溪亭变漂亮了，摘掉了眼镜的脸变得像那个怦然心动的夜晚一样干净小巧，皮肤晶莹健康，表情柔和乖巧。

"嗯。"从鼻孔里哼出一个单音，原也觉得自己像赌气的小孩一样。

"有没有办法弄掉？"他指指自己的头顶。

石溪亭又惊了一下。

她倒不是惊讶原也头上长出了玫瑰这种匪夷所思的事，她更惊讶的是，在一向高冷的原也脸上，她看到了沮丧、委屈、忧怨……

她一直都知道原也是一个善于伪装真实情绪的人，但是这一刻他竟然没有。

"我看看，你别急。"

**5. 试着相信我好吗？**

"你确定，真的要用这玩意儿滴在……那东西上？"

原也还是有些紧张。

他盯着石溪亭手里的那支小小试管里的紫色液体，有一种被当成小白鼠的担忧。

"只能试试。"石溪亭老实地告诉他。

"但是我保证它对你的身体和大脑不会产生任何毒副作用。"

"谁知道呢？"原也闷闷地嘟囔了一声。

在今天早晨醒来以前，他也从来不知道，命运会给他安排一朵从头皮里开出来的玫瑰花不是吗？

也许……

"也许会长出一片花园？"

他试探。

石溪亭真的慎重思考了一下他这个脑洞。

然后很认真地点了点头。

"一切无从用科学原理解释的事情……已经发生了一次，就可能出现大量复制。"

原也不想和这个一点都不会安慰人的蠢女人说话了。

他一咬牙。

"滴吧。"


"等等。"

在石溪亭即将动手的时候，原也突然又喊了一嗓子。

"再等一下。"

谁知道会发生什么？

也许这一滴下去，头顶上就长出了无尽的花园。

也许他就此忘了前尘往事，成为了傻子。

也许……

有点遗憾。


"原也……"

石溪亭轻轻放下了试管，走过来，并拢双膝，蹲在了他的面前。

轻轻地叫了他一声。

"原也，你觉得我变了吗？"

石溪亭问。

这样脸与脸相近的距离，原也其实和很多女人有过。剧里的，剧外的，逢场作戏的，假戏真做的……

可是，他突然明白了，石溪亭为什么不是他的普通朋友。

从多年前的那一个夜晚开始，她的靠近，便会让他热血沸腾、心跳加速。

"变了。"他长长地低叹出一口气，声音也和缓下来。

变得更好，更美，更优秀。

而我，却走在一条自己都不知道方向的路上，我也变了，变得更世故，更焦虑，更妥协。

所以，我本不敢见你。

不是不想见你。


"原也，本不应该这个时候说这些，很担心你会觉得困扰，但是我觉得如果不说，你会更不安。"

什么？

原也忙着努力平复狂跳的心，不动声色地调整呼吸。

"你搬来的那一天，不知道你还记不记得，外面下着很大的雪。"

石溪亭陷入回忆。

"我走过街道去取行李，不小心摔倒在雪地。你正好从外面回来，手上拿着一枝花，也许是别人送你的，也许是你买的……你把我扶起来，笑着对我说别哭啊，然后随手送给了我那枝花。"

"大概，你早就忘记了吧。可是我从那一天起，就迷上了玫瑰这个花种，因为那天你送我的，就是一枝玫瑰花。这些年来，我一直想培育出一种最完美的玫瑰，送给你，我还给它在心里取好了名字，叫它沉醉。"

"因为曾经有一次，我听到你在窗边念那首诗，里面有我的名字……"

常记溪亭日暮，
沉醉不知归路。
兴尽晚回舟，
误入藕花深处。
争渡，争渡，
惊起一滩鸥鹭。

"石溪亭……"

原也用力地深呼吸了几下，微微弯下腰去，小心地捧起蹲在面前的那个小女人的脸。

是的，他不记得了，那最初的花。

但是，其实他记得，第一眼看见的，摔倒在雪地里一脸茫然的她。

"你说了这么多，是想告诉我，你一直喜欢着我？这些年像个花痴一样研究着这些花，都是因为我？"

嗯，因为你。

所以原也，我不会伤害你，一丁点的险也不会冒。

你不要害怕，你试着相信我。

好吗？

### 6. 如果你一直陪在我身边

"石溪亭。"

"嗯。"

滴了那个紫色试管里的水，四个小时了，被石溪亭称作"沉醉"的玫瑰依然张牙舞爪斗志昂扬地长在原也头顶上。

"看来没什么用啊……"

但是好在也没有长成一片玫瑰园不是吗？

原也发现自己已经不再焦虑了，他开始变得心平气和起来。

石子路一直没有打来电话，看来，矿泉水代言那边是真的黄了……

大概不久后，得知消息的他的粉丝们，就会开始在网络上为他不平了。

阴谋论，打压论，上位论……

浸淫几年，他都能想出每个人的反应。

但是，真相有时候简单得令人发指……

一朵开在头顶的玫瑰，就此终结了他沉沉浮浮求而不得退而不甘的演艺人生。

替他做了一个决定。

也许这就是命运，告诉他另择前路。


"石溪亭，我们接吻吧。"原也叹着气，眼睛却是柔和明亮的，不用看镜子，他都知道，他此刻的表情，一定比他这些年演过的任何一个角色更加动人。

"什么……"

石溪亭还没有反应过来，就看到她的"沉醉"一摇一摆地向她靠近过来。

然后，是原也放大的英俊的面容。

从很多很多年前起，她还是个黄毛少女的时候起，这张脸就每天和她的玫瑰一起出现在梦境里。

但她终于知道，他的嘴唇是什么滋味。


"如果没有办法，就让它这样开着吧。你不是专家吗？每天给它浇浇水，让它长得健康点。"

天色渐渐地暗下去了。

石溪亭依然全身发烫地躺在原也的臂弯里，两个人缩在沙发中都不想起身开灯。

"我会想出办法的。"石溪亭试图整理自己的思路。

但是原也的吻和动作一次次让她炸成烟花。

无法思考。

"演戏……不是一直是你的梦想吗……"

"石溪亭，如果你能一直陪在我身边，我想，我就有了一个新的梦想。"

"什么？"

"爱你。"

## 7. 恋爱的人都是神经病

"哥！哥！原也哥！哥……姐？！姐你怎么在这里？你怎么穿着哥的睡衣……你们……你们！"

吵死了，吵死了，挠你啊。

窗台上卧着的猫很不满地张大嘴打了个哈欠，朝石子路挥了挥爪。


天又一次地亮了。

嗯，天不是慢慢亮起来的，是一瞬间亮起来的。

"石子路。"原也抓过一条薄毯把不知所措的石溪亭裹进自己怀里，沉声叫她那个已经状若疯癫的弟弟。

"把我家钥匙交出来，以后没有预约，不许再随便自己开门进来。"

石子路眼泪汪汪。

他不过是喝醉了所以在外面睡了一夜，回来后怎么世界都变了呢？

他已经不再是原也哥的小宠物了吗？

他的地位被他的花痴姐姐夺走了吗？


"所以，你们就……在一起了？"镇定了很久的石子路，最后还是镇定不下来。

"嗯，最后我们发现，我们早就一见钟情。"原也说。

"情根深种……"石溪亭害羞地补充。

"我也算思念成疾。"

"而我是芳心暗许……"

"闭嘴啊啊啊啊啊啊！"石子路真的要吐了，这世上谈恋爱的人都是白痴，智商可能都是负数，情话简直像神经病一样却拥有着巨大的杀伤性。


"所以，哥以后不做演员了？"

"嗯，可能和她一起去研究玫瑰花。"

一个花痴姐还不够，为什么又来一个花痴哥。

"但是，哥，我可是以身相许出卖色相勾引了矿泉水老板家的千金小姐才保住你的代言的啊……你就这样对我吗？"石子路悲愤。

"什么？你保住了那个代言？"

"要不然哥以为我为什么一整天都没给你来电话！"

"哦……"原也和石溪亭对视一眼，彼此露出了同情和了然的目光。

"你们不要瞎想，其实我和小米我们俩互相都很喜欢，已经决定继续发展了……"

哦……

"我很感动，石子路。但是我顶着这个东西，以后没办法再出现在公众面前了。"原也指了指自己的头顶，好心地提醒石子路。

经过一天一夜，他似乎已经适应了头上的小伙伴的存在。

但手指拂处，却落了个空。

"花不见了。"石子路说。

"花呢？"原也问。

"啊……沉醉它消失了……"石溪亭确认。

## 8. 我的梦想就是认真爱你

十个月后，演员原也和某生物研究室最年轻的研究员石溪亭在荷兰奥兰普庄园低调地举行了婚礼。

奥兰普庄园里种满了世界上最好最新的玫瑰。

双方父母好友悉数到场。

当然，少不了石子路和他的未婚妻小米。

原也和石溪亭交换戒指，然后相视而笑。

这世界上最好的玫瑰，开在他们的心里，恍如一梦，再未出现。

也许"沉醉"只是来指引他们的情路。

它真的出现过吗？那一天是幻觉吗？他们都不在乎。

因为他们都已经得偿所愿。


常记溪亭日暮，

沉醉不知归路。

石溪亭，以后我的梦想，就是认真爱你。

 就是
爱八卦

1. 分享一件最近甜蜜、开心的小事。

**莫峻：**琳达说我是她的偶像，哈哈哈！


2. 最喜欢的食物？最喜欢的明星？一直想去但没有去做的事？

**莫峻：**最喜欢的食物：芒果、西瓜、小龙虾。（似乎是一个完整的夏天……）

最喜欢的明星：对明星不熟。

一直想去但没有去做的事：做一个很闲很闲混吃混喝数日子的懒人……


3. 主题书跟读者见面的时候，大鱼文化正好三周年了，想对大鱼和读者说点什么？

**莫峻：**我在这里，大鱼在这里。努力站成阳光下的大树，在风雨到来时为路过的青春故事遮风挡雨。

他给了她最坏的童话，

所以想赔她一个最好的城堡。

YUSHENGAN

# 余生安

—— 文 / 烟罗 ——

———————————————————————————— / 烟罗 /

作家，出版人，爱做梦的人，想一辈子讲故事的人。

挨过最冷的冬夜，听过最温柔的声音。

写着最用心的故事，陪伴岁月的温情。

想做一枚贝壳，从此风雨无惊。

**作者新浪微博：** @ 烟罗猫猫

　　她曾经以为那是她一生无数个幸运星中最大的那颗。于是她立志把自己变成一个最美丽的玻璃罐，妥善地把他收藏。

**1.**

　　晚风不许鉴清漪。

　　他轻轻念了一句，声音温浅，不急不徐，眉眼弯弯。

　　连晚风面上腾腾发热。

　　这个人，怎么这么有趣，怎么这么好看？

　　自己的名字从他的唇齿间滑过，空气间就像燃起了一串小小的魔法，眼前仿佛有鲜艳细碎的小花朵飞舞起来，美得心都颤抖雀跃。

　　在晚风需要遇见一个最美好的少年的年纪里，她正好就遇见了余柏枝。

　　聪明温柔的天才少年，有着世间最干净的容颜。

　　她曾经以为那是她一生无数个幸运星中最大的那颗。

　　于是她立志把自己变成一个最美丽的玻璃罐，妥善地把他收藏。

　　毕竟那时，她还是对世事怀着最美好最嚣张的幻想的，被爸爸捧在手心里的傻白甜。

　　余柏枝就是爸爸带到了她的面前的。

　　爸爸是个生意人，很早开始奋斗，有着那一代成功者特有的吃苦精神，也曾经一度带给了天真的妻女优渥快乐的生活。

　　然而，世界如滚滚洪流向前，并不是靠勤奋就有收获，见到余柏枝时，骄傲的晚风并不知道，爸爸的生意在那时，已经惨淡得举步维艰。

　　余柏枝的爸爸余伯伯，曾经和晚风的爸爸是大学挚友，毕业后两人一个投商，一个研学，一个在国内，一个在海外。

　　而多年后，经历了各自中年失意的两个人，又如命运握手般惺惺相惜地走到一起。

他们喝完整箱的酒，立下豪言要联手重筑河山。

而早就偷偷溜到了门外花园里的那对初次见面的少年男女，各自心中却是另一番风景秀丽。

晚风围着余柏枝打转转，像一只热烈的小鸟。

哎，别人都往外考，你居然这时候回来，只有一年就高考了，你跟得上咱们这种地狱节奏吗？

比同龄少年沉静得多的余柏枝只是微笑，不急不恼。

应该，跟得上的。

你是不是……在国外失恋啦？所以才要远离伤心地？

少女的小心机无须遮掩，因为易被看穿反而显得玲珑可爱。

余柏枝摇一摇头，伸手轻轻一拂，赶走了头顶正上方柚子树枝头上蹲着的一只意图不轨的黄色鸟雀。

不是。我妈今年过世了，我爸才决定带我回国。

看着晚风蓦然瞪大的眼睛和充满强烈同情自责的表情，想到她脑内小剧场大概已经同步开启狗血大剧，余柏枝无声地抽了一口气，觉得自己需要补充说明。

其实，我妈从我五岁起就没有和我们住了，我对她印象并不深，也没什么感情。她出现在我生活里的次数并不多，大概总是毒瘾发作来找我爸要钱。但我爸还是一直不死心，直到死亡结束了这一切。

好吧，自己可能又错了。

好像补充说明后，对面的少女内心戏更足了。

像是不知道该说些什么，却又拼命想要说些什么，她的脸涨红着，一用力，竟滚下两串眼泪来。

自小习惯了面不改色风雨无惊的少年难得地手足无措起来。

这个故事，真的有那么悲伤狗血吗？

也许有吧，但自小身陷其中，真的觉得不过是经历的一部分常态罢了。

余柏枝，以后，我会保护你的！

被少年悲惨的身世击中灵魂的少女，狠狠抹了一把脸上的泪，一瞬间已将他此后的命运与自己野蛮相连。

余柏枝不知道该怎样接话，他眨了眨眼睛，最后决定闭口不言。

余柏枝，你不恨你妈吗？

不。

像是对这样的问题有些意外，余柏枝看了看晚风的表情，却发现她正紧盯着自己握着琉璃杯的手。

她的目光里像是装下了整个夏天的阳光，柔软的头发在干净的脸颊和晶莹的耳垂边飘荡，或许是身体靠得太近，鼻尖隐隐传来木栀子般的清香。

他不是没有遇见过各种热情的少女，然而，于晚风，就像她的名字一样，混合着一种直白与羞涩、热烈又天真的矛盾气质。

很可爱，很珍贵。

余柏枝突然感到了自己原本平稳的心跳在加快，越来越快，越来越重。

而他握着杯子的手也像是被温热的风拂过一样，在晚风的目光紧盯下，产生了异样的麻痒，要用力控制，才能掩饰不安。

喜欢一个人，大概就是要确认她对你而言，是世界上独一无二的？

他想，他读懂了她的特别，不管这在旁人看来，是多么荒唐。

故事的核心往往发生在一瞬间。

你不要觉得它太快，其实它顺理成章。

而晚风在想的却是，这个人的手，怎么也这么好看呀？

听说他画画拿过大奖，难道画画会让人的手变得好看？

她也弹了十多年钢琴呢，怎么手指也没有变美变长一点？

她真的，好喜欢这个人啊。

每一点，每一点。

为了掩饰她的小心思，她慌慌张张地扬起笑脸，快速接起了上一个话题。

要是我恨一个人呀，我就偷偷在给他喝的牛奶里下毒，毒死他！

你看，就是这样！

她把刚刚采下的一把小小的薄荷叶，尽数撒在了余柏枝的玻璃水杯里，笑得花枝乱颤。

小小的美丽的椭圆叶片浮在透明清澈的水里，轻轻晃荡。


**2.**

晚风，你爸爸死得好惨，那个余则，我听人说了，在国外就是个混不下去的瘪三，他突然回国找你爸一起开工厂，就是打定主意要谋害我们家的呀。

曾经每天下午都要挎着新款的优雅小包出门打牌喝茶的美丽妈妈，头发蓬乱地呆坐在沙发上，再一遍地重复着那些听来的碎语。

妈，你喝点牛奶，睡一下。

晚风的台词，其实也是重复的。

晚风，你爸太老实了，他老实了一辈子，赚了多少钱都是辛苦钱，不知道那个余则使了什么手段，竟把咱家的钱全部弄去了。都怪妈妈没有和你爸一起去打理生意，结果什么都不懂，现在只能任人鱼肉……

妈，别想了，睡一下好吗？乖。

拿来电吹风，就着妈妈的姿势，帮她吹干了洗过的头发，然后给她换上了柔软的睡衣，扶她去卧室睡下。

闭上了眼睛的妈妈，嘴里仍然在喃喃地念着。

晚风，要你给爸报仇，那些钱，都是我们家的……


晚风关上顶灯，留一盏小夜灯，轻轻带上妈妈的房门。

那些似醒非醒似疯非疯的吃语被关进门里的一瞬间，眼泪就像开闸的洪水，汹涌地打湿了面庞。

六米挑高垂坠着巨大水晶灯的客厅没有了，种满她喜爱的花草还放着一架木秋千的花园没有了，她自小熟悉的各种家具各种摆设没有了，平日里热情来往把妈妈和她都赞上天的宾客没有了。

最最重要的是，她那个自小舍不得让她吃一点苦的爸爸，也没有了。


爸爸出事的消息，是在半年前的夏日黄昏传来的。

连家和余家合伙做生意的工厂仓库起火，引发爆炸。正在仓库里忙碌的晚风爸爸当场身亡。

自那天起发生的一切，都像一场噩梦。

妈妈被噩梦捉了进去，似乎无法醒来，而她孤独地惶恐地发着呆。

火灾和爆炸被警察证明是场意外，据说为了节省创业资金，爸爸执意把仓库租在了一片三不管的郊外，没有购买任何保险，因此出事后，一切损失都要自担。

工厂很快被上门讨债的供货商封堵，不久后，连家和余家的剩余财产都被拍卖。

晚风和妈妈被迫搬到了学校附近一间小小的公寓里。

而她，已经很久没有见过余柏枝。

他和他爸爸，在出事后不久，就消失在了人海。


那个在花园里微笑着把她的名字嵌入诗里的少年。

那个转学半年迅速成为了学霸校草的少年。

那个画得一手惊艳水彩的少年。

那个对她说过一个让她流泪的悲惨故事的少年。

那个让她懂得喜欢的时候心脏也会开出花朵的少年。

就这样不打招呼的，离开了她的视线。

只留下一地阴谋与罪恶、假意与虚情、算计与愚蠢那样一刀一刀往苦主心里扎刀生血的八卦与传言。

妈妈信了，所以，妈妈把自己逼成了半疯傻的样子。

而她呢？

她该信什么？


她去找魏楠。

魏楠的爸爸是警界的高层，而他曾经在她的课桌上公然砸下了一大束据说来自厄瓜多尔的顶级玫瑰花。

当然，那个时候，晚风的眼里，只有余柏枝。

所以那束花，被她恶作剧地加了张卡片，以全班同学的名义，送给了班主任，感谢她的辛苦付出。

把个头发花白的班主任感动得不行。

现在想起那时的调皮与嚣张，仿佛只有苦笑地喟叹。

不过是几个月的时间，她的人间就换了天地。

魏楠一只脚支地，一只脚还跨在他的重型机车上，没有下来的意思。

他熟练地耸了耸肩，脸上是惯常的玩世不恭的笑意。

我能告诉你什么呢？连晚风。

他想了想，似乎想要去理解她的来意。

你爸那个案子，再简单不过了啊，早已经结案，不可能有什么内情的。

那个破工厂本来就经营不善运转困难，是个烫手的山芋，你爸说白了连个安稳的打工者都已经不如，也就你和你妈这种天真妇人还以为自己家大业大你爸还是当年的霸道总裁。

对了，我倒真有个新鲜消息可以告诉你。

据说余家还工厂的欠债时借了高利贷，余家父子现在躲在外面不敢露脸。说起来他们还算仗义，没推给你和你妈，不然你以为你还能在学校安心读书准备考试？

这个世界要活得好看，可不是那么容易的，你懂吗？

你不懂啊？我估计也是。

哪，你以后也别来找我了，我这个人啊，不是怕事，就是懒得惹事。人生苦短，逍遥自在最重要，你也想开点。

啊，我走了啊，拜拜。

晚风一个人走在回家的小路上，这一片的路灯，不知道什么时候，坏掉了几盏。

剩下的那些都兀自坚守着，发出暖黄的光。

于是她的身影，一会儿隐入黑暗，一会儿又出现在微弱的光明里。

从前，她若上晚自习，爸爸一定会亲自接送她，后来，余柏枝和她同校后，这个护送她的任务，就被余柏枝接手。

爸爸一定是非常信任余则的吧，所以，也是那么喜爱余柏枝。

而现在，这么深的夜晚，她穿着薄薄的毛衫，走在这仿佛随时会蹿出罪恶的孤独路上，她的周围，却再也没有那两个能让她安心的身影了。

爸爸在天上看着她吗？

而余柏枝，他与她之间唯一剩下的联系，大概就是她此刻插在口袋里的手心中，紧握着的那张银行卡。

每个月的十五号，会有一笔虽然不多但足够她和妈妈维持生活的钱，出现在这张卡里。

只能是他和他的爸爸打来的。

晚风边走边无声地流着眼泪。

她想，余柏枝，再给我一点点消息吧。

我想要你亲口给我一点点确认，告诉我这卡里的钱是温暖不是罪恶，告诉我我还可以继续喜欢你依赖你等待你。

我想，我只要一点点来自于你的确认，就能在这黑暗里，再支撑很久很久。

**3.**

连晚风，你再这样缠着我，信不信我揍你？

魏楠气急败坏地扬手，但到底还是像面对着一只刚刚出生不久的柔软动物般，认命地把手放下。

他真是看错了这个小姑娘。

原本以为是个暴发户家娇滴滴的小公主，想追到手玩玩，结果她各种戏弄让他气也不是乐也不是。

原本以为看多了世事莫测笃定身遭大变的她会从此一蹶不振，所以丢了些狠话让她老实做人，结果她索性发了疯。

哪里还有一点像那个心比天高的傻白甜？

那你告诉我，余柏枝和他爸躲在哪里。

晚风不依不饶，面色如铁。

我告诉你啊？魏楠怒极而笑，语气反而软了下来。

我告诉你，你最好放弃脑子里的傻念头，不要怪我同学一场没有提醒你，找不到余家父子是你的幸运，如果找到他们，你才知道什么叫地狱。

那我更要找到他们了。

晚风轻轻地说：我现在，本来就已经身在地狱。

进去吧，顶楼那间阁楼就是他们父子现在租住的地方。

魏楠随手指了指，不知道哪里飘下来一个红色的塑料袋，旋转着，空气混浊，他骂了一句粗话。

余柏枝现在在几家画室教小孩画画，一般很晚才会回来。他爸应该在家。不过，我还是劝你最好不要见他。

魏楠说。

晚风点点头，迈步向前。

魏楠看着她一点点消失在黑洞洞的楼梯口的身影，无声地苦笑了一下。

算了，谁是谁的劫，谁又是谁的怨呢？

他连一句谢谢也没捞着，自然也犯不着告诉她，这破地方还是他帮余家父子找的，亮出了他爹的招牌，那些追债的人才终于同意给他们片刻缓和安宁。

他一踩油门，机车轰然而去。

余柏枝拖着疲惫的双腿打开那扇有些锈斑的小铁门时，铁门发出了哐当一声响。

唯一狭小的窗边那张床上，半躺着的老人转过头来，旁边站着的少女却没有回身，只兀自将手中的一杯液体递过去。

喝了吧。

她的声音细细的凉凉的。

那杯液体，是乳白色的。

余柏枝累到近乎麻木的大脑里，突然闪过一个画面。

温暖明亮的私家花园里，穿着薄荷绿衣裙的少女笑容如糖，仰起头俏皮地看着他，说：要是我恨一个人呀，我就偷偷在给他喝的牛奶里下毒，毒死他！

一个女孩子，怎么能这么恶毒呢？余柏枝的眼睛里，全是凶光，冷冷地压着她，像是动画片里受了伤的狼。

啊啊啊？

床上偏瘫的老人口眼歪斜，着急地向他伸出手来，发出混浊的音，却无法表达自己的意见。

爸，你没事吧？

余柏枝顾不得分心去照看床上的父亲余则，他太累了，而他压在身下的连晚风像一只精力充沛的母狼，他需用尽全力才能不让她挣脱。

他想，出事以后，连晚风一定是恨他的。外面那些传言，他都听到过，晚风的妈妈受到刺激后的变故，他也都知道。

而他该怎么告诉世人，他的爸爸也在重压之下突然中风，宛若废人？

他只能没日没夜地去打工，要护理爸爸，要给晚风母女定时寄钱，还要还那些大山一样的债。

而她，竟然想趁他不在，毒死他可怜的爸爸？！

我就是毒，毒死我自己行吗？

晚风不知道哪里来的那么快的速度与那么大的力气，猛地掀翻了余柏枝。

她闪电般夺过了余柏枝手里的杯子，在他还没有反应过来的时候，一边冷笑，一边仰头将杯子里的液体朝自己嘴里倒了下去。

他也不慢，大概只迟了半秒，或者更短，他的手带着风刮过她的手腕。

肌肤与肌肤碰撞，两两擦过的地方，像火花燎过，溅起一串串看不见的疼痛与委屈，伴随着杯子的落地与白色液体的烟花般溢散。

晚风终于悲壮了一把。

后果就是被余柏枝这个冷血动物折磨到差点崩溃。

那是晚风第一次看清余柏枝的真面目。

他狠狠地将手指伸进她的嘴里，用力压住她的舌根，在她的喉咙口毫不犹豫地抠挖。

晚风绝望地想，她一辈子都无法走出这个阴影的记忆了。

在强烈的外界刺激下喷涌而出的呕吐物穿过他的手指和她的嘴唇，眼睁睁地铺洒在她眼前，持续不断的恐怖的干呕声像是人世间最难堪的伴奏。

她能清楚地感觉到自己鼻涕眼泪糊了满脸，长长的头发像臭水沟里的腐草带着不明液体粘成一片。

而余柏枝，他就像一头野兽，他用手肘和膝盖的力量压制着她，毫厘不让，蛮横冷血。

她从来不知道，看似消瘦的他竟然有那么大的力量。

除了服从，她竟没有一丝机会还能够挣扎动弹。

最骄傲最爱美的连晚风，像是一条被扔上了沙滩的露出了最丑的样子的可悲的鱼。

爸爸死后，她曾经在黑夜里矫情自怜的想过一百种死法，却从未想过有一种是死于难堪。

好了。

我认输。

我放弃。

我全错。

余柏枝，你是魔鬼。你是魔鬼，你是魔鬼。

余柏枝终于把他的手指从晚风的嘴里抽出去的一瞬间，晚风原本已经瘫软成一具空壳的身体里，不知道为何突然爆发出了一股自己都无法解释的余力。

她完全是下意识地狠狠地合上了牙齿，朝着他的手指咬了下去。

天地茫茫，泪如苇席，盖住了视线，盖住了对前尘后事的所有追问。

她变声变调地尖叫发泄着，终究还是慢慢化为呜咽。

一秒一刑，一步一生。

无力地松开了牙齿的瞬间，她知道，这一次，她仍然输得彻底。

她不想睁开眼睛，我不想面对这个世界。

她不想对余柏枝认输。

她不想喜欢上他。

她不想失去爸爸以后，还要失去最后的一点自尊。

她不想亲口对他说，她从来没有相信过那些传言，她刚才只是想给瘫在床上的可怜的余叔叔喂一杯普通的牛奶。

但是这个残忍的世界，什么时候听见过她的声音？

所以她明白，一切的她不想，都正在发生。

**4.**

六年后。

余柏枝已经成为了本市一家培训画室的老板，在当地很有名气。

来他的画室学画的，有很多是和当年的他一样优秀的少年，从他这里走出后，考上了很好的大学，走上了他当年曾经以为会走的那条路。

人的一生，总有遗憾，能亲手送一个又一个的后来人去填补这份遗憾，是不是也是一种幸福呢？

余柏枝觉得，他现在是幸福的。

六年了，他终于过上了平静安稳的生活。

债务两清，爸爸身体稳定，他们搬离了当年魏楠帮他寻找的小阁楼，买了干净舒适的新居。

再也不用担心夜里被噩梦惊醒。

也不用担心去上班回来后会看到遍体鳞伤的爸爸。

岁月的折磨似乎并没有在他的身上留下太多伤疤，他穿上浅色的衬衫，笑容温浅，仿佛又回到那个干净少年。

只是，身边不再有连晚风了。

那次以后，他们再没有联系，他知道连晚风开始专心备考，后来也考上了不错的学校，他祝福她。

只是明白他们再不会有交集。

有的时候，魏楠会来找他喝酒。

魏楠高考没考好，被他爸送出国几年，现在也回来了，找了个富二代女友，自己也混得不错。

有时候喝多了，余柏枝会望着月亮喃喃自语，也听不清说些什么，嘴角笑笑的样子，特别好看。

魏楠就会骂一堆粗话，乱拍他的肩，然后哈哈哈。

两个人都各得其乐。

魏楠要是知道余柏枝喝醉了都是在对当年的连晚风说话，估计得骂得更厉害。

他是这样说的：

晚风，有件事，我一直没有告诉过你。

那天，你闭着眼睛在那儿哭的时候，我就知道，我错怪你了。

后来，你冲出门去，我爸焦急地大叫着，我就明白，我失去你了。

晚风，我做错过很多事。

但是最错的一件，大概就是误会了你。

我和那些说着闲话的人没什么两样，你看，你一直相信着我，而我，其实没有真正地相信过你。

所以，我活该下了地狱。

晚风，此刻的月亮很近，空气很冷。

我很想你，但不会再说给你听。

盼你此去莫回头，天天快乐，面朝光明。

**5.**

桌上新鲜的瓶插白色百合开得正好，空气里满是馨香。

电视里正在播放本市新闻。

近日连降暴雨，近郊鲲西山发生了小面积泥石流灾害，目前未发现游客伤亡，但据调查，清漪画室的几名高中生和老师当日正在山中写生，目前尚有一名学生和一名余姓老师未取得联系。

正在欢快地切着花椰菜的晚风手突然顿了一下。

几秒过后，她又低下头快速切起来。

晚风。

妈妈唤她。

嗯？

她跑过去。

最近工作都顺利吧？

挺好的，那帮熊孩子现在都把我当亲姐姐一样，可听话了。晚风笑嘻嘻。

那妈妈就放心了。前些年，妈妈脑子糊涂，苦了你了。

说什么呢妈……你好起来了，我就最开心了。

女儿的撒娇永远是最温暖的，妈妈的脸上绽开了美丽的笑容。

新闻结束了，缓缓流淌出来的钢琴曲声在这个温暖的空间里激起柔和的浪。

晚风……

嗯？

你去……余家看看吧。

妈？

刚才新闻里说的那个画室，是余家儿子开的吧……妈都打听过了。

妈……

不用担心妈，妈这些年已经慢慢想明白了，如果余家父子当年要害我们，就不会也苦了这么多年……妈糊涂过，清醒了，就不傻了。

妈! 除了这个字, 晚风觉得自己好像已经失去了其他的语言能力。

妈妈爱怜地抚摸着晚风长及腰际的头发。

去看看吧, 要真是余柏枝出事了, 你就哭一场, 从此断了这个念想, 省得一直单着。

天, 一点一点放晴了。

暴雨过后的山, 混合着浓重的泥土气息, 既清新又沉重。

失踪学生的家长突然跳起来, 冲向前去。

远处, 出现了进山搜寻归来的警察的身影。

其中有一个人, 背上背着的, 正是他们的孩子。

家长冲上去抱着自己的孩子号啕大哭。

对不起, 爸妈……都怪我一时逞强, 脱离了队伍, 余老师去找我时, 我又崴了脚, 结果一起困住了……

出事的少年满面愧疚地解释着。

余柏枝的目光, 却被定定地站在一棵山松下的那个身影给吸引住了。

在一群中年家长中, 穿着薄荷色衣裙的姑娘, 宛如初见, 亭亭地立在那里, 隔得那么远, 却还能看见眼里晶莹的泪。

余柏枝把少年交给他的父母照看, 拖着疲惫的步子慢慢走过去。

他走得真的特别慢, 不是因为累, 是怕动作过大, 这个梦就会像泡泡一样在阳光下残忍破碎。

晚风, 是你吗?

是我, 我来了。

晚风, 你不恨我吗?

余柏枝, 我当然恨你呀。

所以, 我要你用余生补偿我, 此去护我, 天天快乐, 岁岁平安。

**就是**
**爱八卦**

1. 分享一件最近甜蜜、开心的小事。

**烟罗：** 在 QQ 群里看小花阅读太太团的小姑娘们斗嘴讲相声……

2. 最喜欢的食物？最喜欢的明星？一直想去但没有去做的事？

**烟罗：** 最喜欢的食物：

橙汁，各种水果，各种青菜。

最喜欢的明星：

好多……没有最啊，要雨露均沾……

一直想去但没有去做的事：

开一家花店或者一家山间民宿，把日子变得慢一些。

3. 主题书跟读者见面的时候，大鱼文化正好三周年了，想对大鱼和读者说点什么？

**烟罗：** 愿阅读带来陪伴，我们的未来细水长流。

感谢阅读 / 感谢有你

# 拈 朵 微笑的花

/ 愿 时 光 待 你 温 暖 如 初

我是一名小学老师，去年在乡里带一年级，班上大部分孩子都是留守儿童，所以相对而言我的工作会很辛苦。

为了锻炼他们的语言表达能力，一年二期我开始教他们写一句话日记。

有一次，一个孩子在日记中写道："吴老师每天都陪着我们，给我们上课，教我们知识。吴老师每天都好辛苦，我希望自己快快长大，让吴老师不要那么辛苦了。我希望吴老师每天都开开心心，快快乐乐！"

虽然有很多的错别字和拼音，但是看到这个的时候，我真的觉得，哪怕我一辈子待在农村，哪怕我再辛苦付出更多，我也心甘情愿。

——Poison_ 薛轻言

晚上和弟弟一起陪外公散步，星光把小路照得特别明亮。我问："外公喜欢星星吗？"

弟弟抢着回答说："外公不喜欢星星，他喜欢外婆！"

——Olivia

外婆一点都不聪明，耳朵也不好。

今天外婆问我："唐玲玲，还有多久去上学了？"

我看了下日历，说："还有一个星期。"

外婆说："三天啊。"我说："一个星期。"外婆说："五天啊。"我又重复："一个星期。"外婆说："四天哪。"我低头喝了口水，准备再重复一遍，我妈就用喊的："一个星期！"

外婆的耳朵真的很不好很不好了，可是我们愿意多重复几次，还是想要她听清楚我们说的话。虽然这样的方式，外人看起来很像是在吵架。

很久以前看到外公外婆总是那么大声在说话，总是误以为他们感情不好。现在才知道，一直用那样的分贝说话，是很累的。

而我愿意一直用那么大的分贝说话，因为我爱你。希望你能听得清楚我说的每一句话，在我们一起走着的人生里。

——三喜三喜三喜呀

男朋友打电话来，说了"晚安"之后，又说了句"今晚夜色很美"。

What？挂了电话，我忍不住嘀咕："今晚夜色很美……关我什么事？"

我爸嗤了一声："夏目漱石把'我爱你'翻译成'今晚夜色很美'。这么多年了，人丑就要多读书的道理你还是不懂。"

我妈嗤我爸："你倒是深刻理解并且贯彻落实了！"

我爸 着脸对我妈笑："今晚夜色很美"。

我妈把脸转到另一边，继续嗤："不要脸！"

……啊喂，要不要这么明目张胆地秀恩爱啊？！

——长安是只肥陀螺

在我和之元深交前，我在鱼圈经常发现她的踪迹，心想这是何方神 (yao) 圣 (nie)？机缘巧合之下，我们俩在萌没出没歪歪共事，我才真正开始认识她。初听她声音会以为她是高气质美女，见其照片才发现她是高大威猛型。

庆幸的是我没被她的外表给吓跑，反而觉得她比较有安全感。就这样，我们慢慢地成了好基友，一起走过了四季，看着圈子里老隐新来。

或许，有一天我们会告别这个圈子，但我们不曾后悔，在这里有我们美好的青春回忆，有我们亲密的玩伴。我们越过次元壁，从二次元到三次元，我相信之元你一定会成为最美的月亮。愿我所认识的二次元伙伴们都被岁月温暖相待。

——小稹子